Moni Reinsch

TOD AM BERG

Kriminalroman

Early Bird Books

Die Brennerei Wezl und der Georgenhof existieren tatsächlich, die Nutzung der Orts- und Personennamen sind genehmigt. Sonstige Personen sowie Hütten und Almen sind frei erfunden. Kursive Textstellen sind im angefügten Glossar erklärt.

2. Auflage 2023

Early Bird Books, Hauptstraße 156, 68799 Reilingen.
Titelgestaltung und Satz: CreativeCommunications, Reilingen.
Titelbild: Lizenziert bei AdobeStock, zgphotography
Lektorat/ Korrektorat Annalena Ehrlicher und Julia Haase
Printed in Europe
ISBN 978-3-98576-035-0

Das eBook zu diesem Taschenbuch ist erschienen bei Ullstein.

www.early-bird-books.de

Wahre Freundschaft
kann alle Schattierungen
von blau haben.
Danke für das tiefe Blau.

1

»*Rieslingspaschtéit* und Crémant? Was ist denn mit dir los, Bruderherz?« Nadine zupfte ein langes, blondes Haar vom dunklen Kaschmirpullover ihres Bruders. »Von Lydie?«

»Ganz sicher nicht«, sagte Raphael barsch und knallte das Körbchen mit Baguette auf den Tisch. »Wenn dir das Essen nicht passt, kannst du ja gehen. Ich hatte nicht mit Besuch gerechnet.«

»Ich wundere mich nur wegen des Arme-Leute-Essens. Sonst gab es *Foie gras* und Champagner. Was hast du mit dem Geld aus der Erbschaft gemacht?« Sie schob den Vorhang beiseite, sodass Raphaels Blick zwangsläufig auf den Porsche-SUV vor der Tür fiel. »Also, ich habe mir den gegönnt. Chic, nicht wahr?«

»Ja, hübsch«, antwortete Raphael mechanisch.

»Keine Frage nach der Motorisierung, keine Frage nach dem Preis? Du reagierst ja wie eine Frau, die nur die Farbe, vielleicht noch die Marke wahrnimmt. So kenne ich dich gar nicht.«

Raphael arrangierte den Vorhang an seiner ursprünglichen Position und zeigte unwirsch auf den Tisch. »Essen oder nicht essen? Ich sehe, was es für ein Modell ist, ich sehe den Auspuff … Geht es dir besser, wenn du mir Details erzählen kannst?«

Nadine griff sich ein Stück Baguette und knabberte verächtlich daran. Die Krümel ließ sie ungeniert zu Boden fallen. »Das macht ja dein Staubsaugerroboter, nicht wahr?« Sie kippte das erste Glas Schaumwein hinunter und hielt ihrem Bruder die leere Sektflöte auffordernd hin.

»Das Stöffchen ist wohl doch nicht so schlecht?« Raphael goss das Glas seiner Schwester halb voll. »Dein Auto sieht gut aus, ich hatte das Vorgängermodell. Aber was soll ich sagen? Es ist auch nur ein Auto. Mir reicht der Smart völlig.«

Nadine schüttelte den Kopf, wobei ihre Frisur sich kaum bewegte. »Vorbei mit schneller, höher, weiter? Vorbei mit Lydie? Und wieso sehe ich um diese Zeit beim Vorbeifahren überhaupt dein Auto vor der Tür stehen? Noch dazu an einem Donnerstag?«

Raphael schnitt sich ein großes Stück Fleischpastete ab und kaute auf dem Teig herum, der die Füllung umhüllte. »Vom Supermarkt, wirklich lecker, du solltest sie probieren. Oder bist du jetzt auch Vegetarierin wie deine Tochter und möchtest lieber ein Stück Käse?«

Nadine warf ihre Serviette auf den Tisch. »Ich möchte Antworten, keine Ausflüchte«, rief sie verärgert.

»Ich wüsste nicht, dass ich meiner großen Schwester eine Rechtfertigung schulden würde«, sagte Raphael und verschränkte die Arme vor der Brust.

»Mir schuldest du gar nichts, aber du kannst nicht weglaufen«, erwiderte Nadine aufgebracht und sprang auf. »Wir können beide nichts dafür, dass unsere Eltern diesen Unfall hatten. Wir können beide nichts dafür, dass wir ihr Haus verkaufen und den Haushalt auflösen mussten. Wir können beide nichts für Corona, für den Krieg, für die Wirtschaftskrise … Aber wir können uns verhalten wie erwachsene Menschen.« Sie holte tief Luft und sammelte sich. »Kommst du nun am Samstagabend zum Geburtstag deines Schwagers oder nicht?«

»Wie könnte ich Nein sagen, wenn du mich so lieb fragst?«, sagte Raphael mit einem charmanten Lächeln.

»Acht Uhr, sei pünktlich. Und falls du jemanden mitbringen möchtest, lass es mich rechtzeitig wissen.«

Die Tür flog hinter ihr ins Schloss, bevor Raphael sich mit den obligatorischen Wangenküsschen verabschieden konnte.

2

»Was heißt, du kommst nicht zu Yannicks Geburtstag? Vor drei Tagen hattest du doch noch zugesagt.« Nadine war aufgebracht. Der Tisch war bereits gedeckt, und sie hatte extra eine Freundin eingeladen, die wie ihr Bruder seit einigen Wochen solo war.

»Es tut mir aufrichtig leid, ich habe mir diese Krankheit nicht ausgesucht. Abgesehen davon bin ich gerade kein guter Gesellschafter. Ich habe kaum Appetit, mein Geschmackssinn …«

»Unabhängig davon bist du im Moment kein guter Gesellschafter. Melde dich, wenn es dir besser geht«, wimmelte Nadine ihren Bruder ab.

Ratlos sah Raphael zu, wie das Display seines Handys dunkel wurde. Er griff sich einen Reisekatalog, den er kürzlich im Vorbeigehen mitgenommen hatte, und ließ sich ein Schaumbad ein.

3

Raphael freute sich, Alain vor der Tür stehen zu sehen. Er hatte sich fast zwei Wochen zurückgezogen und sein Handy nur sporadisch eingeschaltet. Ihm war jeder Kontakt zu viel. Aber Alain war fünfundzwanzig Kilometer mit dem Fahrrad zu ihm gefahren, also konnte er ihn unmöglich vor der Tür stehen lassen.

»Du hast schon besser ausgesehen«, begrüßte ihn sein langjähriger Freund und knuffte ihn in die Seite. »Die Haare sind grauer geworden, das fehlende Gewicht hat ein paar Falten in dein Gesicht gemeißelt. Ich sehe schon, ich muss dich aufpäppeln. Zieh dir etwas Ordentliches an und schnapp dir dein Fahrrad, wir machen einen Abstecher ins nächste Weingut.«

Raphael zögerte. »Wer kommt noch mit?«

»Bin ich dir nicht genug?«

Raphael drehte sich um und ging in die Küche, sodass Alain eintreten und ihm durch den Wohnbereich hindurch zur Küchentheke folgen musste.

»Espresso?«

Alain blickte sich um, ging zum Fenster und betätigte den Schalter, um den halb herabgelassenen Rollladen heraufzufahren. Dann öffnete er das Fenster bis zum Anschlag. Er stapelte einige Zeitschriften aufeinander, die verstreut auf dem Küchentresen lagen, und nahm auf dem Sofa Platz. Mittlerweile erfüllte der Duft von Kaffee den Raum.

»Für mich bitte Cappuccino.«

»Ich habe keine Milch im Haus«, sagte Raphael bedauernd.

Alain runzelte die Stirn. »Bei deiner Maschine nehme ich auch schwarzen Kaffee. Ich sollte mir auch einen Vollautomaten zulegen. Aber sag, was ist los mit dir?«

Raphael reichte Alain den fertigen Espresso und brühte einen zweiten. Alain setzte sich nicht, blieb an die Schrankwand gelehnt stehen und schwieg.

»Was war deine Frage?«, versuchte Raphael sich zu erinnern.

»Ärger in der Bank?«

Raphaels rechter Mundwinkel zuckte. »Ich verkaufe dir den Kaffeevollautomaten, wenn du willst. Er hat ein Vermögen gekostet, aber für schwarzen Kaffee ist er völlig überdimensioniert. Mir reicht eine einfache Siebträgermaschine.«

Alain leerte seine Tasse und stellte sie auf dem Reisekatalog ab, der auf dem Couchtisch lag. »Wie bitte, du willst sie verkaufen? Damals musstest du diese Maschine doch unbedingt haben. Unbedingt.«

»Stimmt, ich dachte, ich müsste unbedingt die gleiche haben, die bei uns in der Bank steht. Ich musste so Vieles unbedingt haben. Aber diese Dinge machen nicht glücklich. Ich suche eine neue Wohnung. Und in denen, die ich mir bislang angesehen habe, sind die Küchen zu klein für die Maschine.«

Alain starrte seinen Freund ungläubig an. »Okay, wir fahren nicht ins Weingut. Hast du Wein da? Das musst du mir erklären.«

Raphael zog eine Flasche Chardonnay auf, füllte zwei Gläser und erklärte. Er holte etwas aus, erzählte seinem Freund zunächst, was dieser schon wusste. Dass er viel Geld mit geschickten Aktienspekulationen gemacht hatte, dass er viel Geld aus dem Hausverkauf seiner verunfallten Eltern erhalten hatte, dass er in den vergangenen Jahren viel Geld durch seine unermüdliche Arbeit angehäuft hatte.

»Schon in der Schule habe ich einen Sonderpreis für eine marktwirtschaftliche Analyse erhalten, einen Sonderpreis für den besten Schulabschluss. Meine Eltern waren beide keine Akademiker, sie sahen keinen Sinn in einem Studium.« Raphael erzählte, dass sie ihm gut zugeraten hatten, eine Banklehre zu machen. Er hatte sich seinen Ausbildungsbetrieb aussuchen können, auf jede Bewerbung war eine Einladung zum Vorstellungsgespräch als Antwort gekommen. Immer wieder hatten Headhunter angerufen und ihm einen noch besser bezahlten Job angeboten. Und er hatte die Angebote angenommen, war finanziell immer besser aufgestellt gewesen, hatte mehr Mitarbeiter bekommen, für die er die Verantwortung trug. Statt acht hatte er zehn Stunden am Tag gearbeitet, irgendwann waren es zwölf geworden. Dann hatte er auch mal das Wochenende hinzugenommen und selbst im Urlaub war er immer für die Bank erreichbar gewesen, außer in den zwei Wochen, die er gesetzlich zur Kontaktsperre verurteilt war. Seine Lektüre hatte aus Managermagazinen, Börsenblättern und Autobiografien von Topmanagern bestanden.

Dann erzählte er, dass er sein Geld fast gänzlich verloren hatte, weil er aufs falsche Pferd gesetzt hatte. Wirecard, wie so viele. Am Tag der Aktionärsversammlung hatte er seine Aktien verkaufen wollen, das Unternehmen hatte großartig dagestanden, die Zahlen waren der Traum eines jeden Anlegers gewesen. Aber plötzlich war der Wert rasant gefallen, als Nächstes waren die Aktien ausgesetzt worden. Von jetzt auf gleich war sein Vermögen zusammengeschrumpft, als habe man eine Vakuumpumpe angesetzt. Und auch bei Raphael war die Luft rausgewesen.

»Lydie hatte kein Verständnis dafür, dass das Geld bei mir

nicht mehr so locker saß. Sie hat sich nahtlos an meinen Kollegen rangeschmissen, und ich habe endlich begriffen, dass es ihr nie um mich ging. Und jetzt nervt meine Schwester, weil ich ihr …« Raphael stockte.

»Ja?«

»Seit dieser verdammten Erkrankung fallen mir die Worte nicht immer ein.« Raphael strich sich mit der Hand über das Gesicht.

Er schwieg eine Weile, Alain starrte ihn wortlos an.

»Ich soll meiner Schwester Rechenschaft über den Verbleib des Erbes ablegen. Sie hat keine Vorstellung davon, dass das Erbe lediglich ein Drittel dessen ist, was ich eingebüßt habe.«

Alain goss sich Wein nach und füllte auch das Glas seines Freundes wieder auf. Er deutete auf den Reisekatalog.

»Klingt nach einer guten Idee, Urlaub zu machen. Wann hast du frei?«

»Ich habe ab jetzt immer frei«, antwortete Raphael und trank das Glas in großen Schlucken leer.

»Will heißen?«

»Ich habe gekündigt. Bis zum Ende der Kündigungszeit bin ich krankgeschrieben, meinen Resturlaub und die Überstunden lasse ich mir auszahlen. Das kann ich gut brauchen. Und dann warte ich ab, was sich ergibt.«

Alain rieb sich mit beiden Händen über die muskulösen Oberschenkel, die in einer engen Radlerhose steckten.

»Eine kreative Pause, Abstand von allem bekommen und bei einer anderen Bank neu durchstarten?«

»Nein, den großen Reset-Knopf drücken, alle Systeme auf Werkseinstellung zurücksetzen und mal sehen, mit wie wenig ich wirklich über die Runden komme.«

»Du und arbeitslos melden? Mit sechsundvierzig Jahren

hast du selbst in Luxemburg noch dreizehn Arbeitsjahre vor dir. Wie möchtest du die überbrücken?«

»Ich biete dir zum Beispiel meine Kaffeemaschine an. Ich habe außerdem begonnen, einen Teil meiner Habe im Internet zu verkaufen.«

Alains Augen wanderten durch die Wohnung. Er hatte noch nicht wahrgenommen, dass einige Dinge, die Raphael bislang wie Trophäen ausgestellt hatte, fehlten. In einer Vitrine, die zuvor mit hochpreisigen Kameras bestückt gewesen war, lagen nur noch eine alte Spiegelreflexkamera und ein einsames Teleobjektiv.

Raphael folgte Alains Blick. »Das Tele ist so gut wie verkauft.«

»Dann kommt es auf die letzte Kamera auch nicht mehr an. Vielleicht kannst du die Vitrine ebenfalls zu Geld machen«, sagte Alain bissiger als beabsichtigt.

»Die Kamera habe ich von meinem ersten Gehalt gekauft, die gebe ich nicht her. Das mit der Vitrine ist allerdings eine gute Idee, ich werde künftig ohnehin keinen Platz mehr für sie haben.«

Alain blickte auf seine Smartwatch, auf deren Display eine Nachricht aufleuchtete.

»Wirst du erwartet? Geh ruhig.«

»Wir werden beide erwartet. Die anderen stehen am Weinstand und hatten sich darauf gefreut, dich endlich wiederzusehen. Mensch, Raphael, wir vermissen dich«, sagte Alain und legte ungelenk einen Arm um Raphaels Schultern. Der entwand sich ihm und schloss das Fenster.

»Sei ehrlich. Die warten nicht auf mich als Person. Sonst hätten sie sich einmal gemeldet, als ich krank war und jemanden gebraucht hätte, der für mich einkauft. Stattdessen bin ich inzwischen mit dem Lieferfahrer der Pizzeria per Du. Sie warten auf jemanden, der ihnen eine Flasche Wein spendiert und ein paar nette Anekdoten zum Besten gibt. Das war bislang meine Rolle in dieser Konstellation. Aber seit ich den Porsche verkauft habe, seit ich nicht mehr mit in die Clubs komme, seit ich T-Shirts statt Markenhemden trage, möchte man sich mit mir nicht mehr in der Öffentlichkeit zeigen. Sobald meine Adresse nicht mehr zu einem, einem …« Raphael suchte nach dem richtigen Wort. »Zu einem Penthouse in gehobener Lage gehört, sondern zu einer durchschnittlichen Wohnung in einer durchschnittlichen Straße, werden sie mich aus ihren Kontakten löschen.«

Eine weitere Nachricht erschien auf Alains Uhr. Er ignorierte sie.

»Ich verstehe noch immer nicht, warum du gekündigt hast. Oder hast du etwas Neues in Aussicht?«

»Bei Wirecard ist in allen Instanzen alles schiefgelaufen, wofür ich ein Leben lang gestanden habe. Meine Glaubenssätze sind erschüttert, mein Leben kommt mir nur noch absurd vor.«

»Ich glaube, du hast den Urlaub dringend nötig. Anschließend sieht die Welt wieder besser aus und wir können gemeinsam überlegen, wie es weitergehen könnte. Also, wohin geht die Reise? Thailand? Dominikanische Republik? Oder eine Fahrradwoche auf Mallorca?«

Wieder zuckte Raphaels Mundwinkel, diesmal eher geringschätzig als belustigt. »Das wirst du mir nicht glauben. Ist es überhaupt wichtig?«

»Ja, verdammt, du bist mir wichtig! Also sag schon.«

»Ich habe mir heute Morgen ein Zimmer in einer Pension

in Südtirol gebucht. Ich war noch nie in den Bergen, und die Gegend sah im Katalog verlockend aus.«

Alain zog die Stirn kraus. »Hast du einen Fahrradträger für deinen Smart und nimmst das Mountainbike mit?«

»Ich möchte einfach nur wandern.«

»Wann geht es los? Wir könnten nächste Woche beim Outdoorausstatter shoppen gehen.«

Raphael schüttelte den Kopf. »Du kannst den letzten Joghurt aus meinem Kühlschrank mitnehmen, und falls du Zeit hast, mal nach der Post sehen. Ich fahre heute Nacht mit dem Fernbus los.«

Alain lachte laut auf. »Du fährst mit dem Bus? Gibt es dort keinen Flughafen?«

»Nein, gibt es nicht. Außerdem ist der Bus ungeschlagen günstig. Ich habe ja nicht viel Gepäck, das passt alles in einen Koffer und den Wanderrucksack, den ich mir heute gekauft habe. Die Pension hat sogar angeboten, mich vom Bahnhof abzuholen.«

Alain blickte Raphael ungläubig an. »Wann hättest du mir das erzählen wollen?«

»Sobald du dich das nächste Mal bei mir meldest, von dir aus. Also jetzt.« Raphael goss Alains Glas noch einmal voll und griff in die Hosentasche, aus der er einen Schlüsselring mit einem Haustürschlüssel und einem Briefkastenschlüssel hervorzog. »Ich lege dir den Autoschlüssel auf die Kommode im Flur, falls deine Tochter das Auto in der Zeit nutzen möchte.«

4

Raphael genoss die Busfahrt über die Alpen, die er bislang nur aus der Vogelperspektive gekannt hatte. Auf deutscher und österreichischer Seite hatte es geregnet, doch sobald sie den Brenner passiert hatten, schien die Sonne. Raphael hatte das Gefühl, in eine neue Welt einzutauchen, und wurde allmählich unruhig auf seinem zu engen Sitz. Der Bus war nicht voll besetzt, sodass Raphael seinen Rucksack auf dem Sitz neben sich stehen hatte. Als der Bus auf den Bahnhof von Meran zurollte, checkte Raphael die eingehende Nachricht auf seinem Handy.

»Steah mitn Auto an dor Station, a gelbe Panda, *Targa* AZ548GKBZ.«

Raphael nahm seinen grünen Rollkoffer und hielt über die Schultern der Umstehenden hinweg Ausschau nach einem gelben Fiat Panda. Er erblickte ihn halb auf der Straße geparkt. Neben dem Kofferraum stand ein Mann von beachtlichen Körpermaßen und zeigte auf sein Nummernschild. Jetzt erschloss sich Raphael die Kombination von Buchstaben und Zahlen in der SMS.

»Guaten Nommitog«, brummte der Alte und musterte Raphaels Koffer und seinen Wanderrucksack.

»Gudden Nomëtteg«, grüßte Raphael erfreut, denn bislang hatte er nur in Großbritannien erlebt, dass man sich einen guten Nachmittag wünschte.

Mehr verstand er allerdings nicht von dem, was der Mann sagte. Das merkte dieser wohl, denn er fragte in bemühtem Hochdeutsch, ob Raphael zum ersten Mal in Südtirol sei. Er schob eine Kiste mit Pilzen im Kofferraum beiseite und versuchte, Raphaels Gepäck hinein zu hieven. Wenigstens der Rucksack fand dort Platz. Auf der Rücksitzbank saß ein großer, zottiger Hund und wackelte aufgeregt mit den Ohren. Raphael schob den Beifahrersitz in die hinterste Sitzposition und versuchte, den Koffer so auf dem Schoß zu halten, dass der Fahrer noch an den Schaltknüppel kam, sie sich aber nicht mehr sehen konnten. Damit erübrigte sich jedes weitere Gespräch. Raphael starrte fasziniert durch das Seitenfenster auf die Vielzahl an Autos, die sich durch die Kreisverkehre schoben, mehrheitlich mit deutschen Kennzeichen. Das Auto schraubte sich den Berg hinauf und Raphael fragte sich nicht länger, warum es die einzige Unterkunft gewesen war, die er kurzfristig hatte buchen können. Die meisten Hotels und Pensionen waren ihm als belegt angezeigt worden oder waren nur für wenige Tage, nicht jedoch für zwei Wochen verfügbar gewesen. Je größer die Steigung wurde, desto erstaunlicher fand Raphael es, dass der Alte einen Kleinwagen fuhr. Nur die zuweilen schmalen Durchfahrten erklärten die gewählte Größe des Autos.

»Allrad«, brummte der Alte, als könnte er Raphaels Gedanken lesen, und fuhr, ohne anzuhalten, um eine spitze Kehre und eine gefühlte Steilwand hinauf.

»Mir sain do.« Das Auto hielt vor einem einsam stehenden großen Hof, dessen Holzbalkone das Meer an Geranienblüten kaum tragen zu können schienen. Der Alte knurrte etwas, aus dem Raphael schloss, dass die Frau seines Gastgebers in der Küche sei. Er sollte einfach schon durchgehen, da der Alte in den Stall müsste. Raphael wuchtete den Koffer auf den Boden und friemelte seinen Rucksack aus dem Kofferraum. Der Alte hatte im Vorbeigehen die Tür zur Rückbank geöffnet und nun schnupperte der Hund, ohne dass er den Hals recken musste, an Raphaels Händen und leckte sie neugierig ab.

»Der isch brav, kimm lai innor, griaß di!«, bat eine Frau undefinierbaren Alters. »Es Madl kimp glai. I zoag enk es Zimmer.«

Wie jeder Luxemburger sprach Raphael fließend Luxemburgisch, Deutsch und Französisch. Außerdem Englisch wie fast jeder seines Alters. Aber hier stieß er an seine Grenzen.

Ein Auto fuhr vor und eine stämmige Frau mittleren Alters stieg aus. Die Gesichtszüge und der Körperbau wiesen sie unzweifelhaft als die Tochter des Hauses aus.

»Ah, schön, dass Sie da sind. Hatten Sie eine gute Anreise? Kommen Sie, ich zeige Ihnen Ihr Zimmer.«

Sofort fühlte sich Raphael sicherer und folgte der Frau in den zweiten Stock. Er musste auf der Treppe den Kopf einziehen, und auch in seinem Dachzimmer konnte er nur mit Mühe aufrecht stehen. Dafür belohnte ihn ein traumhafter Blick vom Balkon über die Stadt Meran, einige Dörfer, Täler und Berge und entfernt stehende Hütten. Raphael hielt sich am Geländer fest und sog die frische Luft tief in seine Lungen.

»Wie sind Sie ausgerechnet auf uns gekommen?«

Raphael wägte ab, wie viel Wahrheit sie vertrug.

»Ich seh' es Ihnen an, wir waren das einzige Haus, das noch freie Zimmer hatte.«

Raphael lächelte entwaffnet.

»Die Lage ist nicht gerade verlockend. Die Mama hat gesagt, Sie haben gleich für zwei Wochen gebucht. Aber wir nehmen es Ihnen nicht übel, wenn Sie sich nach ein paar Tagen etwas anderes suchen. Frühstück gibt es von acht bis halb zehn, vorher haben wir noch keine *Vinschger*. Danach muss der *Tata* arbeiten und die Mama fährt meist mit. Richten Sie sich erst einmal ein.«

Raphael kehrte hinter ihr in sein Zimmer zurück und fragte sich, was es hier einzurichten gäbe. Es gab ein Bett, das für ihn nur dann lang genug zu sein schien, wenn er diagonal schlief. Daneben ein kleines Holztischchen mit einer Lampe. Ein Kleiderschrank stand an der einzigen Wand ohne Dachschrägen. Daneben gab eine geöffnete Tür den Blick frei in ein winziges Badezimmer mit einer Dusche, die durch einen geblümten Duschvorhang abgetrennt war. Raphael sah auf die Uhr.

»Gibt es hier auch Abendessen? Oder ein Restaurant in der Nähe?«

Die Frau lachte laut auf. »Sie sind zum ersten Mal auf einer Alm, oder? Sie können heute Abend ein paar Bratkartoffeln mit Spiegelei bekommen oder eine Kaminwurz, sonst gibt es hier nichts mehr, wir haben ja keine Gaststube. Dazu gibt es Wein, Bier oder Buttermilch. Kommen Sie einfach gleich hinunter in die Stube. Ich muss jetzt der Mutter zur Hand gehen.«

Damit ließ sie ihn stehen. Raphael starrte ratlos auf seinen großen Koffer und den modernen Wanderrucksack. Sollte er die überhaupt auspacken? Er setzte sich auf das Bett und freute sich, dass die Matratze hart, jedoch nicht zu hart war. Er streifte die Schuhe von den Füßen, streckte sich aus, ärgerte sich noch, dass die Bettdecke wie so oft zu kurz für ihn war, dann schlief er ein.

5

Ob Raphael von dem Geräusch seines knurrenden Magens oder der Übelkeit aufgewacht war, konnte er nicht unterscheiden, er wusste nur, dass er fürchterlichen Hunger hatte. Vor den Sprossenfenstern war es stockfinster. Raphael setzte sich auf die Bettkante und versuchte, sich im Dunkeln zu orientieren. Er griff dorthin, wo er sich an die Tischleuchte erinnerte und ihren Schalter vermutete, doch sie blieb dunkel. Er stand auf, um sich zum Lichtschalter neben der Tür voranzutasten, und stolperte über etwas Großes am Boden. Bevor er darüber nachdenken konnte, ob er seinen Rucksack oder seinen Koffer dort stehen gelassen hatte, ertönte ein dumpfes Knurren. Nun wusste Raphael auch, warum seine Augen und seine Nase zugeschwollen waren. Kurze Zeit konnte er einen Hund ertragen, aber eine ganze Nacht war wohl zu viel gewesen. Während sich der Hund aufrappelte, stieß Raphael vornüber gegen den Kleiderschrank. Im Hausflur ging das Licht an. Endlich konnte Raphael sich orientieren und das Deckenlicht einschalten.

»Alles in Ordnung! Bitte entschuldigen Sie, ich bin über den Hund gestolpert«, rief Raphael verhalten.

»Sandler, kimm!«, erschallte die knappe Ansage des Alten und der Hund trottete die knarzenden Holzstufen hinab. Raphael warf einen verschwommenen Blick auf seine Armbanduhr, es war kurz nach vier in der Früh.

»Oan Kaffee?«, klang es von unten. Raphael fuhr sich mit beiden Händen durch die Haare, zog seinen Pullover zurecht, schlüpfte in seine Schuhe und schlich die Treppe hinunter, was nicht lautlos möglich war. In der Küche hantierte der Alte mit einem metallenen Espressokocher. Raphael dämmerte es langsam, dass er die Tiere im Stall versorgen musste und auch ohne den Lärm aufgestanden wäre. Dankbar nahm Raphael den Kaffee an und schielte zu einem Apfel in der Obstschale.

»Nimm«, kam eine knurrige Aufforderung und Raphael war dankbar für die Einsilbigkeit des Bauern. Herzhaft biss er in den Apfel und erfreute sich am aromatischen Geschmack. Der Alte goss ihm einen Kaffee ein, der stark und heiß war. Raphael hätte sich viel Zucker gewünscht, aber er wagte nicht, den Mann darum zu bitten. Dieser kippte seinen Kaffee hinunter und verließ wortlos die Küche, den Hund an seiner Seite.

Raphael folgte den beiden und erschauderte, als er in die kühle Nachtluft trat. Die feuchte Wiese roch frisch und würzig, nur das Muhen einer Kuh und das Rascheln einer Maus im Gras waren zu hören. Er war hellwach und voller Tatendrang. Raphael schaute in den Stall, wusste jedoch gleich, dass er sich dort mit seinen bequemen Businessslippern an den Füßen nicht würde nützlich machen können. Er schlich die Treppe wieder hinauf, zog die neuen Wanderschuhe aus dem Koffer und kehrte mit ihnen an den Füßen in den Stall zurück. Der Bauer blickte ihn wortlos an und drückte ihm eine Mistgabel in die Hand. Raphael schaufelte das stinkende Stroh in Schubkarren, die er zum Misthaufen fuhr, bis die Sonne das erste Licht hinter den Bergen aufleuchten ließ.

Raphael wusste nicht, was ihn mehr erschreckte: Der Hund, der ihm die Schnauze in die Kniekehlen stieß, oder die Tochter des Alten, die ihn von hinten ansprach und ihm ein Brot und einen Kaffeebecher entgegenhielt.

»Das ist aber nett, dass Sie mir meine Arbeit abgenommen haben. Sind Sie immer so früh auf den Beinen?«

Raphael erklärte, dass er am Vorabend einfach eingeschlafen und dadurch früh erwacht sei, eigentlich sei er ein Langschläfer.

»Ich fahre gleich wieder in die Stadt hinunter. Falls Sie lieber bergauf wandern, kann ich Sie mit hinunternehmen und Sie können zur Alm zurücklaufen.«

Das klang nach einem verlockenden Angebot. Raphael versprach, sich mit dem Umziehen zu beeilen. »Möchten S' den Hund mitnehmen? Er findet immer nach Hause«, schlug die Bäuerin vor und wie zur Bestätigung leckte der Hund Raphaels Hand ab, die nach Wurstbrot schmeckte.

»Warum nicht, wir beide sind uns ja schon nähergekommen. Wir sollten uns nur auf Dauer nicht allzu nah kommen, wegen meiner Allergie.« Raphael ging ins Haus, um sich eine Wanderhose, warme Strümpfe und vor allem ein frisches T-Shirt anzuziehen.

Im Hof hupte die junge Frau, als Raphael noch dabei war, seine Frisur zu richten. Aufs Rasieren würde er verzichten müssen. Das hatte er seit seinem vierzehnten Lebensjahr nicht mehr ausfallen lassen. War das der Ruf der Wildnis? Er musste schmunzeln. Den Inhalt seines Rucksacks schüttete er aufs Bett, füllte rasch seine Flasche mit Wasser und wühlte im Koffer nach der dicken Jacke.

»Kemmen S', der Sandler ist schon im Auto. Ich habe eine Wanderkarte für Sie eingepackt und eine Semmeln, ich zeig Ihnen den Weg.«

Raphael sah sofort, dass es sich auch bei dem Geländewagen um einen Allradantrieb handelte. Ihm fiel das grobe Profil der Winterreifen direkt ins Auge.

»Ich hoffe, wir bekommen in den nächsten Tagen noch keinen Schnee«, ging die junge Frau auf seinen Blick ein. »Sobald es hier oben ungemütlich wird, ziehen wir normalerweise ins Tal. Ich habe da eine Wohnung und pendle zwischen dieser und dem Haus meiner Eltern hin und her. Sie brauchen immer mehr Hilfe, darum geben wir die Tiere in den nächsten Tagen ab. Künftig gibt es keinen Grund mehr, am Berg zu bleiben. Außer natürlich dem Fremdenzimmer.«

»Um Gottes willen, wegen mir müssten Sie nicht bleiben. Ich finde sicher etwas im Tal für ein paar Tage.«

Raphael krallte sich am Türgriff fest, als der Geländewagen um die Kurve sauste.

»Wie weit möchten Sie denn laufen? Ich kann Sie überall herauslassen.«

Raphael war ob des Fahrstils der Frau versucht, sofort auszusteigen, bat aber darum, ein Stück weiter ins Tal mitgenommen zu werden. An einer Straßengabelung stoppte der Geländewagen.

»Sie sollten sich eher links halten, sonst landen Sie auf dem falschen Berg und müssen alles wieder zurückgehen. Folgen Sie einfach dem Sandler und den Schildern zu unserem Hof. Rot-weiße Markierungen mit der Nummer neunzehn weisen Ihnen den Weg. Von den gelb-schwarzen würde ich abraten. Ich habe Ihnen meine Handynummer aufgeschrieben. Falls Sie es bis heute Abend nicht geschafft haben, rufen Sie mich an.«

Sie drückte Raphael die Hundeleine, eine Wanderkarte sowie einen Zettel in die Hand. Raphael stieg aus, ließ den Hund herausspringen und schulterte seinen Rucksack.

»So, Hund, dann suchen wir mal den Heimweg«, sagte Raphael und blickte sich nach den passenden Hinweisschildern um.

6

Raphael erwartete, dass seine Füße zischen würden, als er sie in den plätschernden Bach neben dem Weg hielt. Der Hund schlabberte gierig das kühle Wasser, sprang schließlich ganz hinein und folgte dem Bachlauf bergauf.

»Hey, Sandler, hierher«, rief Raphael, als er einen Mann um die Wegbiegung kommen sah. Der stutzte und blickte ihn finster an.

»Na, komm her, Sandler.«

Der Mann trug ein blaukariertes Hemd, Jeans und derbes Schuhwerk. Er baute sich vor dem am Boden sitzenden Raphael auf.

»Was sagen Sie?«, fragte er in drohendem Tonfall.

»Das ist nicht mein Hund, leider hört er nicht auf mich. Sandler, komm schon!«

Der Alte lachte, bis ihm die Tränen die Wangen hinunterliefen. Raphael sah ihn verständnislos an. Der Mann zog ein großes Stofftaschentuch hervor und wischte sich das Gesicht.

»Ihnen hat wohl niemand verraten, was ein Sandler ist?« Er reichte Raphael die Hand. Dieser fühlte sich im Schatten des Mannes unwohl und versuchte, auf den nassen Steinen aufzustehen. Raphael zögerte, dann ergriff er die dargebotene Hand des Mannes und ließ sich von ihm hochhelfen.

»Ein Sandler ist ein Stadtstreicher. Und es klang nicht gerade wohlmeinend, von Ihnen so gerufen zu werden«, erklärte der Einheimische.

Jetzt musste auch Raphael lachen. »Oh, ein Clochard. Das tut mir leid, das muss ja wie eine Beleidigung gewirkt haben.«

Unterdessen trottete der Hund heran und schüttelte das

lange Fell, das triefend an seinem Körper klebte, sodass beide Männer nass wurden. Er stupste Raphael an, als wollte er weitergehen.

Der Mann sah auf Raphaels Füße, die nicht nur wegen des kalten Wassers gerötet waren. Sein Blick schweifte zu den Schuhen in Raphaels Hand. »Die erste Tour mit neuen Wanderschuhen? Und wie weit laufen Sie?«

Raphael schaute den Mann zerknirscht an. »Die erste richtige Wanderung meines Lebens. Mit neuen Schuhen, mit einem unbekannten Hund, in unbekanntem Gelände, ohne eine Vorstellung davon, wie lange ich für die Strecke brauchen werde. Kein guter Einstieg in den Ausstieg.«

Die Falten um die Augen des Mannes zuckten. Raphael hielt es für eine Mischung aus Belustigung und Mitgefühl, konnte jedoch in den wettergegerbten Zügen des Unbekannten nicht wirklich lesen. Er verzog das Gesicht, als er seine geschundenen Füße wieder in die Schuhe zwängte, und erzählte, wie es dazu gekommen war, dass er mit dem Hund den Aufstieg auf den Berg versuchte.

»Bis zum Jochrhof? Das ist noch ein ordentliches Stück. Wohnen Sie etwa da?« Der Alte reichte Raphael einen Apfel, den dieser mit Appetit aß. »Sie brauchen ordentliche Wanderstrümpfe. Außerdem binden Sie die Schuhe zu locker. Darf ich?« Er beugte sich hinab und band Raphaels Schuhe neu. »Haben Sie wenigstens genug zu trinken dabei?«

Raphael zog die leere Wasserflasche aus dem Rucksack. »Die wollte ich mir eben im Bach füllen, gut, dass Sie mich daran erinnern.«

»Das ist kein Bach, das ist ein *Waal.*« Der Alte erklärte, dass diese künstlichen Bachläufe ganz Südtirol durchzogen und schon seit dem dreizehnten Jahrhundert der Bewässerung der

Apfelplantagen und inzwischen auch der Weinberge dienten. »Mein Hof ist um die Ecke. Eine Kaminwurz hätte ich für Sie, ein Stück Speck und ein *Paarl.* Und natürlich einen Apfelsaft oder eine Flasche Wein.«

Dankbar ging Raphael mit und lernte, dass ein *Paarl* ein mit Brotklee, Fenchel und Kümmel gewürzter kleiner Brotfladen war, der paarweise gebacken wurde. Er probierte einen Käse und für den Sandler gab es ein Stück Wurst. Dazu trank Raphael eine halbe Flasche Rotwein, einen Vernatsch, von dem er bislang nie gehört hatte, und anschließend noch einen Espresso, der hier einfach nur Kaffee hieß.

»Schade, dass Sie keine Fremdenzimmer haben.«

»Doch, habe ich, allerdings nur Wohnungen, keine Zimmer, das ist mir zu aufwändig. Doch im Oktober ist alles auf lange Sicht ausgebucht, da hätten Sie früher anfragen müssen.«

Raphael fragte nach einer Visitenkarte und der Alte lachte. »Für meinen Hof brauche ich so einen neumodischen Kram nicht. Hier, nehmen Sie die halbleere Weinflasche mit, da steht alles drauf, was Sie wissen müssen.«

Raphael wollte stattdessen eine neue Flasche kaufen, aber der Mann machte ihn darauf aufmerksam, dass er das alles tragen müsse.

»Dann komme ich in den nächsten Tagen noch einmal vorbei.« Er steckte die Flasche in den Rucksack, aus dem er seinen Geldbeutel herauszog.

»Fünfzehn Euro und ein Vergelt's Gott«, wollte der Alte für die Weinflasche und die *Marende*, wie er die Brotmahlzeit nannte. Raphael legte ihm einen Zwanzigeuroschein hin und rief den Sandler, dann ließ er sich den Weg zeigen und begab sich gestärkt an den weiteren Aufstieg.

Der Hund lief meist still neben Raphael her, mal ein wenig vor ihm, mal ließ er sich zurückfallen. Als sie an einem einsam gelegenen Holzhaus vorbeikamen, schlug der Hund plötzlich an. Raphael hakte die Leine im Halsband ein und sah sich aufmerksam um.

Auf dem Hof stand ein Range Rover ohne Kennzeichen, vermutlich über den Winter abgemeldet. Alle Klappläden des Hauses waren geschlossen, es war kein Laut zu hören. Der Sandler knurrte alarmierend.

»Hast du ein Reh gewittert?« Raphael streichelte dem Hund den Rücken und zog an der Leine, um die letzten einhundert Höhenmeter zu erklimmen. Doch der Hund stemmte die Beine in den Boden. Raphael gab ihm ein wenig Wasser und ein letztes Stück Wurst und zerrte ihn schließlich hinter sich her.

Das kommende Stück des Weges führte über eine gewundene Straße. Raphael hatte den Eindruck, diese gestern bereits aus dem Autofenster heraus gesehen zu haben. Als er Motorengeräusche von hinten hörte, trat er zur Seite. Er freute sich, als er in der Fahrerin des Autos die Tochter des Hauses erkannte, die ihn und den Hund einsammelte und ihm somit das letzte steile Stück ersparte.

7

Raphael war so erschöpft von seiner ersten Wanderung, dass er wieder früh einschlief. Dabei half die zweite Hälfte der Weinflasche, aber auch die fehlende Möglichkeit, sich mit seiner Beherbergungsfamilie zu unterhalten, nachdem die Tochter in ihre Stadtwohnung gefahren war.

Am nächsten Morgen erwachte er abermals sehr früh, sein Buch lag noch aufgeschlagen auf seinem Kopfkissen. Er musste lange warten, bis es endlich Frühstück gab. Unterdessen versuchte er, ein paar Nachrichten vom Vortag auf seinem Handy zu beantworten, merkte jedoch, dass er kein Netz hatte. Die Nachrichten würden also erst gesendet werden, wenn er wieder im Tal war.

Zum Frühstück gab es einen der leckeren schwarzen Kaffees, dazu ein Spiegelei, ein wenig rohen Schinken, der hier Speck hieß, und dazu ein getrocknetes, gewürztes Brot, das ihn an Knäckebrot erinnerte und Schüttelbrot genannt wurde.

Als er zurück in sein Zimmer kam, war das Bett gemacht, und auch sein Koffer war ausgepackt und seine Kleidung in den Schrank geräumt worden. Raphael glaubte, seinen Augen nicht zu trauen. Sein Buch lag mit einem Lesezeichen auf dem wackligen Tisch neben dem Bett, die Glühbirne brannte jedoch noch immer nicht. Einem ersten Impuls folgend hätte er der Bauersfrau gern erklärt, dass er ihr Gast, nicht ihr pubertierender Sohn war. Aber er wusste, dass sie weder seine Sprache noch seine Aussage verstehen würde. Er suchte seinen Zimmerschlüssel – auch wenn ihm bewusst war, dass die Wirtin einen Zweitschlüssel hatte – doch er fand keinen. Und auch die Weinflasche vom Vortag war verschwunden, sodass Raphael nun weder den Namen, noch die Anschrift des zuvorkommenden Mannes wusste, den er ja heute noch einmal hatte besuchen wollen. Er schnürte seine Wanderschuhe, wie der Mann es ihm gezeigt hatte, und rief den Sandler. Sollten die Bauersleute sich wenigstens ein paar Sorgen um den Hund machen, wenn er ihnen schon nicht die Meinung sagen konnte.

Die Wolken hingen so tief, dass der Hof in einem tristen Nebel eingefroren zu sein schien. Die Feuchtigkeit legte sich auf die Wiesen, die Kleidung, das Gemüt. Mit ausgreifenden Schritten stieg Raphael den Weg von gestern hinab, der im Nebel und in der Gegenrichtung neu auf ihn wirkte. Der Sandler scharwenzelte um seine Beine und Raphael kam aufgrund der Steigung zweimal fast zu Fall. Er nahm sich vor, bei nächster Gelegenheit Wanderstöcke zu kaufen. Jedes Mal, wenn ihm Wanderer begegneten, nahm Raphael den Hund an die Leine. Sonst lief der Sandler frei durchs niedrige Gesträuch und unter den Lärchen und Laubbäumen hindurch.

Als sie sich der Holzhütte näherten, fing er wie schon am Vortag an zu bellen. Raphael wollte ihn an die Leine legen, doch der Hund wich ihm aus und hielt direkt auf die Hütte zu. Das Auto war fort, die Läden weiterhin verschlossen. Der Hof wirkte noch verlassener als am Vortag. Raphael rief den Sandler, aber er reagierte nicht und verschwand aus Raphaels Blickfeld. Raphael folgte dem Winseln des Hundes. Als er den Sandler und dessen Fund endlich entdeckt hatte, erstarrte er.

8

»Bin im Weinberg« war auf einem Schild neben der Tür des freundlichen Bauern von gestern zu lesen, außerdem eine Nummer, die Raphael anrief. Er erklärte, dass er der Wanderanfänger mit den neuen Schuhen und dem Hund sei.

»Der Sandler«, sagte der andere lachend und fragte, ob er Wein-Nachschub brauche.

»Später, erst brauche ich einen Rat. Der Hund hat etwas aufgespürt und ich wollte die Polizei rufen, aber es gibt so viele verschiedene Einheiten, ich verstehe nicht, welche davon ich anrufen muss.«

Der Alte sagte, er sei nur drei Reihen unterhalb des Hofes und käme gleich zu ihm. Dann legte er auf. Der Hund versteckte sich winselnd unter einem Tisch und Raphael konnte ihn nicht hervorlocken. Also setzte er sich zu ihm und kraulte ihm das Fell, bis der Alte zu ihnen stieß. Mühsam kletterte Raphael unter dem Tisch hervor.

»Was macht einem Stadtmenschen solche Angst, dass er gleich die Polizei rufen möchte?«, fragte der Alte mit einem vergnügten Schmunzeln im Gesicht.

»Ein toter Hund.«

»Der Sandler?«

Dieser kam mit eingezogenem Schwanz unter dem Tisch hervorgekrochen, als er seinen Namen hörte, und robbte auf den Alten zu.

»Du lebst, da bin ich ja froh«, sagte der Alte augenzwinkernd und umfasste den Kopf des Hundes liebevoll mit beiden Händen.

»Auf dem Weg von hier zum Jochrhof ist eine Holzhütte im

Wald, bergauf eine knappe Stunde von hier.«

»Ja, ich weiß. Der Hof ist *heuer* unbewohnt, der Besitzer sucht für das kommende Jahr einen neuen Pächter.«

»Hinter dem Haus liegt ein toter Hund. Ein Jagdhund, würde ich sagen.«

»Dem Jagdaufseher ist einer abgängig, erzählt man sich«, hakte der Alte ein.

»Er ist erschossen worden, aber er scheint da nicht ganz frisch zu liegen, er ist ziemlich angenagt«, erzählte Raphael und schüttelte sich bei dem Gedanken.

»Besser, ich ruf den Jagdaufseher und nicht die Polizei. Soll er sich selbst darum kümmern. Und dir hole ich erst mal einen Schnaps«, erklärte der Alte und zog sein Handy aus der Hosentasche.

»Der Johann fährt gleich zur Hütte rauf. Bleib sitzen, dich braucht er nicht. Aber er kann dich anschließend zurück zum Jochrhof bringen.« Der Alte war nahtlos vom Sie zum Du übergegangen.

»Ich heiße Raphael, Raphael Schleck.«

»Freut mich, Raphael, ich bin der Luis, der Walcher Luis. Da du wieder den Hund vom Jochrhof dabeihast, nehme ich mal an, du wohnst noch immer droben?«

Raphael war dankbar für den Themenwechsel. Er erzählte, dass die Bäuerin am Morgen ungefragt seine Sachen durchwühlt hätte und er einen Grund suchen würde, das Mietverhältnis ohne finanziellen Verlust aufzuheben.

»Ich glaube, die Zmailer Anna hat ein Einzelzimmer frei, was sie normalerweise nicht mehr vergeben tät. Die vermietet nur mehr Doppelzimmer mit Talblick, aber sofern sie nicht eine Rumpelkammer aus dem Zimmer gemacht hat, ist es sicher frei. Für ein paar Tage wirst du dort gewiss unterkommen können. Morgen wird es droben beim Jochrhof eh schnei'n, dann gibt es kein Frühstück und die Alten wissen kaum, wie sie das Haus g'scheit heizen sollen. Wenn du noch eine weitere Nacht droben schläfst und morgen erst abreist, warst du länger da als die Gäschte es üblicherweise aushalten.«

Raphael lachte erleichtert auf. »Den Sandler werde ich vermissen, sonst bin ich froh, wenn das vorbei ist. Nicht meine beste erste Erfahrung mit Südtirol. Schließlich noch dieser angenagte Hund ...«

»Trink noch einen«, sagte Luis und goss nach.

9

Zum ersten Mal hatte Raphael gut geschlafen. Der Sandler lag vor seinem Bett, aber die Allergie störte ihn inzwischen weniger, und die Anwesenheit des Hundes tröstete ihn. Sobald er die Hand aus dem Bett hielt, war der Hund auf den Beinen und leckte seine Finger. Ansonsten verhielt der Sandler sich seit seinem gestrigen Fund, als hätte er einen Freund verloren.

Raphael hatte seine Habseligkeiten bereits gestern Abend in Koffer und Rucksack gepackt. Er hatte mit Luis vereinbart, dass dieser ihn abholte, falls Raphael nicht bis zum frühen Nachmittag auf seinem Hof wäre. Raphael hoffte, dass die Tochter des Hauses auch heute vorbeikommen würde, aber als er die Klappläden zurückschlug, blickte er auf eine große, weiße Fläche. Vom Haus zum Stall sah man Fußspuren im Schnee, sonst lag der Hof unberührt und still. Es war kalt in Raphaels Zimmer, fast hatte er das Gefühl, kleine Wölkchen beim Ausatmen sehen zu können.

Raphael ging unter die Dusche, wartete jedoch vergeblich auf warmes Wasser und rieb sich die kalten Beine ungeduscht mit einem Handtuch ab. Er zog ein T-Shirt, ein Hemd und zwei Pullover übereinander, rasierte und frisierte sich. Sobald er die Zimmertür öffnete, schlich der Hund an ihm vorbei die Stiege hinab in die Stube.

»Dor Schnea kimp fria huier«, murmelte die Bäuerin und versuchte vergebens, den Kachelofen anzufeuern. »Es Holz isch noss. I hon an Kaiserschmorrn in *Rèarl*. Die *Goggelen* miesen weg.« Dabei zeigte sie auf eine Handvoll brauner Eierschalen.

Den Rest verstand Raphael zwar noch weniger, schloss aber aus den Gesten der Alten, dass heute die Tiere abgeholt würden und die Bauersleute ins Tal zu ihrer Tochter ziehen wollten. Raphael könne bis abends warten, wenn die Tochter käme, oder er würde mit dem Traktor ins Tal mitfahren. Raphael tat erbost, weil er schließlich zwei Wochen gebucht hätte.

»Dann zohlts nocher firs Essen und fertig.«

Raphael freute sich insgeheim, dem Hof so gut entrinnen zu können. Er ging auf sein Zimmer und polterte ein wenig, als müsse er packen, dann schleppte er das Gepäck in die Diele und wartete auf seine Mitfahrgelegenheit.

10

»Typisch, du weißt genau, dass ich das Einzelzimmer nicht mehr vermiete. Aber wie könnte ich dir eine Bitte abschlagen, Luis?«, sagte die flotte Mittsechzigerin, die sich Raphael als »Zmailer Anna« vorgestellt hatte, und stupste Luis in die Seite.

»Das sind mir ja ganz neue Töne. Wenn du mir keine Bitte abschlagen kannst, heißt das also, wir beide gehen heute Abend zusammen essen?«

»Ach, Luis! Nein, wir gehen nicht essen. Du weißt, dass Silvio sich nicht wohlfühlt, wenn wir den ganzen Abend Deutsch miteinander sprechen.«

»Er muss ja nicht mitkommen«, sagte Luis trotzig.

»Find dich endlich damit ab, dass er zu mir gehört.«

»Ein Italiener!«, rief Luis geringschätzig. »Weißt du noch, als wir jung waren und nach Schenna in die Disco gegangen sind? Da hat dein Vater gesagt, du sollst ihm bloß keinen Italiener mitbringen, der käme ihm nicht über die Schwelle. Damals hatten wir noch Chancen bei den Madln, heute machen sich die Italiener hier breit.«

»Es kommt nicht darauf an, wo jemand herkommt, sondern wie jemand ist. Und der Silvio ist charmant, er ist fleißig …«

»Ein fleißiger Süditaliener, das wäre ja mal ganz etwas Neues«, unterbrach Luis sie. »Irgendwann ist er weg, spätestens, wenn seine Mama ihn ruft. Und mit ihm wahrscheinlich all deine Ersparnisse.«

Raphael folgte dem Schlagabtausch interessiert, sah aber zugleich seine Felle davonschwimmen und fürchtete, dass er bald ohne Bleibe dastehen würde. Er räusperte sich in der Hoffnung, die Aufmerksamkeit auf sich lenken zu können.

Anna Zmailer sah ihn lächelnd an. »Natürlich lasse ich Sie nicht auf der Straße stehen, ich habe mein Bettenkontingent noch nicht reduziert und darf das Zimmer also vermieten. Aber ich sag Ihnen gleich, es ist wirklich klein und spartanisch. Und Sie schauen auf den Berg, nicht hinunter ins Tal. Aber es ist frei, was ja Mitte Oktober eher selten ist. Fahren Sie mir einfach hinterher.«

Raphael hob bedauernd die Schultern und zeigte auf sein Gepäck. »Ich bin ohne Auto da, könnten Sie mich mitnehmen?«

»Na, soll der Silvio eben auch kommen. Ihr könnt ja Italienisch miteinander sprechen, wenn es sein muss«, lenkte Luis ein. »Der Raphael weiß doch nicht, wo man hier essen gehen kann, wir gehen alle zusammen.«

Anna Zmailer legte Luis die Hand auf den Arm. »Ich habe Gäste, die bei mir Abendessen bestellt haben. Geht ihr beide mal.«

»Ich hole dich um halbe achte ab«, sagte Luis ergeben zu Raphael und übergab diesen in Annas Obhut.

»Er hat es mir nie verziehen, dass ich ihn habe abblitzen lassen. Ich war damals gerade mal achtzehn und dachte, wir hätten eine Zukunft miteinander. Aber er wollte sich lieber ein geiles Motorrad kaufen und ist darum weggegangen, zu den Carabinieri in Süditalien, und hat dort seine Militärzeit abgeleistet. Er hatte da wohl auch das eine oder andere Techtelmechtel. Man kann sich nicht aussuchen, wo man hinkommt. Er hätte sich etwas anderes suchen können, etwas in der Nähe, aber als Carabiniere gab es das meiste Geld. Als ich verstanden habe, dass Motorräder für ihn immer wichtiger sein würden, habe ich jemand anderen geheiratet. Wir haben zwei prächtige Buben bekommen. Das hat er nie verwunden, vor allem, weil er keine Kinder hat. Und seit seine Frau nicht mehr da ist, hegt er wieder Hoffnungen.«

Raphael hörte neben der Entschlossenheit auch Enttäuschung in ihrer Stimme.

»Er bewirtschaftet den Hof also allein?«

»Ja, mit gutem Erfolg«, gab Anna Zmailer zu und hielt vor einer hübschen, mehrgeschossigen Pension mit zahlreichen Balkonen. »Wenn Sie die Kette öffnen, kann ich auf meinen eigenen Parkplatz fahren. Sobald ich den nicht absperre, fahren mir die Wanderer bis ins Haus, um keinen Meter zu viel gehen zu müssen.«

Raphael öffnete die Absperrung und hob sein Gepäck aus dem Kofferraum. Er sah bewundernd zu, wie die Mittsechzigerin gekonnt ihr Auto an den schlecht geparkten Fahrzeugen mit ausnahmslos deutschen Kennzeichen vorbei lavierte und in einer steilen Auffahrt zum Stehen brachte.

Als er sein Zimmer sah, fragte er sich, warum ein SUV im Urlaub mehr Stellfläche bekam als seine Passagiere. Das Zimmer war winzig und mit dem Einzelbett, einem Nacht- und einem Kleiderschrank völlig ausgefüllt. Es gab dazu ein ebenfalls winziges, renovierungsbedürftiges Badezimmer mit Waschbecken und Dusche in Altrosa, immerhin ohne Dachschräge.

»Es tut mir leid, etwas anderes habe ich nicht für Sie, aber vielleicht reicht es für ein paar Tage. Sollte ein Doppelzimmer mit Talblick frei werden, gebe ich Ihnen Bescheid«, bot seine neue Quartierwirtin an.

»Vielen Dank«, sagte Raphael und schielte auf die Tageszeitung in ihrer Hand. »Weiß man schon etwas wegen des toten Hundes?«

Ihr Blick sagte ihm, dass Anna Zmailer wusste, wovon er sprach.

»Er wurde mit einem Schalldämpfer erschossen, das weiß ich vom Jagdaufseher. Sonst hätte der ja auch etwas gehört. Außerdem muss jeder Schuss gemeldet werden. Das war also kein Versehen. Es gibt einen Zeugenaufruf in der Zeitung, aber die Hütte liegt gerade noch an der Schneegrenze, da werden sich keine Spuren mehr finden. Die Leute sind gewarnt, sie sollen auffällige Personen melden, aber wie soll man einen echten Gangster von einem Pilzdieb unterscheiden?«

Raphael sah sie fragend an.

»Jeder darf nur ein Kilo Pilze für den eigenen Bedarf sammeln, in der Heimatgemeinde zwei. Alles darüber hinaus ist strafbar, aber viele halten sich nicht daran, vor allem die Gäste. Ob aus Unwissenheit oder Habgier, darüber möchte ich nicht urteilen. Die laufen ja auch abseits der Wege, haben große Taschen oder Rucksäcke dabei, Stöcke, aber in aller Regel keine Waffen mit Schalldämpfer. Zustände wie in Italien sind das«, meinte die Zmailerin.

In dem Moment klingelte ihr Handy, sie nahm das Gespräch an und reichte das Telefon an Raphael weiter.

»Für Sie.«

Raphael nahm das Gerät überrascht entgegen und brauchte einen Moment, bis er begriff, dass er einen Carabiniere am Telefon hatte, der sich alle Mühe gab, Hochdeutsch zu sprechen. Er wollte wissen, ob Raphael irgendetwas beobachtet oder am Tatort – er sprach tatsächlich von einem Tatort – verändert hätte.

Raphael erzählte von dem Range Rover. Seine Affinität für

teure Autos half dabei, die Modellreihe und das Baujahr einzugrenzen. Der Carabiniere wollte ihm jedoch nicht glauben, dass das Auto kein Kennzeichen gehabt hatte, und schlussfolgerte sogar, dass Raphael es sich einfach nicht gemerkt habe.

»Das ist normal, die Carabinieri sind das, was Ihr Ortspolizisten nennen würdet. Sie schreiben im Wesentlichen Parksünder auf und machen Geschwindigkeitskontrollen. Sobald etwas wirklich Wichtiges passiert, hätten sie gern, dass andere die Arbeit für sie übernehmen. Bevor ich es vergesse: Ich brauche Ihre Anmeldepapiere, danach sind Sie auch bei der Gemeinde registriert. Die Tourismus-App sollten Sie auch herunterladen, der Code hängt im Flur, damit können Sie die Seilbahnen günstiger nutzen und den Gästebus.«

Raphael fühlte sich viel herzlicher willkommen geheißen als auf dem Jochrhof. Anna Zmailer erklärte ihm noch, wo er in Schenna Wandersocken und Stöcke kaufen könne, und er machte sich direkt auf den Weg, um endlich beschwerdefrei wandern zu können.

Trotz Stöcken, den richtigen Strümpfen, einem kleineren Tagesrucksack und einer Wanderkarte musste Raphael einsehen, dass er mit erfahrenen Wanderern nicht mithalten konnte. Während diese mit achtzig Jahren noch stramm in gleichmäßigem Tempo die Berge hinauf- und hinuntergingen, japste er schon nach wenigen Metern nach Luft. Also suchte er sich ein paar Hütten in geringer Entfernung heraus und lernte seine nächste Umgebung sowie die alpine Küche kennen. Er genoss den heimischen Wein, rot wie weiß, Lagrein wie Gewürztraminer, und trank erstmals in seinem Leben eine Buttermilch mit echten Butterstücken, die sich auch nach dem Austrinken an den Glaswänden noch hielten. Der

Abend mit Luis im Georgenhof im nahegelegenen St. Georgen war amüsant und feuchtfröhlich gewesen. Auch, als er in den kommenden Tagen allein dorthin ging, stellte er fest, dass er nie ohne Gesellschaft essen musste, sondern von Uschi und Lisa zu anderen Reisenden an den Tisch platziert wurde, die mit ihren langjährigen Südtirol-Erfahrungen prahlten und ihn als Anfänger belächelten.

Was ihn allerdings wirklich nervte, waren die Gespräche im Frühstücksraum seiner neuen Unterkunft. Immer saßen da alte Herrschaften und versuchten, ihm die Welt zu erklären. Es gab nichts, wozu sie keine Meinung hatten. Selbst diejenigen, die aussahen, als würden sie sich im Urlaub am meisten auf die Heimreise freuen, erklärten ihm, wie er sich in den Bergen zu verhalten hätte.

Immer wieder führte Raphaels Weg wie zufällig am Hof von Luis Walcher vorbei. Bald war es zur Gewohnheit geworden, dass die beiden einen Kaffee, einen Wein oder auch mal einen Traubensaft zusammen tranken.

»Morgen früh geht mein Bus zurück nach Luxemburg. Ich bin dir wirklich dankbar für die Vermittlung des Zimmerchens, auch wenn ich mich frage, wofür diese fast zwei Wochen in der kleinen Zelle die Buße waren«, sagte Raphael lachend.

»Der letzte Tag schon? Schade, ich werde dich vermissen. Nimm einen Wein mit und trink ihn zu Hause mit Freunden«, sagte Luis und stand auf, um eine Flasche zu holen.

»Wein möchte ich auf jeden Fall mitnehmen, doch die Freunde sind rar gesät, wenn man vom erfolgreichen Manager abgestiegen ist zu einem mittellosen, na, sagen wir, mittelarmen Niemand. Ich habe meinen Job aufgegeben und suche mir erst einmal eine kleinere Wohnung. Wenn nichts dazwischenkommt, bin ich im Frühjahr wieder hier.«

Luis wandte sich ihm mit drei Flaschen Wein, einer schlanken Flasche Grappa und zwei Gläsern zu.

»Der beste Grappa, den du in Südtirol zu trinken bekommst. Nicht diese Massen-Plörre aus dem Supermarkt, sondern echte Handarbeit. Falls du noch einmal kommst, laufen wir zusammen hinüber nach Riffian. Zum Wezl zu fahren, wäre fahrlässig, zu schnell muss man nicht nur den Führerschein, sondern auch sein Auto abgeben.« Luis füllte zwei Gläser randvoll. *Chardonnay passito* konnte Raphael auf der Grappaflasche lesen. Sie prosteten einander zu und tranken auf das Leben.

»Wann ist die beste Zeit für einen Urlaub in Südtirol?«, fragte Raphael.

»Deine Landsleute sind der Meinung, im Winter müsse man auf den Berg zum Skifahren und sich im Oktober zusammen mit den Apfel-Lastwagen durch den Vinschgau stauen und den Bauern überall im Weg stehen und Äpfel stehlen. Wenn ich du wäre, käme ich im Winter, aber hier herunter ins Tal.«

Raphael ließ den Blick über das fünfhundert Meter tiefer liegende Meran, den Vinschgau, das Passeiertal und das Etschtal schweifen. Er fragte sich, ob Luis die Lage auf achthundert Höhenmetern noch als Tal empfand.

»Ich bringe dich morgen zum Busbahnhof«, versprach Luis und ging mit den leeren Gläsern ins Haus.

11

»Ach, auch mal wieder da«, begrüßte Nadine ihren Bruder schnippisch. »Du hast den Geburtstag deines Patenkindes verpasst.«

»Ich freue mich auch, dich zu sehen, große Schwester«, sagte Raphael und küsste Nadine auf die Wangen.

»Hallo *Monni*«, ertönte es von der Treppe. Seine Nichte Josiane trat auf ihn zu und umarmte ihn. »Gut siehst du aus, neuer Hoodie? Bleibst du zum Essen?«

»Ich bin nicht auf Besuch eingerichtet«, sagte Nadine spitz.

»Ist dein Bruder auch da?«, wandte sich Raphael an seine Nichte.

»Raoul hat vorgestern nur seine Geschenke abgegriffen und ist zurück in seine Bude nach Köln, nachfeiern mit Freunden«, erklärte Josiane.

»Vermutlich kam ihm meine Überweisung gelegener als ein persönliches Geschenk oder Erscheinen. Darf ich dich zu einer Pizza einladen, Lieblingsnichte?«

»Ich bin zwar deine einzige Nichte, aber ja. Bin in zehn Minuten fertig.« Damit sprang Josiane die Treppe wieder hinauf und verschwand im Badezimmer.

»Hast du das Geburtstagsgeschenk für deinen Schwager dabei, den du so kurzfristig versetzt hast? Du hattest es ja seither nicht nötig, dich hier blicken zu lassen. Jammerst von großen Geldverlusten, reist aber durch die Weltgeschichte«, redete Nadine weiter auf Raphael ein.

»Es gibt kein Sachgeschenk, es gibt Zeit. Ich möchte mit ihm einen gemütlichen Abend in der Sauna verbringen.«

»Na, ich kann mir nicht vorstellen, dass das vor März etwas wird. Yannick hat so viele Verpflichtungen. Und das Erbe reicht ja nicht ewig, also kann er sich nicht wie du auf die faule Haut legen.«

Raphael öffnete den Mund, um etwas zu antworten, verkniff es sich jedoch.

»Sieh zu, dass deine Nichte um zweiundzwanzig Uhr zu Hause ist. Was mache ich jetzt mit dem Essen, das ich für heute Abend vorbereitet habe?«

»Ich dachte, deine Tochter dürfte mit achtzehn selbst entscheiden, wann sie nach Hause kommt«, erwiderte Raphael und wandte sich der Haustür zu, als er Josiane endlich die Treppe herunterkommen hörte. Sie hatte sich geschminkt und trug eine löchrige Jeans mit High Heels.

»Très chic«, kommentierte Raphael anerkennend.

»Du bringst sie nach Hause?«

»Selbstverständlich.«

»Ich vertraue dir, dann kann es auch später sein.«

Josiane hatte sich derweil an Raphael vorbeigedrückt und stand neben dem Smart. Sie grinste beim Einsteigen.

»Kannst du mich bitte bei der *Gëlle Fra* rauslassen? Ich rufe dich an, wenn du mich wieder nach Hause bringen kannst. Und ich bräuchte ein bisschen Geld für den Club. Danke, Onkelchen.«

Raphael schluckte schwer. »Ich habe kein Bargeld dabei, ich zahle alles mit Karte.«

»Hipster. Die kannst du mir auch geben, bis fünfzig Euro brauche ich ja keine PIN.«

»Raus jetzt«, sagte Raphael und fuhr ruckelnd auf den Bordstein.

12

Regelmäßig riefen Headhunter bei Raphael an und präsentierten ihm perfekte Jobangebote, aber derzeit war eine Bank für ihn keine Option. Seine finanziellen Reserven reichten noch, um auf eine Anstellung verzichten zu können. Es gab nicht mehr viele Verabredungen, bei denen er hätte Geld ausgeben können. Ein großer Teil seiner Kontakte – das Wort Freunde nahm er inzwischen kaum noch in den Mund – hatte sich ursprünglich aus dem beruflichen Umfeld sowie aus Lydies Freundeskreis zusammengesetzt. Beides war weggefallen, was – zu Raphaels Erstaunen – nicht wirklich wehtat. Anders verhielt es sich mit der Verachtung, mit der seine Familie ihn strafte. Sein Schwager hatte den Gutschein für einen gemeinsamen Saunaabend mit Essen als Zeitverschwendung abgetan. Seine Nichte sprach nicht mehr mit ihm, seit er sein Handy an diesem einen Abend abgeschaltet hatte und sie auf eigene Kosten vom Club hatte nach Hause fahren müssen. Und seine Schwester glaubte der Version ihrer Tochter, Raphael sei einfach verschwunden und habe sie im Stich gelassen.

Inzwischen kommunizierte Raphael nur noch schriftlich mit seiner Familie, damit er wenigstens Beweismittel hatte, wenn sie ihm wieder das Wort im Mund umzudrehen versuchte.

»Zum *Kleeschen* nächste Woche kommst du aber, sonst stellen Yannicks Familie und unsere Freunde schwierige Fragen. Du musst nicht lange bleiben. N.«

Raphael musste schlucken, als er die Nachricht las. Der Nikolaustag war DAS Familienfest in Luxemburg.

Er schrieb seinem Neffen eine Nachricht: »Soll ich dich zur

Familienfeier am Bahnhof abholen?«

»Hätte zu viel Gepäck für dein Auto, lol. Schreibe eine Klausur, kann hier nicht weg«, antwortete Raoul.

Ein Grund mehr, nicht hingehen zu wollen.

Raphael kam knapp vor der vereinbarten Zeit an und war damit der Letzte. Nadine musterte ihn stirnrunzelnd.

»Das Hemd hast du schon vergangenes Jahr getragen, ich habe die Fotos gestern angesehen.«

Raphael schwieg, begrüßte Yannicks Eltern und seinen Bruder und setzte sich auf den freien Sofaplatz neben diesem. Immerhin hatte Nadine nicht wieder ihre alleinstehende Freundin eingeladen.

»Hallo, schön, dass du da bist«, erschallte es in diesem Moment hinter ihm, und bevor Raphael sich wehren konnte, beugte sich Nadines besagte Freundin zu ihm herunter, sodass Raphael Angst um die Christbaumkugeln bekam, und küsste ihn auf beide Wangen.

»Ich habe Nadine in der Küche geholfen, sie hat sich ja wieder so viel Arbeit gemacht.« Sie setzte sich neben Raphael auf die Armlehne des Sofas, und dieser versuchte schnell, aus der Duftwolke ihres Parfums herauszurutschen, was Yannicks Bruder mit einem irritierten Blick quittierte.

»Was macht die Arbeit?«, fragte dieser unwissend.

»Die Austern waren wir extra bis nach Metz in die Markthalle holen. Da sind sie einfach am frischsten«, kam Nadine einer Antwort zuvor und erhielt artig Beifall. »Danach gibt es eine Hummercremesuppe. Josiane ist ja Vegetarierin, aber alles aus dem Meer isst sie zum Glück.«

Raphael öffnete den obersten Knopf unter der Krawatte und fing sich dafür einen strengen Blick seiner Schwester ein.

»Möchtest du noch einen zweiten Teller Suppe?«, flötete Nadines Single-Freundin und schob sich und die Suppenschüssel näher an ihn heran.

»Da ist laktosehaltige Sahne drin, oder?«, fragte Raphael laut. »Oder die Austern waren schlecht, mir ist jedenfalls …« Er ließ den Rest im Raum stehen, lief ins Bad und zog sein Handy hervor.

»Hast du nächste Woche eine freie Ferienwohnung für mich?«, schickte er eine Nachricht an Luis.

»Auch sofort«, antwortete der.

Raphael griff seinen Mantel von der Garderobe und steckte nur den Kopf ins Wohnzimmer. »Ihr entschuldigt mich?«, sagte er mit einem gequälten Lächeln und war bereits zur Tür hinaus.

13

Raphael hatte noch auf dem Heimweg den Smart vollgetankt, ein paar Sachen in die kleine Sporttasche geworfen und seinen Tagesrucksack gepackt. Er war schon vor Sonnenaufgang losgefahren und fragte sich nach nunmehr sechs Stunden Fahrt, warum er sich das angetan hatte. Die Fahrt im Fernbus war zwar unbequem gewesen, aber wenigstens hatte er die Augen zumachen können. Leider gab es außerhalb der Saison keine Fernbusverbindungen.

Seine Schwester hatte er inzwischen auf dem Handy stumm geschaltet, nachdem sie ihn mit Nachrichten bombardiert hatte, die alle weit weniger vornehm klangen, als sie sich üblicherweise gab.

Die Berge waren bis auf Straßenniveau verschneit und trotz aller Mühsal genoss Raphael den Ausblick. Er tankte zwischendurch mehrfach und fuhr auf Luis' Hof, als es schon wieder dunkel wurde.

Die Ferienwohnung, die Luis für ihn hergerichtet hatte, war einfach, aber geschmackvoll eingerichtet. Die Holzdielen knarzten beim Darübergehen, aber die Matratze war bequem und das karierte Bettzeug sah für Raphael sehr einladend aus. Auf dem Kopfkissen lag ein zusätzliches kleines Kissen in Herzform. Die Küchenzeile war mit dem Nötigsten ausgestattet, es gab eine Eckbank und zwei Stühle um einen kleinen Tisch. Vom Fenster sah man auf das Lichtermeer von Meran.

Es klopfte an der Wohnungstür, und Luis trat nach Aufforderung ein.

»Ich dachte mir, du hast noch keine Gelegenheit zum Einkaufen gehabt, deswegen habe ich dir ein paar Dinge in den

Kühlschrank geräumt. Wenn du magst, trinken wir nachher einen Wein zusammen.«

Luis hatte getrocknete Südtiroler Fladen in einer Holzlade mit einem beilartigen Messer bereitgestellt, dazu aufgeschnittene trockene Würstchen und Salzgurken.

»*Brotgramml* heißt das, aus der Zeit, wo nur zweimal im Jahr Brot gebacken wurde. Das wurde getrocknet und hiermit konnte man es immer noch schneiden«, erklärte Luis später bei einer Flasche *Magdalener*. »Übrigens haben sie das Auto gefunden, das du einen Tag vor deinem Fund des erschossenen Hundes auf der Hütte gesehen hast. Der Carabiniere hatte dir ja nicht glauben wollen, aber in einem Industriegebiet bei Bozen wurde auf einem Parkplatz ein ausgebrannter Range Rover gefunden, ohne Fahrgestellnummer, ohne Kennzeichen, ohne irgendwelche verwertbaren Spuren. Das scheinen Profis gewesen zu sein. Was auch immer sie dort auf der Hütte zu suchen hatten.«

»Es steckte also mehr dahinter als ein Hundehasser. Gab es denn auf der Hütte irgendwelche verwertbaren Spuren?«

»Die Hütte gibt es nicht mehr. Sie ist aus unerklärlichen Gründen wenige Nächte später abgebrannt, was erst bemerkt wurde, als sich der Rauch beißend ins Tal senkte. Dort droben ist ja gerade niemand mehr, der es hätte merken können. Und wenn wir hier unten die Läden dichtmachen, sehen wir nicht, was um uns herum vorgeht.«

Raphael hatte inzwischen eine gute Bettschwere erreicht und gähnte.

»Du weißt, Frühstück gibt es nicht bei mir. Aber wie gesagt, im Kühlschrank sind ein paar Dinge. Wenn du magst, frage ich den Bäcker, ob er künftig ein paar *Vinschgerl* oder Semmeln vor die Tür legt, wenn er die Straße hoch zum Hotel fährt. Bis Silvester ist da noch Betrieb, danach ist fertig.«

14

Am Morgen war Raphael nach Schenna hinuntergelaufen, um sich mit den nötigsten Dingen einzudecken. Nun stand er staunend vor verschlossenen Geschäften. »Geschlossen bis März« stand in vielfältigen Ausfertigungen an fast allen Ladentüren, nur selten auch mit italienischer Übersetzung. Manche hatten ein konkretes Datum hinzugesetzt, andere schienen den gleichen Zettel seit Jahren ins Fenster zu hängen. Ein paar Ladeninhaber bedankten sich für die gute Saison bei ihren Gästen, andere teilten nur mit, sie machen Ferien.

Ein Bekleidungsgeschäft hatte sein Sortiment um ein sehr einladendes Café erweitert, und Raphael gönnte sich zunächst einen Cappuccino, danach einen Aperol Spritz.

»Veneziano heißt der bei uns«, wurde er belehrt und erhielt leckere Knabbereien dazu.

»Hier ist es ja wie ausgestorben, wo sind denn alle?«

»Das ganze Jahr über leben sie von den Gäschten, im Winter sind sie selbst als Touristen unterwegs«, erklärte die Wirtin. »Sie wohnen beim Luis droben, nicht wahr? Die Anna hat es mir erzählt.«

Raphael schmunzelte.

»Waren Sie das nicht, der den toten Hund gefunden hat?«

Er nickte erstaunt.

»Im Winter passiert hier gar nichts, da können Sie unbesorgt sein.« Sie räumte das Geschirr ab und wischte den Tisch sauber. Raphael zahlte einen lächerlich kleinen Betrag und machte sich auf den Rückweg.

Luis hatte einige Wanderkarten, und Raphael machte es große Freude, verschiedene Wege zu erkunden. Jedoch nicht so, wie er es früher gemacht hätte, im stetigen Wettkampf mit sich selbst. Er erfreute sich einfach daran, dass seine Kondition sich täglich verbesserte und sein Lungenvolumen ihm wieder größere Strecken ermöglichte. Er genoss die Stille im Wald, die einsamen Wanderwege, auf denen – anders als im Oktober – niemand außer ihm zu gehen schien. Die Schneefallgrenze lag recht hoch, es hatte bislang kaum Niederschläge gegeben und so waren die Wege gut passierbar. Auch an den Hütten hingen die Schilder »Geschlossen bis März«, manchmal sogar »bis April«.

Nach einer kurzen Wanderung machte Raphael sich mit dem Auto auf den Weg nach Meran, um sich den Weihnachtsmarkt anzusehen, der weithin gepriesen wurde. Entlang der Passer standen zahlreiche Hütten auf der gut bevölkerten Kurpromenade. Deutsche Gäste in Funktionskleidung im Partnerlook liefen neben russischsprachigen Gästen, die durch rosa Daunenjacken mit goldenen Applikationen und Fellstiefelchen auffielen. Dazwischen tummelten sich aufgetakelte Menschen allen Alters und Geschlechts, die durchweg blinkende Mützen oder Geweihe aus Filz auf dem Kopf trugen und wild gestikulierend Italienisch sprachen.

Es hatte sich zur Gewohnheit entwickelt, dass Raphael im Supermarkt in Meran ein paar Leckereien besorgte, Luis Wein und ein paar Äpfel beisteuerte und sie sich damit abends zusammensetzten.

»Warum sind die Hütten im Winter verlassen, obwohl noch kein Schnee liegt?«, wollte Raphael von Luis wissen.

»Die Hütten sind ja in der Regel nur gepachtet. Die Hüttenwirte machen ihr Geld von Frühjahr bis zur ersten Novemberwoche, wenn die Gäste da sind, anschließend wird es ruhig auf den Bergen. Die meisten haben eine Eigentumswohnung im Tal. Nicht in Meran selbst, das ist inzwischen zu teuer, irgendwo drunten, wo auch die Familie lebt. Da wohnen auch die Schulkinder oft das ganze Jahr über, meist bei den Großeltern.«

»Reicht der Ertrag aus der Bewirtschaftung der Hütten denn für den Rest des Jahres?«

Luis lachte. »Schau, hier, wo alles vom Tourismus oder vom Apfelanbau lebt, ist das Jahr zweigeteilt. Alle Baumaßnahmen in und an den Häusern, alle Erneuerungen und Verschönerungen können nur außerhalb der Saison stattfinden. Also sind viele der Hüttenwirte im Winter auf der Baustelle beschäftigt. Hier im Tal haben wir ja keine so knackigen Winter, da kann das ganze Jahr über gearbeitet werden. Meist sind es sowieso Anbauten, neue Bäder, neue Fenster, man arbeitet also oft drinnen.«

Raphaels Handy vibrierte, doch er ignorierte es. Nach dem vierten Mal fragte Luis, ob es nicht doch wichtig sein könnte.

»Was ist schon wichtig?«, fragte Raphael. »Entweder ist es meine Schwester, die mir droht, dass ich Weihnachten gefälligst zu Hause erscheinen soll. Oder es ist ein hartnäckiger Personalvermittler, der zum dritten Mal nachfragt, wann ich endlich meine Bewerbungsunterlagen einreiche«

»Das klingt beides nicht so, als könnte man es aufschieben.«

»Es klingt auch beides nicht so, als könnte man es ertragen.« Raphael warf einen flüchtigen Blick auf sein Handy, der seine Vermutungen bestätigte. »Da fällt mir ein: Ich habe heute ein paar Fotos gemacht, kannst du mir sagen, was du darauf siehst?«, fragte er und drehte Luis das Display zu. Der kniff die Augen zusammen.

»Das sieht nach Knochen aus, aber so richtig erkenne ich es nicht.«

Raphael vergrößerte den Bildausschnitt, wodurch er jedoch unschärfer wurde. Luis zuckte mit den Achseln.

»Wie soll das Wetter morgen werden?«, wechselte Raphael das Thema.

»Gutes Bergwetter: kalt, aber klar.«

»Ich glaube, dann wage ich mich morgen mal etwas höher hinauf«, erklärte Raphael, trank seinen Gewürztraminer aus und ging zu Bett.

15

Mit Stöcken, gutem Profil und einer kleinen Stärkung für unterwegs machte sich Raphael nach dem Frühstück auf den Weg. Die Hütte sollte etwa zweieinhalb Stunden entfernt liegen, dort würde er eine Pause einlegen und im Anschluss den Abstieg antreten. Er sah sich auf dem Hof um, um Luis von seinen Plänen zu erzählen, sah aber, dass dessen Auto nicht da war.

Die Strecke war wesentlich anspruchsvoller als die Wege, die er noch im Oktober gelaufen war. Er hatte an Trittsicherheit gewonnen und kam mit seinen langen Beinen schnell voran. Allmählich hatte er außerdem gelernt, sich seine Kraft bei Aufstiegen einzuteilen.

Der Himmel zog sich ein wenig zu und Raphael blickte skeptisch hinauf, vertraute aber Luis' gestriger Aussage. Unterwegs blieb er mehrfach stehen, fotografierte welke Blätter, totes Holz oder eine Wolkenformation und kam dadurch langsamer voran als geplant.

Der Weg führte in einem weiten Bogen am Berg entlang bis zur Hütte, die man in der Ferne ausmachen konnte, als Schneefall einsetzte. Raphael beschleunigte seine Schritte und nestelte die Kapuze aus der Daunenjacke. Seine Finger schienen an den Wanderstöcken festzufrieren. Er schritt zügig aus und erreichte nach zwanzig Minuten endlich die schützende Hütte. Dicke Flocken legten sich auf seine Hände, seine Kapuze, seine Schuhspitzen. Der Schnee war nass und machte schmatzende Geräusche unter Raphaels Schritten.

Natürlich prangte auch an dieser Hütte ein »Geschlossen bis März«-Schild. Raphael hatte zuvor keinen Gedanken daran verschwendet und rüttelte an der Tür. Dann sah er in einem halboffenen Unterstand eine Truhe mit einigen Decken und Wasserflaschen, die noch nicht gefroren waren, und ein Schild, hier seien Wanderer willkommen. Raphael zog sich in den Schutz des Unterstands zurück, wickelte sich eine Decke um die Beine und eine weitere um den Oberkörper und beobachtete fasziniert, wie sich die Berglandschaft sanft, aber unaufhaltsam in eine Schneelandschaft verwandelte. Er vertraute noch immer auf Luis' Aussage, es würde ruhiges Bergwetter geben, und hoffte, die Sonne würde in wenigen Augenblicken durch die Wolkendecke brechen und den Schnee wieder schmelzen.

Allmählich wurde ihm bewusst, dass dies nur Wunschdenken war. Die Sonne ließ sich nicht blicken, dafür wurde es still um ihn herum. Der Schnee dämpfte alle Geräusche, die vielleicht da gewesen wären, aber auch die Tiere schienen sich wie Raphael in ihre Höhlen zurückgezogen zu haben. Nachdem Raphael wie hypnotisiert dem langsamen Herabsinken der Flocken sicherlich eine Stunde mit seinem Blick gefolgt war, stand er mühsam auf, rieb sich die steifgefrorenen Glieder, faltete die Decken zusammen und machte sich auf, um die Hütte zu erkunden.

Die Fensterläden waren verriegelt, die Tür zur Toilette an der Rückseite des Hauses war jedoch unverschlossen. Raphael erleichterte sich und löste mit eisigen Fingern klammes Toilettenpapier von der Rolle, die er auf dem zerbrochenen Deckel des Spülkastens fand. Die Hände konnte er sich nicht waschen, da das Wasser abgestellt war. Er sah in den Spiegel über dem Waschbecken und musste sich eingestehen, dass ihn die Wanderung angestrengt hatte. Sein Gesicht war noch immer rotwangig, die Haare klebten an der Stirn, seine Augen sahen ihn müde aus dem Spiegel heraus an. Vom Vorraum der Toilette ging neben der Tür ins Freie eine Tür ins Innere der Hütte. Raphael rüttelte daran und warf sich dann mit seinem gesamten Gewicht gegen das Türblatt, das schließlich nachgab. Raphael stolperte in die Hütte und tastete nach einem Lichtschalter, doch der Strom war abgestellt. Er zog das Handy hervor, schaltete die Taschenlampe an und tastete sich zum Fenster. Er öffnete es und schlug den Klappladen auf. Von draußen drang sofort eisige Kälte in die Hütte, und er beeilte sich, das Fenster wieder zu schließen.

Raphael schaute sich um. Er befand sich in einer der typischen kleinen Berghütten, in denen man von Ostern bis Anfang November Knödel, *Brettljausen* und Nudelsuppen bekam, die jetzt aber bis zum Beginn der neuen Saison verlassen war. Raphael fotografierte das vergilbte Kissen, das eine ganze Welt in ihm auferstehen ließ. Er konnte sich gut vorstellen, wie die Großmutter auf der Kaminbank saß, den müden Rücken an das mit Blumenmustern handbestickte Kissen gelehnt, den Duft nach Kaiserschmarrn und Lammbraten in der Luft, und dem Enkelkind am späten Nachmittag Geschichten erzählte, sobald die letzten Gäste sich zur Seilbahn aufgemacht hatten.

Raphael streifte weiter durch das Haus. Es gab eine große Küche, in der eine Eckbank und ein Küchentisch standen. Nebenan war die Gaststube, vollgestopft mit den Tischen, Stühlen und Bänken aus dem Außenbereich. Sonnenschirme lagen quer auf den Tischen, Sitzkissen waren an der Wand gestapelt. Immer wieder machte er Fotos, träumte sich in die Welt der Hüttenbetreiber.

Irgendwann vibrierte Raphaels Handy, die Akkustandanzeige war nur noch bei fünfzehn Prozent. Er hatte vergessen, WLAN abzuschalten, sein Handy versuchte ständig, irgendeine Verbindung zur Außenwelt herzustellen, fand aber kein Netz. Und die vielen Fotos hatten dem Akku dann den Rest gegeben. Draußen würde es bald dämmern.

Raphael überlegte, ob er den Rückweg antreten könnte, gab den Gedanken jedoch rasch auf, als er aus dem Fenster blickte. Im Schnee würde er den Weg nicht zuverlässig finden können, und in der herannahenden Dunkelheit konnte er den Abstieg von der Hütte ohne Handytaschenlampe vergessen.

Er nutzte das letzte Licht, um sich weiter in der Hütte umzusehen. Nebenan fand er das Schlafzimmer der Hüttenbetreiber. Er zögerte, sich in ein fremdes Bett zu legen, doch es würde ihm nichts anderes übrigbleiben. Auf der alten Matratze lagen einladende Federbetten mit lilafarbigem Blümchenbezug. Er zog endlich die dicken Wanderschuhe aus und wollte nur kurz seine müden Glieder ausstrecken, als er schon eingeschlafen war.

16

»Und du bist nicht auf die Idee gekommen, mich anzurufen?«, sagte Luis aufgebracht.

Raphael fühlte sich gerügt wie ein Schuljunge. »Mein Handy war doch leer.«

»Warum hast du mir nicht vorher gesagt, dass du hinauf möchtest? Ich hätte dich nicht gehen lassen. Das Wetter schlägt hier in den Bergen so schnell um. Google hat ja keinen Satelliten, der über unseren Bergen steht, die sagen bloß ein einheitliches Wetter für die Region bevor. Wir Hiesigen sehen, wie das Wetter am Berg wird. Es war absolut leichtsinnig von dir hinaufzugehen.«

Raphaels Mundwinkel zuckten. Einerseits hatte er nicht das Gefühl, diese Standpauke verdient zu haben, schließlich hatte Luis am Vortag gesagt, das Wetter würde gut. Zugleich berührte ihn dessen Vorwurf, denn letztlich sprach aus Luis' Reaktion eine Fürsorge, wie er sie lange nicht mehr erlebt hatte.

»Ich wollte dir Bescheid sagen, wo ich hingehe, aber du warst nicht da«, verteidigte er sich lahm.

Raphael war am Morgen früh erwacht, hatte aber warten müssen, bis es hell wurde, um den Abstieg zu bewältigen. Der Schnee hatte wundervolle Kristallformationen zurückgelassen, und Raphael ärgerte sich, dass er von all dem keine Fotos hatte schießen können. Inzwischen hatte er sein Handy an den Strom angeschlossen und zeigte Luis die Fotos vom Vortag. Der brummte wortkarg.

»Die Anna hat früher auch immer Fotos gemacht. Und gezeichnet hat sie. Leider hat meine Frau die Bilder alle weggeworfen. Ich werde sie einmal fragen, ob sie sich daran noch erinnert«, erzählte Luis nostalgisch.

»Deine Frau?«, fragte Raphael vorsichtig, weil er nicht wusste, ob er ein sensibles Thema ansprach.

»Sie hätte mir die Bilder besser gelassen und wäre nur so weggegangen. Ständig hat sie behauptet, Anna würde im Bett zwischen uns liegen. Irgendwann kam ich früher als geplant von der Apfelgenossenschaft zurück, und da lag nicht Anna, sondern der Johann aus dem Dorf in unserem Bett. Das war's dann.«

Der Tonfall ließ keinen Zweifel daran, dass das Thema damit beendet war.

»Und du, bist du auch vor einer enttäuschten Liebe davongelaufen?«, lenkte Luis von sich ab.

»Nein, vor einer enttäuschenden. Und vor dem Leben und vor meiner Familie. Aber der werde ich mich an Weihnachten stellen müssen. Nächsten Dienstag fahre ich nach Hause. Die Berge werden mir fehlen.«

»Die Berge sind das Einzige, was bleibt. Die sind noch da, wenn du wiederkommst.«

»Das werde ich ganz sicher. Hast du am Wochenende Zeit, mit mir gemeinsam auf den Berg zu gehen?«

»Wo möchtest du hin? ›Auf dem Berg‹ ist der Gipfel, sonst bist du ›am Berg‹.«

Raphael lächelte. »Wenn ich mir den frischen Schnee betrachte, bin ich wohl am Berg richtig, nicht obenauf. Welche Strecke empfiehlst du?«

17

Luis blieb stehen und atmete tief durch. Er schaute sich um und erklärte Raphael die verschiedenen Täler und Gipfel. Sie konnten tief in den Vinschgau bis zur Schweiz blicken, sowie ins Passeiertal und ins Etschtal. Luis benannte auch die Täler, die man gerade nicht sehen konnte, und auch die fernen Berge, deren Spitzen in den Wolken hingen.

»Ich werde nie verstehen, wie man sich die alle merken kann«, sagte Raphael anerkennend.

»Du kommst doch aus der Großstadt, arbeitest in einem Großraumbüro, nicht wahr?«

Raphael nickte verwirrt. »Na ja, Luxemburg ist zwar Landeshauptstadt, hat aber nur ein Achtel einer Millionenmetropole.«

»Wie viele Menschen kennst du namentlich?«

»Oh, in Luxemburg kennt man viele Menschen namentlich. Weil man miteinander verwandt ist oder irgendwie verbandelt. Man kennt die Minister, weil sie am Nachbartisch zu Mittag essen. Weil sie mit der gleichen kostenfreien Tram zur Arbeit fahren. Weil sie maximal eine Stunde entfernt wohnen, denn größer ist das ganze Land nicht.«

»Mit wie vielen Kollegen teilst du dir ein Büro?«

Raphael musste einen Moment nachdenken. »Ich mache gerade bloß ein wenig Consulting im Homeoffice, sehe meine Kunden also nur im Videochat. Zuvor waren wir mit zwanzig bis dreißig in einem Büro, mehrere dieser Räume nebeneinander, mehrere Hundert auf der Etage.«

»Wir kennen hier nicht so viele Menschen, die sind ja auch vergänglich. Wir erkennen Gäste, die schon mal da waren, aber wir wissen im besten Fall nichts über sie. Sie erzählen uns zwar ihr Leben, doch wen interessiert das. Doch die Berge bleiben, und die kennen wir. Wir wandern nicht so häufig hinauf wie die Gäste, warum auch. Und vor allem: wann? Sicher nicht zu den Zeiten, wo die Touristen da sind. Da machen die Wanderrouten keinen Spaß. Aber wir kennen auch die abseits gelegenen Wege, wir brauchen die Beschilderung nicht. Zum Herz-Jesu-Sonntag wandern die meist jungen Männer auf die Gipfel und zünden bei Einbruch der Dunkelheit die Feuer an, die zu Napoleons Zeiten zum Widerstand aufgerufen haben. Das ist am dritten Sonntag nach Pfingsten, also im Juni, rund um die kürzesten Nächte. Diese Männer finden die Wege nach unten auch im Dunkeln. Die Wege, die ihr Touristen wählt, mit GPS und neuerdings mit Mountainbike und laufender Kamera, das brauchen wir alles nicht. Das wollen wir auch nicht.«

Luis setzte sich wieder in Bewegung und lief trittsicher den steilen Weg hinauf, der aus glattgeschliffenen, großen Steinen bestand, in denen man noch die Spurrillen alter Wagenräder erkennen konnte. Raphael wunderte sich über die behänden, sicheren Bewegungen des Mannes, der an die zwanzig Jahre älter war als er selbst.

Luis blieb stehen und zeigte in die Luft. Dort zog ein Raubvogel seine Kreise.

»Kennst du als Städter überhaupt Greifvögel?«

»Na ja, wir haben wenig Industrie und viel Grün in Luxemburg. Ist das ein Mäusebussard?«

»Dir fällt wenigstens irgendein Name ein«, sagte Luis augenzwinkernd. »Es ist ein *Hennengeier.*«

Raphaels Blick wanderte von dem Vogel zu Luis. Er runzelte die Stirn.

»Ich glaube, ihr sagt Hühnerhabicht dazu. Aber schau.« Luis zeigte in die Luft, und Raphael beobachtete, wie ein kleinerer Vogel in die gemächlichen Kreise des größeren eindrang und ihn attackierte.

»Das ist ein Sperber. Die beiden haben einen ähnlichen Lebensraum, ein ähnliches Jagdrevier. Die Kleinen haben Angst um ihren Fortbestand, darum zeigen sie sich aggressiv den Großen gegenüber. Ganz wie im wahren Leben.«

Er schwieg wieder und setzte sich in Bewegung. Raphael war schon aufgefallen, dass Luis nie gleichzeitig sprach und ging. Obwohl Raphael das innerlich belächelte, fand er Gefallen daran, sich auf eine Sache zu konzentrieren.

Beim Weitergehen stießen sie auf ein am Boden liegendes Reh. Der Untergrund darunter hatte sich dunkel verfärbt, die Eingeweide hingen heraus. Raphael schwankte zwischen Faszination und Ekel.

»Das dürfte ein Steinadler gewesen sein«, erklärte Luis nach einem langen Blick.

»Konnte er das Tier reißen? Oder ist er Aasfresser?«

Luis trat noch näher. »Das Tier muss alt oder krank gewesen sein, es wäre zu groß für einen Steinadler, aber ob es bereits tot war, vermag ich nicht zu sagen.«

Raphael fröstelte, was nur zum Teil am Wetter lag. Er versuchte, einen weiteren Blick auf das Tier zu vermeiden, wollte dennoch Fotos machen, um sie sich später abermals ansehen zu können. Der Aufstieg war für ihn anstrengend, auch war er zu warm angezogen, traute sich aber nicht, die Jacke über dem verschwitzten Pullover auszuziehen. Luis beobachtete ihn.

»Siehst du dort hinten die Hütte? Von da hat man eine wundervolle Aussicht über das Passeiertal. Dorthin gehen wir noch, dann kehren wir um«, schlug er vor. »Zwanzig, vielleicht dreißig Minuten. Oder möchtest du jetzt zurück?«

Raphael versicherte, dass ihn der Ausblick sehr reizen würde. Er schnürte seine Wanderstiefel erneut, um einen Moment länger verschnaufen zu können, dann gingen sie weiter. Die Hütte war immer im Sichtfeld, doch entlang des Berges dauerte es eine Weile, bis man sie erreichte. Beim Näherkommen waren zwei kleine Nebengebäude zu erkennen sowie eine weitläufige Terrasse vor dem größeren Haupthaus. Es war liebevoll gestrichen, am Balkon hingen noch die Blumenkästen, in denen im Sommer sicher rote und lilafarbene Blüten die Betrachter erfreut hatten. Hinter der Hütte sah man einen steilen Pfad, der den Berg hinaufführte und nach wenigen Metern im Wald verschwand. Den anderen Weg, der ebenerdig von der Hütte wegführte, konnte man nur erahnen, er verlor sich hinter einer Biegung.

»Einer meiner Lieblingsplätze«, bekannte Luis. »Komm mit, dort vorne ist eine Bank. Da können wir einen Moment ausruhen, bevor wir den Rückweg antreten.« Er ging zügigen Schrittes vorweg und Raphael hielt auf der Ebene gut mit ihm mit. Dann verschlug es ihm den Atem. Das ganze Tal breitete sich unter ihm aus, rechter Hand sah er am Berg entlang bis zur nächsten Bergkette. Verschneite Gipfel zeichneten sich am Horizont ab. Sofort wanderte seine Hand zu seinem Mobiltelefon, um die Eindrücke festzuhalten.

»Das sollte sich in deinem Gedächtnis einprägen, nicht in deinem Handyspeicher.«

»Ich wünschte, man könnte darüber entscheiden, was sich einprägt und was nicht. Der Anblick dieses angenagten Rehs ist mir jedenfalls auf den Magen geschlagen. Ich ziehe mich mal kurz hinter das Haus zurück«, sagte Raphael und kramte eine Packung Papiertaschentücher aus seinem Rucksack.

»Die Hütte gehört dem Karl. Es würde mich wundern, wenn du nicht unter dem Holzklotz vor der Eingangstür einen Schlüssel finden würdest«, sagte Luis augenzwinkernd. »Die Toilette ist die zweite Tür auf der linken Seite.«

Raphael beeilte sich und hob den Holzklotz an, aber dort lag kein Schlüssel. Er wollte die Klinke herunterdrücken, doch die Haustür war nur angelehnt und ließ sich mühelos aufschieben. Raphael strebte zügig der genannten Tür zu, verharrte jedoch, als er eine Bewegung im Raum zu seiner Rechten wahrnahm.

»Hallo, ist da jemand?«, rief er laut und wandte sich der Küche zu. Etwas schoss an ihm vorbei und huschte zur Tür hinaus.

Sein Blick durchmaß die Küche und blieb an etwas hängen. Der Körper, der da in seltsamer Verrenkung lag, lag schon lange. Die Fraßspuren waren nicht zu übersehen.

Dann würgte er nur noch und erbrach sich.

18

»Wir hatten schon einmal das zweifelhafte Vergnügen miteinander, nicht wahr?«, murmelte der uniformierte Carabiniere und deutete Raphael und Luis an, ihm zu zeigen, was sie in der Hütte gefunden hatten. Raphael schien mit seinem Mageninhalt auch sein Gedächtnis ausgespien zu haben, er konnte sich an nichts erinnern. Sein ganzer Körper war steifgefroren, die Temperaturen draußen lagen deutlich unter zehn Grad.

»Raphael Schleck aus Luxemburg, wir haben kürzlich telefoniert. Sie haben den erschossenen Hund gefunden, nicht wahr? Das Kennzeichen des Range Rovers wollten Sie uns ja nicht nennen.«

An das Telefonat mit dem örtlichen Polizisten erinnerte Raphael sich natürlich, nicht aber an den Namen des Beamten. Widerstrebend kehrte er in die Hütte zurück.

»Das ist der Psenner Hannes von den Carabinieri«, erklärte Luis ihm, wurde jedoch von der Polizistin, die ebenfalls mit dem Auto aus dem Tal auf die Hütte gekommen war, unterbrochen.

»Luis, du kommst mit mir mit. Wir beide unterhalten uns nebenan«, ordnete sie an.

»Das ist die charmante Gasser Julia, sie meint's nicht so, sie ist *ollm cazzig*«, rief Luis Raphael im Weitergehen zu, was ihm einen unsanften Stoß in die Rippen einbrachte.

»*Schupf mi net*!«, erboste sich Luis, ehe die Tür hinter ihm ins Schloss fiel.

»Sie verstehen Südtirolerisch?«, fragte der Polizist und wies Raphael an, sich auf einen Stuhl zu setzen. Er selbst streifte

Handschuhe über und beugte sich zur Leiche hinunter. Kurz darauf forderte er telefonisch die Spurensicherung und einen Leichenwagen an. Dann setzte er sich breitbeinig auf einen Stuhl, bis er wieder aufsprang und das Fenster aufriss. Raphael zuckte entschuldigend mit den Schultern und rieb sich die eiskalten Hände.

»Soll ich …«, hob Raphael an und zeigte auf sein Erbrochenes, doch der Polizist winkte sofort ab.

»Sie haben hier schon genug Schaden angerichtet, die Spurensicherung reißt mir den Kopf ab, wenn Sie noch mehr Spuren verwischen. Im wahrsten Sinne des Wortes. Gehen wir nach nebenan, da ist die Luft sicher besser.«

Dankbar stand Raphael auf und ging hinter dem Polizisten her in den schmalen Flur.

Raphael versuchte, sich zu erinnern, doch sein Gedächtnis war noch immer nicht so zuverlässig wie vor seiner Erkrankung. Er wusste nur, dass Luis aufgrund seines Würgens und Schreiens zu ihm gekommen war, nachdem er den Mann gefunden hatte. Luis hatte sich zu der Person auf dem Boden hinuntergebeugt und sie geschüttelt, obwohl es schon aufgrund der Blutmenge auf dem Boden keinen Zweifel daran gab, dass der Mann tot war. Auch dieser Leichnam wies deutliche Bissspuren auf. Das Gesicht war entstellt, eine Wange fehlte vollständig. Luis hatte trotzdem erleichtert erkannt, dass es sich bei dem Toten keinesfalls um den großgewachsenen, stämmigen Besitzer der Hütte handeln konnte, sondern um einen kleinen, durchtrainierten Mann, dessen Statur kein Erkennen in Luis hervorrief. Die schwarzen Haare und die Bartstoppeln waren grau durchzogen. Raphael hatte es vermeiden wollen, dem Toten ins Gesicht zu sehen. Er hatte auf die Hände und die Haut am Hals geblickt und die Leiche auf sein eigenes

Alter geschätzt, irgendetwas zwischen vierzig und fünfzig.

Luis und er hatten den Raum schleunigst verlassen und die Carabinieri alarmiert. Bis zu deren Eintreffen hatten sie draußen vor der Hütte auf einer Bank gewartet, schweigend nebeneinander, dem aufkommenden Wind trotzend. Raphael waren stille Tränen die Wange hinabgelaufen, ob aus Mitgefühl oder aus Selbstmitleid hätte er nicht zu sagen vermocht.

Aus dem angrenzenden Raum waren laute Stimmen zu hören, Luis diskutierte hitzig mit der Polizistin. Ihr Kollege führte Raphael rasch vorbei zum nächsten Raum, einer Mischung aus Schlaf- und Wohnzimmer.

Raphael ließ sich auf das durchgesessene Sofa fallen, das unter ihm ächzte.

»Schon ein merkwürdiger Zufall, dass Sie erst einen toten Hund und jetzt einen toten Mann finden. Und dann wurden auch noch beide erschossen. Haben Sie eine Erklärung dafür?«, fragte der Polizist und klopfte seine Taschen ab, offensichtlich auf der Suche nach einem Notizblock.

»Erschossen? Es war also nicht dieses Tier, das an mir vorbeigelaufen ist?«

»Der Tote hat eindeutig Schäden durch Tierfraß, aber das war nicht die Todesursache. Er wurde erschossen und irgendein Aasfresser hat sich hinterher über ihn hergemacht. Haben Sie denn nicht gesehen, was es war? Fuchs, Wolf, Bär, Luchs, Dachs?«

Raphael zuckte resigniert die Schultern. »Ich bin ein Stadtmensch und noch nicht lange in Südtirol. Die Größe einer großen Katze, würde ich sagen. Ich bin schon froh, dass ich das tote Reh erkannt habe, wegen dessen Anblick ich überhaupt die Toilette aufsuchen wollte.«

Der Polizist schüttelte unwirsch den Kopf. »Herr Schleck,

Leichen pflastern Ihren Weg. Wurde das Reh ebenfalls erschossen?«

Raphael dachte nach. »Das weiß ich nicht, vielleicht hat der Luis besser hingeschaut. Aber ich habe Fotos gemacht, möglicherweise können Sie es darauf erkennen.«

Raphael entsperrte sein Handy und hielt es dem Polizisten hin, doch bevor der einen Blick darauf werfen konnte, hörten sie draußen Reifen auf dem Kies knirschen. Ein Auto der Polizia di Stato fuhr auf den Hof.

Wortlos setzte Psenner seine Mütze auf, sein Lächeln wirkte gezwungen, aber auch ein wenig spöttisch.

»Sieh an, der Sovrintendente Unterthurner bemüht sich zu uns, wie schaut's?«, fragte Psenner und deutete sogar ein leichtes Antippen seiner Mütze an.

»Ich bin wegen des Toten hier«, sagte der neu hinzugekommene Polizist und ging grußlos in die Küche. Auch Julia Gasser kam aus dem Nebenzimmer geeilt und schloss sich den Kollegen an, während Luis Raphael mit ins Freie zog.

»Es ist ungewöhnlich, dass sich die Staatspolizei herbemüht. Alles, was vor Ort geschieht, erledigt normalerweise auch die Polizei vor Ort. Aber Mord ist eine Nummer zu groß für Gasser und Psenner, da muss die Staatspolizei her. Den Unterthurner kenne ich, der sitzt in einem kleinen Büro in Meran«, raunte Luis.

Ein zweiter Polizist stieg aus dem Auto, das Handy noch am Ohr, in das er schnelles Italienisch sprach.

»Den kenne ich nicht. Der sieht aus wie ein Italiener, der ist wohl extra aus Bozen gekommen, der Uniform nach ein paar Stufen höher.«

»War die Polizistin mit dir fertig? Können wir gehen?«, fragte Raphael, noch immer grau im Gesicht.

Luis schüttelte den Kopf. »Ich glaube nicht, dass wir gehen dürfen. Eher kommt der Berg zur Staatspolizei als die Staatspolizei aus Bozen auf den Berg, das muss einen Grund haben. Nicht zuletzt aus Neugierde möchte ich bleiben, egal, ob wir gehen dürfen oder nicht.«

Diese Neugierde teilte Raphael ganz und gar nicht. Er sehnte sich nach einem Stück trockenem Schüttelbrot und einem Trauben- oder Apfelsaft, um seinen Magen zu beruhigen. Anschließend nach mindestens einer Flasche Wein, um auch sein Kopfkino zu beruhigen.

Der italienische Staatspolizist trat zu ihnen und zündete sich eine Zigarette an. Er bot Luis wortlos ebenfalls eine an, der den Kopf schüttelte. Raphael griff gern zu. Er rauchte sonst nur, wenn er zu viel getrunken hatte, aber irgendwie musste er seine Hände beschäftigen.

»Ispettore Gianluca Nonino«, stellte sich der Polizist vor und sprach auf Italienisch mit Luis weiter. Der zeigte auf Raphaels Zigarette, die noch immer unangezündet in seinem Mund steckte. Raphael verstand nur »tedesco«, deutsch.

Der Polizist gab ihm Feuer und sprach auf fließendem Deutsch weiter. »Sie sind also Deutscher?«

»Luxemburger«, stellte Raphael richtig und fingerte sein Portemonnaie aus der Hosentasche, um sich auszuweisen. Der Polizist starrte lange auf das Ausweispapier.

»Was machen Sie im Dezember in Südtirol? Das ist keine Zeit für Touristen.«

Als Raphael zögerte, erklärte Luis, dass Raphael nach Saisonende wiedergekehrt sei, weil sie sich zuvor angefreundet hätten. Er nannte seine Adresse als derzeitige Wohnanschrift.

Julia Gasser trat zu ihnen. »Ich habe mit dem Jagdaufseher gesprochen. Es gab vor vier Tagen einen registrierten Schuss.

Ein Jagdpächter hat sich gemeldet und angegeben, ein Jagdfreund habe auf ein Reh geschossen, es aber nicht richtig erwischt und es bislang nicht gefunden.«

Luis und Raphael wechselten einen Blick.

»Sie haben also den Einschuss nicht gesehen?«, fragte Psenner, der ebenfalls hinzugekommen war.

»Ich habe keine Verletzung von einer Kugel oder von Schrot gesehen. Natürlich weiß ich nicht, was der Greifvogel unkenntlich gemacht hat«, antwortete Luis.

»Aber der Schuss?«, sagte Nonino.

»War vermutlich eine Schutzbehauptung von jemandem, der in Wahrheit diesen armen Teufel erschossen hatte. Bleibt zu klären, wie der Jagdpächter damit in Verbindung steht«, schloss Julia Gasser und zog sich zum Telefonieren zurück.

Luis grummelte etwas Unverständliches. Unterthurner war inzwischen mit der Inaugenscheinnahme des Toten fertig und hatte sich ebenfalls zu ihnen gesellt.

»Walcher Luis, nicht wahr?«, vergewisserte er sich.

Luis nickte verhalten.

»Wir kennen uns im Zusammenhang mit einer Körperverletzung, nicht wahr?«, fragte der Sovrintendente. Raphael sah Luis erstaunt an.

»Korrekt, vier Jahre her. Der Liebhaber meiner Frau hatte mich beschuldigt, ihn geschubst zu haben.«

Raphael merkte, dass er die Luft angehalten hatte, und atmete nun erleichtert auf.

»Das wäre ja nicht schlimm gewesen, aber erinnere ich mich richtig, dass er dabei an einem Abgrund stand?«

Luis wand sich ein wenig. »Abgrund würde ich das nicht nennen, es war ein Balkon.«

»Auf dem das Geländer fehlte.«

»Weil ich es gerade erneuern wollte, die Bretter waren morsch geworden. Ich habe ihn ein wenig geschubst, er ist nach hinten ausgewichen und hat das Gleichgewicht verloren.«

»Ist das jetzt wichtig?«, wischte Nonino das Thema vom Tisch.

»Zur Glaubwürdigkeit des Zeugen möglicherweise schon. Zumal es sich bei dem damals Geschädigten um den Jagdpächter handelt. Der seither ein Bein nachzieht.« Unterthurner sah Luis herausfordernd an.

»Das ist nicht wahr, das hat er schon, seit wir junge Burschen waren. Darum haben ihn die Carabinieri ja damals nicht genommen. Er wollte aber unbedingt eine Waffe in der Hand haben, deswegen ist er Jäger und Jagdaufseher geworden«, brauste Luis auf.

Nonino machte sich Notizen.

»Aber du kennst doch jeden im Tal. Weißt du, wer der Tote ist?«, hakte Psenner nach.

Luis schüttelte zögernd den Kopf. »Ich hatte zunächst befürchtet, es sei der Karl, der Hüttenbesitzer, aber der kann es nicht sein, den kennt's ihr selbst. Ich weiß, dass er einen neuen Pächter sucht, aber der da schaut aus wie ein Italiener, die pachten normalerweise keine Almhütten.«

Gianluca Nonino hob die Schultern, ließ sie wieder sinken und verzichtete auf einen Kommentar.

»Hast du ihn in Schenna schon mal gesehen? Oder in St. Georgen beim Essen? Oder eher Trinken?«, hakte Unterthurner nach.

Luis straffte sich. »Möchtest du mir etwas unterstellen?«

»Ich wüsste nicht, dass wir per Du sind«, parierte der Polizist.

»Ab sofort bin ich für dich der Herr Walcher, dass das klar ist. Was den alten Kram angeht …«

Hannes Psenner mischte sich ein. »Nein, Luis, niemand unterstellt dir etwas. Ich weiß auch, wie das mit dem Johann damals war, lass gut sein. Wir möchten nur wissen, ob du weißt, wer der Tote ist. Papiere hat er keine bei sich. Eine Ahnung vielleicht, wo er logiert? Im Winter gibt es ja nicht viele Gäste hier oben. Vermietet die Zmailer Anna derzeit?«

Luis spuckte auf den Boden. »Du meinst, ob Annas Italiener einen von da unten angeschleppt hat? Vorstellen könnte ich's mir, aber da musst du die Anna und ihren Silvio selbst fragen. Ansonsten gibt es im Moment jede Menge Italiener auf dem Weihnachtsmarkt und auf den Skipisten. So selten sind sie nicht mehr hier im Norden, seit sie während Corona das Land nicht verlassen konnten und festgestellt haben, wie schön es im Norden des Landes ist.«

Ein weiteres Allradfahrzeug kam den Berg hinaufgefahren. Es war ein ungewohnter Anblick für einen Leichenwagen.

»Ihr könnt's erst einmal gehen, aber wir hören voneinander«, schloss Unterthurner und wandte sich ab.

»Wollen wir schauen, ob uns die Polizisten mit hinunternehmen?«, fragte Luis.

»Ich glaube, ich habe genug von der Polizei. Lieber laufe ich«, entschied Raphael.

19

»Ein künstlicher Weihnachtsbaum, wie … originell«, sagte Raphael bemüht und folgte Nadine ins Wohnzimmer.

»Was passt dir daran nicht?«, giftete seine Schwester.

»Du hättest sicher wieder einen abgeholzt und ihn anschließend einfach verbrannt«, hieb seine Nichte in die gleiche Kerbe.

»Wegen meiner hätten wir einen echten Baum. So kann ja keine Weihnachtsstimmung aufkommen«, hielt sein Schwager dagegen, obwohl der gar nicht gemeint war.

»*Monni*, schön, dass du da bist«, sagte sein Neffe Raoul und stand als einziger auf, um seinen Patenonkel zu umarmen. »Das mit der fehlenden Weihnachtsstimmung liegt nicht am Baum«, raunte er Raphael ins Ohr, während er ihn fest drückte. »Bad vibes, ich sag's dir. Mamas Zündschnur ist ganz, ganz kurz.«

Raphael blinzelte Raoul zu. »Ich habe ein Problem mit meinem Telefon, kannst du mir helfen?«

»Lass uns in mein Zimmer gehen, da nerven wir die anderen nicht.«

Raoul warf sich auf sein Bett und wies mit der Hand auf den Schreibtischstuhl, dessen Lehne sich unter dem Berg an benutzter Kleidung nach hinten bog. Raphael blieb stehen.

Raoul wollte aufstehen, um ihm Platz zu machen, doch Raphael winkte ab.

»Ich habe gestern fast zwölf Stunden im Auto gesessen, ich bin froh, wenn ich stehen kann. Der Smart ist für solche Fahrten nicht gemacht, ich musste ihn zweimal unterwegs tanken.« Er dehnte seine Oberschenkelmuskulatur, und Raoul musste lachen.

»Bist du wirklich mein Onkel, der trotz der kostenlosen öffentlichen Verkehrsmittel sonst jeden Weg mit dem Auto zurückgelegt hat?«

Jetzt musste auch Raphael lachen. »Bist du wirklich mein Neffe, der seinerzeit gebannt an meinen Lippen gehangen und mir jede Geschichte geglaubt hat, vor allem, wenn ich sie mit den Worten ›Das darf deine Mama nicht wissen‹, eingeleitet habe?«

»Oh *Monni*, sie wird immer anstrengender. Meine Sätze fangen inzwischen meist mit ›Tut mir leid, da schreibe ich eine Klausur‹ an. Ganz egal, was sie von mir will. Für das nächste Semester habe ich mich für einen Austausch nach Kanada beworben, das ist hoffentlich weit genug weg.«

Raphael rieb sich das Kinn. »Ich glaube, da waren deine Eltern noch nicht, sie kommen dich sicher gern besuchen.«

»Das geht nicht, da schreibe ich eine Klausur«, sagte Raoul mit einem Gesichtsausdruck, der Raphael zum Lachen brachte.

»Könnt ihr euch nicht mal nützlich machen?«, schallte Nadines schrille Stimme durchs Haus.

»Danke für die kurze Auszeit«, sagte Raphael und steckte das Handy in die Tasche seines Jacketts.

»Ach so, welches Problem gibt es denn?«

»Keins, was sich mit dem Handy lösen ließe«, sagte Raphael und eilte die Treppe hinab in die Küche.

»Wegen dir habe ich extra laktosefreie Sahne verwendet. An den Austern lag es am *Kleeschen* sicher nicht«, schnappte Nadine und tupfte Raphael einen weißen Klecks auf die Suppe.

»Schwesterherz, du bist unbezahlbar«, sagte Raphael und zwinkerte seinem Neffen zu.

»Und du machst nach wie vor einen auf Aussteiger und lungerst in den Alpen herum? Hast du deine innere Mitte gefunden?«, sagte Yannick schmatzend und fing sich einen bösen Blick seiner Frau ein.

»Ich habe noch viel interessantere Dinge gefunden. Einen erschossenen Hund, ein Reh, dessen Gedärme über den Waldboden verstreut lagen, einen Mann, dessen Gesicht nicht mehr zu erkennen war, nachdem die eine Hälfte von Tieren gefressen worden war …«

Nadine schrie spitz auf und verbat ihm den Mund.

»Du willst dich nur wichtigmachen«, unterstellte ihm Josiane und schob angewidert ihren Teller von sich.

»Hast du Fotos?«, fragte Raoul, der durch Splatterfilme und Videospiele zumindest in der Theorie einiges gewohnt war.

»Aber dahin gehst du doch nicht zurück!«, rief Nadine.

»Es war schwer genug, der Polizei eine Heimreise über Weihnachten aus dem Kreuz zu leiern. Ich gelte für den Ispettore als Hauptverdächtiger. Sie haben mich so lange verhört, bis ihnen keine Frage mehr eingefallen ist. Darum musste ich länger vor Ort bleiben und konnte gestern erst zurückreisen. Ich bin noch gar nicht richtig angekommen.«

»So ein *Kabes*! Du gehörst hier hin, da kommt man doch sofort an. Es wird Zeit, dass du dir diesen Unsinn aus dem Kopf schlägst und wieder *auf die Schaff gehst*«, erboste sich Nadine.

»So wie du?«

»Ich habe das nicht nötig.«

»Ich auch nicht.«

»Ist noch Suppe da?«, ging Yannick dazwischen.

»Soll ich gehen?«, fragte Raphael.

»Nein. Ja!«, schrie Nadine aufgebracht.

Raphael warf seine Serviette auf den Tisch und schob seinen Stuhl zurück.

»Wenn du jetzt gehst, rede ich kein Wort mehr mit dir«, kreischte seine Nichte.

»Du kannst nicht gehen, was mache ich mit der Languste?«, war das einzige Problem seiner Schwester.

»Steck sie dir in den Arsch«, empfahl Raphael und rauschte hinaus.

»Aua«, sagte Raoul lachend und griff nach seinem Handy.

20

Raphaels Auto war von einer dünnen Schneeschicht bedeckt. Am frühen Abend war es etwas wärmer geworden, sodass der Schnee kurz in Regen übergegangen war, der inzwischen wie eine zuckrig aussehende Kruste aussah. Schon bei diesem Anblick entschied Raphael, dass er sich nicht die Blöße geben würde, das Auto mühsam vor dem Haus seiner Schwester freizukratzen. Seine Lederschuhe waren nicht für Schneespaziergänge gemacht, aber er hatte den Eindruck, es könnte ihm guttun, die vier Kilometer bis zu sich zu laufen.

Die Straße sah spiegelglatt aus, und Raphael hielt sich auf dem Grasstreifen neben dem Bürgersteig, um nicht auszurutschen. Sein Handy vibrierte. Da seine Finger steifgefroren waren, versuchte er erst gar nicht, es aus der Manteltasche zu nesteln. Es würde sowieso seine Schwester sein, die ihn verfluchte und beschimpfte. Raphael lief unbeirrt weiter. Sein Wollmantel hatte keine Kapuze, sodass sich Eiskristalle in seinen Haaren sammelten und ihn frösteln ließen.

Das Handy vibrierte erneut. Dann noch einmal. Raphael zog es jetzt doch aus der Tasche und schmunzelte, als er sah, dass es zahlreiche Sprachnachrichten seines Neffen waren.

»Das wird ihm noch leidtun«, hörte er seine Schwester.

»Wie würde es dir gefallen, wenn ich mit meiner kleinen Schwester so umgehen würde wie du mit deinem kleinen Bruder?« Das war Raouls Stimme.

Josiane: »Wag es.«

Nadine: »Das ist etwas völlig anderes.«

Yannick: »Geht es mit dem Essen nicht weiter?«

Raoul: »Für *Monni* ist es sicher nichts anderes. Überleg mal, was er alles erlebt hat.«

Nadine: »Es hat ihn niemand gebeten, nach Italien zu gehen.«

Josiane: »Ich möchte auch mal nach Italien.«

Nadine: »Leg endlich das blöde Handy weg.«

Raphael musste schmunzeln. Es war interessant zu hören, was die Familie in seiner Abwesenheit über ihn sprach, auch wenn die heimliche Aufnahme der Sprachnachrichten nicht korrekt von Raoul war.

» … auf der Flucht vorm Leben. Irgendwann muss er mal erwachsen werden«, sagte Yannick.

Raoul: »Raphael ist wenigstens nicht so langweilig wie ihr.«

Sein Vater: »Er hat all sein Geld verspielt, findest du das cool?«

Raoul: »Er hat es verloren, weil ein Unternehmen den vielleicht größten Betrug in der Geschichte durchgezogen hat.«

Yannick: »Ich glaube ja, dass er sich das alles nur ausdenkt. Was gibt es als zweiten Gang?«

Raoul: »Ich glaube, ich fahre ihn in den Semesterferien besuchen.«

Seine Mutter: »Ich denke, da schreibst du Klausuren?«

Raoul: »Ich lerne unterwegs und bei Raphael.«

Yannick: »Was riecht denn so angebrannt?«

Ein spitzer Schrei von Nadine.

Raphael musste die Wiedergabe stoppen, weil sich von hinten ein Räumfahrzeug näherte und er nichts mehr verstehen konnte. Falls Raoul das ernst meinte, würden sie sicher eine gute Zeit zusammen haben. Das Fahrzeug fuhr vorbei und Raphael sah, wie die Salzkörner über das Eis hüpften. Er startete die nächste Sprachnachricht.

Josiane: »Habt ihr mal aus dem Fenster gesehen? *Monni* hat sein Auto stehen lassen.«

Nadine: »Der soll es nicht wagen, morgen hier zu klingeln und so zu tun, als sei nichts geschehen. Ich will ihn nicht mehr sehen.«

Yannick: »Der ist noch zu faul zum Kratzen.«

Raoul: »Vielleicht wollte er auch nur weg?«

Josiane: »Ich will auch so ein Auto. Wann gibt es endlich Geschenke?«

Raoul: »Wozu? Du kommst doch mit der Tram und dem Bus überall hin.«

Josiane: »Du bist genauso bescheuert wie dein Onkel.«

Raoul: »Ich liebe das Fest der Familie.«

Nadine: »Vorsicht, heiß.«

Damit endeten die Nachrichten. Raphael merkte, dass er Hunger hatte. Vielleicht war es leichtsinnig gewesen, sich vom Acker zu machen, wenn der Kühlschrank zu Hause leer war und man die nächsten Tage nichts einkaufen konnte. Trotzdem war er zufrieden mit seiner Entscheidung. Bis auf Raoul würde ihn niemand vermissen. Niemand außer Josiane, die auf ein dickes Geschenk spekulierte. Vielleicht könnte er ihr den Smart verkaufen. In Italien würde er ihn nicht brauchen, und der Wunsch, Luxemburg und seine Familie hinter sich zu lassen, wurde immer stärker in ihm.

Raphael merkte, dass er gut im Training war. Trotz des Schnees hatte er den Weg noch nie so zügig zurückgelegt. Als er seine Wohnung betrat, merkte er erst, wie kühl es darin war. Er hatte gestern Abend vergessen, die Urlaubseinstellung der Heizung abzuschalten. Im Gefrierschrank müsste ein altes Brötchen sein, das könnte er im Backofen warmmachen und sich dann im Internet eine kleinere Wohnung suchen.

Er ging ins Badezimmer, wusch seine kalten Hände mit warmem Wasser, bis sie schmerzten, und fragte auf der Toilette sitzend E-Mails am Handy ab. Früher waren sie auf seiner Smartwatch angezeigt worden, aber die trug er schon lange nicht mehr und könnte sie auch verkaufen. Es hatten sich nur ein paar Standardnachrichten eingefunden, kein Wort von Alain oder dem alten Freundeskreis.

Als Raphael in die Küche ging, sah er sofort einen Zettel auf der Arbeitsplatte liegen.

»Hi, ich wollte dir persönlich frohe Weihnachten wünschen, aber du bist sicher bei deiner Schwester. Habe dir für die nächsten Tage ein paar Leckereien in den Kühlschrank geräumt, ich hatte deinen Schlüssel noch. Wie lange bleibst du? Ich hoffe, wir sehen uns Silvester, wir feiern wie immer alle zusammen. Melde dich. Alain.«

21

»Ah, schön dass du da bist. Komm rein«, begrüßte ihn sein ehemaliger Kollege Luc. Neben Luc stand eine große Blondine Anfang zwanzig. »Kennt ihr euch? Malou wohnt seit November hier. Sie studiert an der Uni.«

Die Blonde lächelte Raphael inhaltsleer an.

»Ich wusste nicht, dass deine Nichte bei dir wohnt. Freut mich, dich kennenzulernen. Du bist die Tochter von Vivienne?«

Malou lachte auf und küsste den Gastgeber auf den Mund. »Ich bin seine Freundin, nicht seine Nichte.«

Raphael hob entschuldigend die Hände.

»Nett, dass du dich an meine Schwester Vivienne erinnerst. Mein Neffe ist tatsächlich auch vierundzwanzig«, sagte Luc und legte Malou einen Arm um die Schultern.

»Und was studierst du?«, fragte Raphael.

»Medizin.«

»Super.«

Alain kam aus der Küche auf Raphael zu und begrüßte ihn herzlich. »Schwerpunkt Geriatrie oder Urologie?«, raunte Raphael ihm ins Ohr. Alain lachte laut und knuffte ihn in die Seite. »Komm mit in die Küche, da ist die Party wie immer am besten.«

In der Küche stand Alains Frau im Gespräch mit einem weiteren Kollegenpaar. Wangenküsschen wurden ausgetauscht.

»Thierry und Suzette können leider nicht kommen, die sind über die Feiertage auf den Malediven. Du warst auch im Urlaub, sagte Alain?«, erkundigte sich Alains Frau.

»Langzeiturlaub in Italien.«

»Ach, ich dachte, Alain hätte von Südtirol gesprochen. Das zählt doch nicht, oder?«

Es schellte an der Haustür und Luc öffnete. Raphael erstarrte, als er die Stimme hörte.

»Danke für die Einladung, so süß von dir«, sagte Lydie. »Du kennst Rémy?«

Raphael wechselte einen Blick mit Alain, der unwissend die Schultern hob. »Mit dem Exkollegen ist schon wieder Schluss. Ich wusste nicht, dass Luc sie eingeladen hat. Ein Problem?«

Raphael griff eine der Sektflöten von der Anrichte und kippte den *Crémant* hinunter. Als Lydie mit einem sicher fünfzehn Jahre jüngeren Schönling die Küche betrat, nahm Raphael das nächste Glas und leerte es in einem Zug.

Der Schöne verteilte Wangenküsschen. Raphael hustete demonstrativ, sodass Rémy vor ihm zurückwich.

»Ich bin Lydies neuer Personal Trainer.«

»Ich war ihr vorheriger. Oder vorvorheriger. Mehr personal, weniger Trainer«, erklärte Raphael.

In Rémys hübschen Augen konnte man den Denkprozess ablaufen sehen.

»Habt ihr schon die Aussicht vom Balkon genossen?«, fragte Luc und lotste alle ins Wohnzimmer. Ein künstliches Feuer loderte in einem aufgesetzten Wandkamin.

»Ich glaube, ich habe etwas im Auto vergessen, ich muss noch mal runter«, erklärte Raphael und griff nach seinem Mantel.

»Viel Spaß noch und ein gutes neues Jahr«, schrieb er in einer Nachricht an Alain.

»Habt ihr Interesse an meinem Smart?«, schrieb er an seine Schwester. »Der wäre günstig abzugeben.«

22

»Allmählich hast du alle Verkehrsmittel durch, wie lief es mit dem Zug?«, fragte Luis und nahm Raphael einen Koffer ab, um ihn im Auto zu verstauen.

»Eine Fernbusverbindung gab es nicht, das Auto habe ich meinem Schwager für meine Nichte verkauft«, sagte Raphael und wartete damit, den zweiten Koffer ins Auto zu hieven. »Mein Freund Alain hat mich zum Bahnhof gebracht, alles andere ging so. Vier Umstiege, einen Anschlusszug verpasst, macht fast vierzehn Stunden, aber nennenswert schneller war ich beim letzten Mal mit dem Auto auch nicht. Und ich konnte meinen Muskelkater vom Kistenschleppen auskurieren.«

Luis sah ihn fragend an und griff nach dem zweiten Gepäckstück.

»Ich habe meine Möbel leer geräumt und alles eingelagert. Ich habe drei Monate Kündigungsfrist und der Vermieter sieht seinerseits keine Notwendigkeit, einen Nachmieter zu suchen. Das Geld von mir ist ihm ja sicher. Vielleicht möchte jemand die Wohnung möbliert mieten, dann könnte ich vorzeitig aus dem Vertrag heraus.«

Luis versuchte, auch den zweiten Koffer unterzubringen, und bat Raphael, den Rucksack auf den Rücksitz zu legen.

»Du bringst jedes Mal mehr mit, habe ich das Gefühl«, stellte Luis fest und drückte die Kofferraumklappe vorsichtig zu.

»Das stimmt. Ich wollte dich fragen, wie lange ich das Appartement mieten kann. Und zu welchem Preis, wenn ich es langfristig miete.«

»Was heißt langfristig?«, fragte Luis, ließ den Motor an und sie setzten sich in Bewegung.

»Na ja, ich habe Winter- und Sommerkleidung dabei. Ich würde gern bis zum Saisonbeginn bleiben, wenn das geht.«

Luis sah ihn von der Seite an. »Das klingt nach anstrengenden Feiertagen in der Heimat.«

»Heimat? Ich glaube, die ist nicht mehr in Luxemburg. Aber ja, anstrengend war es allemal.«

Luis schwieg eine Weile. Raphael genoss die Fahrt und sah sich begierig um. Die Straßen waren nicht mehr so voll, und anders als im Herbst trugen alle Fahrzeuge italienische Kennzeichen.

»Selbstverständlich kannst du bleiben. Über den Preis werden wir uns gewiss einig.«

»Was machen die Ermittlungen wegen des Toten, hast du etwas gehört?«

Luis schüttelte den Kopf. »Ich habe letzte Woche die Gasser und den Psenner im Dorf getroffen, die wussten nichts Neues. Mir scheint, die Polizia di Stato lässt sich nicht in die Karten sehen. Und die Dorfpolizisten sind froh, wenn sie nicht zu viel zu tun haben. Die reißen sich nicht darum, ihnen behilflich zu sein.«

»Ist es nicht von Vorteil, die örtlichen Gegebenheiten und Menschen zu kennen?«, überlegte Raphael laut.

»Sicherlich, aber genauso von Nachteil. Was man nicht sehen möchte, sieht man auch nicht. Vielleicht ist es gar nicht schlecht, wenn die Ermittler unvoreingenommen sind.«

»Wollen wir etwas essen gehen?«, fragte Raphael, der erst jetzt merkte, wie hungrig er war.

Luis schüttelte den Kopf. »Das passt heute nicht, ich habe Besuch zu Hause.«

»Warum sagst du denn nichts? Ich hätte mir ein Taxi nehmen können«, sagte Raphael verlegen.

»Ich weiß, aber es ist mir eine Freude.«

Sie bogen auf den Hof, wo ein Kombi älterer Baureihe stand.

»Hätte ich gewusst, wie viel Gepäck du mitbringst, hätte Maria dich besser abgeholt«, sagte Luis und stieg aus. Bevor er die Tür aufschließen konnte, wurde sie bereits geöffnet und eine Frau mit einem asymmetrischen, braunen Kurzhaarschnitt lächelte die beiden an. Aus dem Inneren des Hauses roch es nach Speck und Zwiebeln.

»Die Nudeln sind gleich fertig. Kommt, ich helfe euch«, sagte sie und griff beherzt nach Raphaels Rucksack.

Raphael zog einen der Koffer über die Schwelle und wandte sich seiner Wohnungstür zu.

»Ich habe mir erlaubt, die Wohnung ein wenig zu heizen. Ich hoffe, das war in Ordnung für dich«, sagte Luis und stellte den zweiten Koffer neben Raphael ab. »Wir haben mit dem Essen auf dich gewartet, aber jetzt wäre es gut, wenn du sofort rüberkommen könntest. Ich sterbe vor Hunger.«

Auf dem Tisch stand eine Schüssel mit kurzen Röhrennudeln und eine weitere mit einer dampfenden Soße, die köstlich duftete. In der Tischmitte prangte ein Strauß Blumen neben einer Flasche Grappa. »Die Anna war eben da, um dir etwas zum Geburtstag zu bringen, aber sie ist wieder gegangen, als du nicht da warst. Sie wollte morgen wiederkommen«, erklärte die Frau, die Raphael auf wenig jünger als er selbst schätzte. »Nehmt euch, ehe es kalt ist«, forderte sie auf, bevor Raphael etwas sagen konnte, und schob den Männern die Schüsseln hin. »Ich bin übrigens die Maria. Anna ist meine Tante, ihr kennt euch ja schon. Sie hat die Idee gehabt, ich könnte einen Bericht über Luis machen. Ich bin Fotografin für das Südtirol-Magazin, manchmal schreibe ich zusätzlich die redaktionellen Teile. Diese Entwicklung vom Apfelbauern zum erfolgreichen Weinbauern möchte ich gern über das ganze Jahr dokumentieren.«

Raphael sah Luis betreten an. »Du hast heute Geburtstag? Umso schlimmer, dass du mich abgeholt und deswegen deine Gäste verpasst hast. Wie kann ich das wieder gutmachen?«

»Indem du kräftig zulangst und mir von deiner Reise erzählst«, erwiderte Luis und streute sich reichlich Parmesan über seine Nudeln.

Maria goss die Weingläser großzügig ein und sie stießen auf Luis an. »Ist das köstlich«, rief sie und griff nach ihrer Kamera. »Das sind die besten *Hirtenmakkaroni*, die ich je gegessen habe. Luis, die müssen unbedingt ins Magazin, mit Rezept.«

Luis freute sich sichtlich über das Kompliment. Nachdem Maria mehrere Fotos gemacht hatte, notierte sie die vielfältigen Zutaten.

»Ich habe ein paar luxemburgische Spezialitäten mitgebracht, die möchte ich gern beisteuern, aber ich fürchte, ich selbst bekomme nichts mehr rein«, erklärte Raphael und starrte in die leeren Schüsseln.

»Ein Grappa geht immer«, sagte Luis und rülpste dezent in sein Taschentuch. »Die Anna weiß, was ich gern trinke. Nur vom Wezl schmeckt ein Grappa mit fünfundfünfzig Volumenprozent Alkohol noch immer weich und rund. Maria, möchtest du in der anderen Ferienwohnung übernachten?«, bot Luis an, aber Maria lehnte ab, da sie am nächsten Tag schon früh für eine weitere Reportage fotografieren müsse.

»Am Feiertag?«, sagte Luis erstaunt.

»Als Fotografin hat man nie Feiertag oder Wochenende«, sagte sie mit leichtem Bedauern.

Sie prosteten sich zu und Luis erzählte Maria, dass Raphael auf seinen Wanderungen auch fotografierte. Die beiden gerieten schnell ins Fachsimpeln über verschiedene Kameras und Raphael erzählte, dass er seine älteste Kamera mitgebracht hätte.

»Wenn ich das nächste Mal bei Luis bin, schaue ich mir deine Bilder an. Vielleicht steckt in dir ja das Zeug zum Fotografen. Luis hat erzählt, dass du nicht genau weißt, wie es für dich weitergehen soll. Wir brauchen immer jemanden, der uns bei Berichten unterstützt«, erzählte Maria und schlüpfte in ihre Daunenjacke. »*Pfiat enk*«, sagte sie und drückte erst Luis, dann Raphael herzlich zum Abschied.

»Noch einen Grappa?«, fragte Luis, nachdem er die Tür hinter Maria geschlossen hatte. »Da fällt mir ein, hat die Polizei dich eigentlich erreicht?«

Obwohl Raphael hundemüde war, machte ihn die Frage neugierig. Er hielt Luis sein Grappaglas hin. »Nein, mich hat niemand angerufen. Was gibt es Neues?«

»Ein Spezi hat mir erzählt, dass die Polizia di Stato sich beim Jagdaufseher erkundigt hat, wer ihn wann über die Schussabgabe informiert hätte. Würde mich nicht wundern, wenn der Johann seine Finger mit im Spiel hätte und dieser Schuss nur die halbe Wahrheit ist. Wahrscheinlich hat der Johann Geld dafür genommen, dass er diesen Schuss nicht weiterverfolgt, der angeblich das Reh verfehlt hat. Er wird nicht einmal den Namen des angeblichen Schützen wissen, dieses korrupte Schwein. Auch aus der Gerichtsmedizin gab es Gerüchte, jemand hätte dem Toten das Gesicht halb weggeschossen, die Tiere hätten nur den Rest erledigt«, erzählte Luis.

»Was stand dazu denn in der Zeitung?«

»Das ist ja das Eigenartige. Nichts. Keine Fakten, keine Spekulationen. Ich finde das höchst bizarr. Es gab nicht einmal einen Aufruf, ob jemand den Toten kennt, also scheint die Polizei zu wissen, um wen es sich handelt.«

»Und warum hätte die Polizei mich nun anrufen sollen?«

»Der Johann, dieser verdammte Jagdaufseher, hatte das Reh wohl schon weggeschafft, bevor die Polizei es angesehen hatte. Na ja, war damals noch nicht klar, dass das wichtig werden könnte. Wer weiß, dem Johann war es vielleicht schon klar. Jetzt braucht die Polizei die Fotos, die du gemacht hast.«

»Welche Polizei denn? Dieser Psenner und die Gasser oder die Staatspolizei?«

»Das ist ja das Merkwürdige«, erklärte Luis. »Dieser Sovrintendente Unterthurner und sein Kollege Ispettore Nonino interessieren sich für das tote Reh. Das ist nicht normal.«

»Ich rufe sie morgen an«, versprach Raphael und erhob sich schwerfällig.

»Morgen kann die Befana dem Italiener Geschenke bringen, der Deutsche bekommt keine«, sagte Luis.

»Was?«, fragte Raphael und wischte sich die müden Augen.

Luis erklärte ihm, dass es am Dreikönigstag Geschenke der Hexe Befana für die italienischen Kinder, nicht aber für die deutschen gäbe. »Dafür feiern die Weihnachten einen Tag früher.«

»Ich sehe schon, ich habe noch viel zu lernen«, merkte Raphael an und drückte Luis spontan.

Der erwiderte die Umarmung herzlich. »Schön, dass du wieder da bist. Richte dich morgen erst einmal ein, die Arbeit der Polizei kannst du auch dann noch erledigen.«

23

Raphael und Luis vertilgten in Raphaels Küche die mitgebrachten Köstlichkeiten aus Luxemburg. Es wurde schon früh dunkel, und Raphael war froh, dass Luis den Abend mit ihm verbrachte.

»Ich muss den Winter nutzen, um meinen Keller zu räumen. Da ist langsam kein Durchkommen mehr. Während der Ernte stelle ich alles einfach vorne hin«, erklärte Luis. »Welche Pläne hast du für die nächsten Tage?«

»Ich habe keine Pläne. Vielleicht kann ich dir zur Hand gehen?«

Und so standen die beiden Männer am folgenden Tag früh im feuchten Keller, räumten Apfelboxen, Werkzeuge, Maschinen und Flaschen, bis ihnen die Arme wehtaten.

»Heute Abend gehen wir schön essen, ich lade dich ein«, sagte Raphael entschieden und wischte sich den Schweiß von der Stirn.

Luis lachte. »Man merkt, dass du noch nie im Winter in Schenna warst. Selbst der Gasthof ist jetzt geschlossen bis März.«

Raphael stutzte. »Wie verbringt ihr denn die dunkle Zeit?«

Luis schmunzelte. »Wir machen all das, wozu wir während der Saison nicht kommen. Nächste Woche könnten wir beide gemeinsam zu einem Volksstück nach Dorf Tirol gehen. Oder wir gehen in ein Konzert des Ost West Clubs. Es gibt viele Möglichkeiten, wenn uns die Touristen nicht die Plätze wegnehmen. Heute Abend gibt es Knödelsuppe, möchtest du mitessen?«

Das Wetter sah instabil aus und Luis riet Raphael am nächsten Tag von Wanderungen ab. »Der Nebel hängt tief, du hast sowieso keine Fernsicht, nachher fehlt die Orientierung. Und es wird Schnee geben, vielleicht nicht bis hier unten, aber auf den Höhen ist es ungemütlich.«

Raphael beschloss daher, nach Meran hinunter zu laufen und durch die Geschäfte zu bummeln. Auch da machte er die Erfahrung, dass viele Geschäfte selbst in der Stadt geschlossen waren bis März. Direkt neben dem Kurhaus entdeckte Raphael das »TidA«, das Theater in der Altstadt. Es zeigte am kommenden Abend ein Satireprogramm und Raphael kaufte spontan zwei Karten.

In den Lauben, den Einkaufsstraßen Merans, fiel ihm ein kleines Fahrradgeschäft auf. In Luxemburg waren Fahrräder inzwischen teure Mangelware, hier stieß er auf ein mattschwarzes E-Bike, das wegen eines kleinen Kratzers im Rahmen deutlich reduziert war. Raphael fragte nach einer Probefahrt und der Händler stellte ihm das Rad bis zum nächsten Tag zur Verfügung.

Raphael freute sich, wie gut er damit den Berg hinaufkam, und stellte es zufrieden in seinen Flur. Damit würde er künftig unabhängig sein und könnte sich selbst an den trüben Tagen sportlich betätigen.

Am kommenden Tag fuhr er abermals in die Lauben, um das Fahrrad zu bezahlen und sich einen Helm auszusuchen. Er kurvte mit dem Rad die Sommerpromenade entlang und die Winterpromenade zurück. In und vor der Wandelhalle im Jugendstil standen Tische und Stühle. Raphael ließ sich für einen wärmenden Kaffee nieder. Am Nachbartisch wurde hitzig auf Italienisch diskutiert und Raphael blickte sich unwillkürlich um. Er erkannte Ispettore Nonino und Sovrintendente

Unterthurner. Raphael erinnerte sich daran, dass die Ermittler die Bilder des toten Rehs sehen wollten, und zog sein Handy hervor. Die Polizisten schauten ihn finster an, als er sich ihrem Tisch näherte, und unterbrachen ihren Disput widerwillig.

»Sie schon wieder«, bellte Unterthurner Raphael an, bevor dieser überhaupt etwas sagen konnte. »Noch eine Leiche gefunden?«

»Luis Walcher sagte, Sie wollten meine Aufnahmen vom Reh haben«, sagte Raphael zögerlich.

Unterthurner kramte in seiner Jackentasche und förderte eine Visitenkarte zutage. »Schicken Sie mir die Bilder, ich werde sie weiterleiten«, sagte er schroff. Nonino redete auf Italienisch auf seinen Kollegen ein. ›Carabinieri‹ und ›Capitano‹ hörte er aus dem Wortwechsel heraus, mehr erschloss sich ihm nicht. Raphael wusste, dass Nonino fließend Deutsch sprach, und schloss deshalb daraus, dass dieser nicht wollte, dass er ihn verstand. Seine Hilfsbereitschaft schwand und er griff nach seinem Helm, um sich auf den Heimweg zu machen.

»Machen Sie jetzt auch noch mit dem Mountainbike unsere Berge unsicher?«, fragte Unterthurner in einem sarkastischen Tonfall.

»Daran hatte ich noch nicht gedacht, aber das ist eine gute Idee«, parierte Raphael. Als Unterthurner nach einer Erwiderung suchte, fügte Raphael hinzu: »Erstmal mache ich die Straßen unsicher, die unwegsamen Gelände kommen später.«

»*Stronzo*«, entfuhr es Nonino, eine Beleidigung, was Raphael bestätigte, dass dieser der Unterhaltung auf Deutsch problemlos hatte folgen können.

»*Grazie anche*«, parierte Raphael mit dem wenigen Italienisch, das er inzwischen gelernt hatte.

24

In den folgenden drei Tagen war das Wetter trüb, aber, wie Luis sagte, zu warm für Januar. Gemeinsam räumten sie den Keller und die angrenzende Scheune auf, gingen abends ins Theater und kochten abwechselnd.

»Sollen wir morgen in die Therme gehen?«, schlug Raphael nach dem Abendessen vor.

»Ich muss in den Weinberg, es ist endlich schönes Wetter gemeldet.«

Raphael kämpfte mit sich, ob er seine Hilfe anbieten sollte, entschied sich aber für eine Wanderung.

»Denk daran: Wo keine Sonne hinkommt, könnte der Boden gefroren sein. Bergab solltest du eher die Waldwege als die Fahrstraßen nehmen.«

Raphael fühlte sich gut gerüstet und voller Tatendrang. Er nahm erstmals seine alte Spiegelreflexkamera mit und freute sich darauf, Fotos zu schießen. Seine neue Daunenjacke wollte er nicht mitnehmen, aber Luis erinnerte ihn daran, dass die angestrebte Hütte über eintausendfünfhundert Meter hoch lag und es dort frisch sein würde.

Auf den ersten zweihundert Höhenmetern begegnete Raphael noch Einheimischen, die mit ihren Hunden spazieren gingen, danach wurde es still. Raphael merkte, dass er schon länger nicht mehr in die Höhe gewandert war. Seine Lunge schmerzte von der kalten Luft, doch der Wind blies ihm den Kopf frei. Immer wieder blieb er stehen und genoss die klare Sicht in den Vinschgau und ins Passeiertal. Unterwegs kam er an zwei Hütten mit den inzwischen vertrauten Schildern »Geschlossen bis März« vorbei, die er voller Freude fotografierte.

In ihm wuchs eine noch unkonkrete Idee, etwas aus diesen Schildern zu machen, die, mal kunstvoll, mal als Computerausdruck, mal in schnörkeligen Handschriften, für ihn zum Symbol für den Winter, aber gleichfalls wie in seinem neuen Leben für Erneuerung und Kräftetanken geworden waren.

Die nächste Hütte, die Raphael erreichte, erschien ihm anders. Es dauerte einen Moment, bis Raphael erkannte, dass die Läden offenstanden und ein alter Geländewagen vor der Tür parkte. In einem Glaskasten am Weg hing zwar ein »Geschlossen bis März«-Schild, aber offensichtlich war jemand zu Hause. Raphael sah, dass die Kofferraumklappe des Autos geöffnet war und eine augenscheinlich schwere hölzerne Kiste darauf wartete, ins Haus getragen zu werden.

»Hallo?«, rief er. »Soll ich mit anpacken?«

Niemand antwortete. Raphael ging am Auto vorbei zur Eingangstür. Entgegen seiner Erwartung strahlte die Motorhaube keine Wärme ab, das Auto musste also schon eine Weile hier stehen.

Er rief erneut und bekam abermals keine Antwort. Raphael pochte an die hölzerne Eingangstür, doch es rührte sich nichts. Er drückte die Klinke herunter und wunderte sich nicht, als die Tür aufsprang. Raphael spannte sich an, die Erinnerung an den Toten von seiner letzten Wanderung steckte ihm noch in den Knochen.

»Ich komme jetzt rein«, rief er für alle Fälle und horchte auf Geräusche aus der Küche oder eine Toilettenspülung, aber alles blieb still.

Wie in den meisten Hütten hier lag rechts neben der Eingangstür die Küche mit Sicht nach draußen auf die Terrasse. Hierher wandte Raphael sich als Erstes. Die Tür war geschlossen, und ein alter Melkschemel lag quer davor. Raphael stellte ihn neben die Tür und klopfte, wartete, drückte die knarzende Tür schließlich auf. Und erstarrte.

Auf dem Boden saß eine Frau. Ihr Oberkörper lehnte aufrecht an einem Sideboard, ihr Kopf war in einem unnatürlichen Winkel zur Seite geneigt. Ihre Augen waren schreckgeweitet, der Mund zu einem Schrei aufgerissen, der womöglich nie erklungen war. Ihr Genick war vermutlich gebrochen gewesen, bevor der Schrei ihre Lungen hatte verlassen können. Raphael hastete zu ihr. Er war versucht, der Frau die langen weißen Haare, die sich aus ihrem Knoten am Hinterkopf gelöst hatten, aus dem wettergegerbten Gesicht zu streichen, war versucht, die trüben Augen zu schließen. Stattdessen wich er zur Tür zurück. Er durfte nichts verändern, nichts anfassen, musste die Polizei informieren. Er hatte schon wieder eine Leiche gefunden. Schon wieder!

Er wischte sich die Haare aus der schweißfeuchten Stirn und ließ den Blick durch den Raum schweifen. Auf dem Tisch stand eine Kiste mit frischem Gemüse und Salat. Kaffeebohnen, *Vinschgerl* und rotbackige Äpfel übertünchten den Geruch, den jeder Tote hinterließ, wenn die Schließmuskeln erschlafften. Über dem Stuhl hing eine dicke Jacke, die Füße der Toten steckten in stabilen Wanderstiefeln. Offenbar war sie kurz nach ihrer Ankunft gestürzt. Sie war alt, vielleicht hatte sie die Schlepperei überanstrengt. Oder konnte sie erschreckt worden sein? Überwältigt? Nichts deutete auf einen Kampf hin. Aber ihr Gesichtsausdruck wirkte panisch. Immerhin war ihr Gesicht noch zu erkennen. Anders als bei dem letzten Toten, den Raphael gefunden hatte. Konnte das Zufall sein?

Raphael zog sein Handy aus der Tasche. Er musste Unterthurner informieren, egal, wie unangenehm das werden würde. Er hielt einen Moment inne. Er haderte mit sich, doch dann fotografierte er die Szenerie, bevor er zum Telefonieren nach draußen ging.

25

»Es ist Ihnen keinen Moment in den Sinn gekommen, im Haus nachzuschauen, ob noch jemand da ist?«, fragte Sovrintendente Unterthurner scharf.

Raphael hatte seine Thermoskanne aus dem Rucksack geholt und hielt seinen Kaffeebecher fest umschlossen, obwohl der Kaffee ihn schon lange nicht mehr wärmte.

»Wäre noch jemand da gewesen, wäre doch der Unfall der Frau nicht unbemerkt geblieben und es hätte jemand die Ambulanz gerufen«, mutmaßte Raphael. »Nach den letzten Erfahrungen habe ich auch nicht an einen Unfall geglaubt. Und ich wollte mir nicht wieder vorwerfen lassen, ich hätte – womöglich sogar absichtlich – Spuren verwischt.«

Die Spurensicherung war im Haus, sodass Raphael und der Sovrintendente draußen in der Kälte saßen. Es war knapp über dem Gefrierpunkt und die Sonne schien, aber Raphael fröstelte trotzdem.

Sein Handy vibrierte, gleichzeitig erklang »Highway to hell«. Er warf einen Blick auf das Display und behielt das Telefon in der Hand.

»Ihr Spezi Luis vom Keschtnhof?«, fragte Unterthurner.

»Ein Freund aus meiner alten Heimat«, stellte Raphael richtig.

»Sie waren heute allein unterwegs?«

»Luis hatte zu arbeiten. Außerdem wollte er eine Freundin besuchen.«

»Wen?«

»Die Zmailer Anna.«

»Haben Sie eine Rufnummer von ihr?«

Raphael gab ihm Annas Nummer, die er im Handy gespeichert hatte, als er im Spätherbst bei ihr gewohnt hatte.

»Eine Festnetznummer haben Sie nicht?«

Raphael scrollte seine Fotos durch, er hatte seinerzeit den Hausprospekt abfotografiert, um ihn Alain zu schicken.

»Dann wollen wir doch mal sehen, ob der Walcher da ist, wo er behauptet zu sein. Oder ob Sie doch wieder zusammen unterwegs waren – oder er sogar ohne Sie – und er die Flucht ergriffen hat.« Unterthurner rief bei Anna Zmailer an und ließ sich Luis an den Apparat holen. Der war erstaunt, als Unterthurner ihm erklärte, es ginge um ein Alibi.

»Wozu brauche ich ein Alibi?«, hörte Raphael Luis' aufgebrachte Stimme.

»Weil Ihr ›Hausgast‹«, er betonte das, als habe er Zweifel an der Seriosität ihrer Beziehung zueinander, »mal wieder eine Leiche ›gefunden‹ hat.« Im direkten Gespräch hätte er Anführungszeichen in die Luft gemalt. Raphael ärgerte sich, zog es jedoch vor zu schweigen.

»Wo?«, fragte Luis nur.

»Das geht Sie nichts an«, erwiderte der Sovrintendente und legte auf. Bevor Raphael reagieren konnte, schnellte seine Hand nach vorne und er schnappte sich Raphaels Telefon, das in diesem Moment schon klingelte.

»Vielleicht sollten Sie ihren Klingelton auf ›Jailhouse Rock‹ umstellen«, sagte Unterthurner und forderte Raphael auf, das Telefon zu entsperren. Nonino fuhr gerade vor und fluchte, als er auf einer im Schatten gelegenen Pfütze, die oberflächlich gefroren war, einbrach und bis zum Knöchel in eiskaltem Wasser stand.

Schade um die rahmengenähten Businessschuhe, dachte Raphael, sagte aber nichts.

Unterthurner setzte seinen Bozener Kollegen kurz ins Bild und tippte unterdessen auf Raphaels Handydisplay herum, damit es sich nicht sperrte.

Nonino nahm es ihm aus der Hand, scrollte sich durch und öffnete eine App.

»Sie zeichnen doch sicher alles bei Google auf, demnach können wir sehen, welchen Weg Sie heute genommen haben, wann Sie an der Hütte waren und wann Sie uns informiert haben«, erklärte der Ispettore in fließendem Deutsch.

»Ich glaube nicht, dass Sie dazu befugt sind«, sagte Raphael lahm.

Die Polizisten schwiegen, lächelten sich an, dann machte Nonino mehrere Screenshots von Raphaels Handy, schickte die Bilder an Unterthurner, dessen Nummer im Handy gespeichert war, und löschte anschließend die Fotos sowie die Nachrichten, bevor er Raphael das Gerät zurückgab.

»Befugt wozu?«, fragte Nonino unschuldig und wandte sich dem Kollegen der Spurensicherung zu, der gerade aus dem Haus kam.

»Sie können jetzt hinein, wir haben alles erfasst und fotografiert. Im hinteren Raum ist ein ansehnliches Waffenarsenal, das Sie interessieren dürfte, Ispettore«, sagte der Kriminaltechniker. »Entweder war die Frau eine erstaunlich gute Schützin für ihr Alter oder sie hat einen Wilderer beherbergt«, mutmaßte er.

Unterthurner winkte Psenner herbei, der zwischenzeitlich ebenfalls bei der Hütte angekommen war. »Legen Sie ihm Handschellen an und verfrachten Sie ihn in Ihr Auto.« Dann überließ er Raphael dem Ortspolizisten und ging hinter Nonino ins Haus.

26

Raphael sollte sich um neun Uhr in der Questura in Bozen einfinden. Er war nie zuvor in Bozen gewesen und wollte eigentlich mit dem Zug fahren, aber da Anna Zmailer als Zeugin geladen war, fuhr er mit ihr und Luis über die MeBo, die autobahnähnliche Schnellstraße durch das Etschtal von Meran nach Bozen.

»Ich kann das noch immer nicht glauben, ich habe der Teresa doch am Morgen beim Einkaufen noch geholfen, die Kisten im Auto zu verstauen«, sagte Anna und überholte umsichtig einen Lkw. »Sie sagte, ihre Urenkelkinder seien ihr zu laut und ihre Schwiegertochter zu launisch, und dass sie lieber auf der Gamperalm ihre Ruhe haben wolle. Sie kann nicht lange in ihrer Küche gelegen haben, als du sie gefunden hast.« Im Rückspiegel suchte sie Blickkontakt mit Raphael. Der aber sah starr geradeaus, nahm weder die Kalkfelsen noch die zahlreichen Burgen entlang der Strecke wahr.

»Hätte es geschneit, wäre die alte Frau im Tal und ich auf dem Keschtnhof geblieben, statt in noch einen Todesfall verstrickt zu sein«, murmelte Raphael.

»Aber du bist doch nur Zeuge«, beschwichtigte Luis.

»Wenn ich wenigstens früher da gewesen wäre«, murmelte Raphael.

»Dann hättest du auch nicht helfen können. Bei einem Genickbruch hast du keine Chance, knack und fertig. Sie ist wohl einfach aus den Latschen gekippt. War morgens beim Einkauf ziemlich außer Puste. Dazu die dünne Luft am Berg, die man beim Wandern nur langsam spürt, aber wenn man mit dem Auto hinauffährt …«

»Was macht der denn da?«, entfuhr es Luis. Raphael blickte nach vorn, als Anna abrupt den Wagen bremste. Sie waren gerade auf den Parkplatz bei der Questura eingebogen, als vor ihnen ein klappriger, grüner Geländewagen rangierte, ein totes Reh im Wildträger auf der Anhängerkupplung liegend.

»Das ist eine Sauerei, ein Tier so durch die Gegend zu fahren«, erboste sich Anna.

»Zum Johann passt's«, sagte Luis.

Anna glitt mühelos in eine Parklücke und Luis schnallte sich ab. Plötzlich stockte er. »Soll ich überhaupt mit hinein?«

Raphael stieg aus und wartete, die Augen gesenkt.

»Was machst du denn hier?«, rief Luis und knallte die Autotür hinter sich zu. Raphael blickte auf und sah eine schlanke, fast schon ausgezehrte Frau mit kurzen, grauen Haaren, die vielleicht einmal hübsch gewesen sein mochte, deren Gesicht jetzt allerdings aussah wie ein Bachbett nach einer Dürreperiode.

Auch Anna stieg zögerlich aus und schloss ihr Auto umständlich ab.

»Schau an, der Luis mit seiner großen Liebe. Hast du sie endlich so weit?«, fragte die Unbekannte.

»Meine Ex-Frau Luzia mit ihrem Scharfschützen. Hoffentlich hat er noch genug Schrot im Lauf«, parierte Luis.

»Was traust du dich hierher?«, blaffte die hagere Frau Anna an.

»Johann, musst du das tote Tier quer durchs Etschtal fahren?«, wandte sich Anna an den Jagdaufseher.

»Das habe ich im Wald gefunden. Ich habe es nicht geschossen, auch keiner von den Jägern, das muss ein Wilderer gewesen sein«, erklärte Johann.

»Mit Wildern in fremden Gebieten kennst du dich ja aus«, schoss Luis scharf.

»Bringen wir's hinter uns«, bat Raphael und ging gesenkten Hauptes zögerlich auf die Tür zu.

Es hieß, Ispettore Nonino käme gleich, Anna und Raphael sollten zunächst ihre Fingerabdrücke beim Erkennungsdienst registrieren lassen.

»Brauchen Sie meine ebenfalls?«, fragte Luis ein wenig spöttisch. »Die Anna war gar nicht auf der Alm, was brauchen Sie ihre Fingerabdrücke?«

Der Beamte tippte etwas in seinen Computer und sagte: »Sie sind der Zeuge Luis Walcher? Ihre Fingerabdrücke haben wir bereits im System. Sovrintendente Unterthurner ist auf dem Weg, Sie können hier vorn warten.«

Raphael und Anna gingen zum erkennungsdienstlichen Labor und mussten dort ebenfalls warten.

»Ich habe Teresa die Kisten ins Auto getragen, das macht mich wohl verdächtig. Warum der Luis als Zeuge geladen ist, weiß ich nicht.«

»Ich glaube, ich habe nichts angefasst, sicher bin ich nicht. Die Türgriffe natürlich«, überlegte Raphael.

Die Prozedur verlief schnell und routiniert. Raphael war froh, dass Anna dabei war, denn der Polizist sprach nur zögerlich Deutsch. Raphael wollte aufstehen, nachdem er das gleiche Prozedere wie Anna durchlaufen hatte, doch der Polizist bedeutete ihm, sitzen zu bleiben. Es gab einen schnellen, aufgebrachten Wortwechsel, und Anna übersetzte Raphael, dass sie seine Hände auf Schmauchspuren untersuchen wollten.

»Was soll das?«

»Anweisung«, erwiderte der Polizist knapp.

Zurück auf dem Flur hörten sie laute Stimmen und schlurfende Schritte. Raphael erkannte Sovrintendente Unterthurner, der auf den humpelnden Jagdaufseher einredete. »Lassen Sie das tote Tier bloß draußen, was sollen wir denn hier drin damit?«

»Mir wurde gesagt, Sie brauchen mich wegen der Waffen als Zeugen. Hier können Sie vergleichen, mit welcher Waffe das Reh geschossen wurde«, erklärte der Jagdaufseher.

»Raus damit! Und Sie kenne ich doch, sind Sie nicht die Frau vom Walcher Luis?«

»Lange nicht mehr.«

»Sind Sie vorgeladen?«

»Nein, ich wollte nur …«

»Also können auch Sie das Reh nach draußen bringen, damit wir endlich anfangen können«, wies Unterthurner an.

»Das ist doch viel zu schwer«, wandte Johann ein und ging mit schlurfenden Schritten wieder zum Eingang zurück, das Reh über die Schulter geworfen.

»Der Obduktionsbericht liegt uns noch nicht vor, aber Ihr Bewegungsprofil bestätigt, dass Teresa Gamper schon tot gewesen sein muss, als Sie auf die Alm kamen«, sagte Nonino zu Raphael. Nonino zupfte sich ein Haar vom Jackett, das er zu Jeans und Hemd trug, die obersten beiden Knöpfe offen, darunter war ein T-Shirt zu sehen.

»Was hat Sie veranlasst, das Haus zu betreten?«, fragte Unterthurner.

Raphael erzählte noch einmal vom offenen Kofferraum, den schweren Kisten und dass er nur hatte helfen wollen.

Sein Handy vibrierte, Raphael warf einen Blick darauf, es war Alain. Er beschloss, ihn später zurückzurufen.

»Wussten Sie von den Waffen in der Speisekammer?«, fragte Nonino.

»Woher sollte ich?«

»Es macht Sie immerhin glaubwürdig, denn wir haben die Waffen nicht in der Speisekammer gefunden, sondern in einer unbenutzten Schlafkammer«, räumte Nonino ein. »Dennoch, die Zufälle häufen sich. Sie und Ihr Freund Walcher sind immer dann zur Stelle, wenn Waffen im Spiel sind. Wir werden uns heute einen Überblick über die Nutzung der Waffen verschaffen. Uns stellt sich der Sachverhalt ganz einfach dar«, erklärte Unterthurner. »Sie oder Ihr Freund Walcher haben Waffen auf der Gamperalm deponiert, um von dort auf die Jagd zu gehen. Der Jagdaufseher hat von Schüssen berichtet, auch von einer toten Gams.«

»Die Zmailerin hat die Gamper getroffen und somit gewusst, dass sie zu ihrer Hütte zurückkehrt. Sie soll sie einige Zeit ins Gespräch verwickelt und zwischenzeitlich telefoniert haben, wie wir wissen. Wir prüfen gerade, ob der Walcher mit dem Auto hinaufgefahren ist und Sie dazustoßen sollten, um ihm beim Beseitigen des Waffenlagers zu helfen«, führte Nonino aus.

»Was für ein Schwachsinn«, rief Raphael verärgert aus.

»Die Kollegen Psenner und Gasser durchsuchen derzeit den Keschtnhof und die Pension der Zmailerin nach weiteren versteckten Waffen«, sagte Unterthurner mit Genugtuung.

»Vielleicht wussten Sie nichts davon, dass der Walcher zur Hütte gefahren ist. Teresa Gamper hat ihn überrascht, es kam zu einem Handgemenge …«, führte Nonino aus.

»Dafür ist der Walcher ja bekannt«, ergänzte Unterthurner.

»Auf die Idee haben seine Ex-Frau und dieser Ehebrecher von Jagdaufseher Sie gebracht, nicht wahr?«, entfuhr es Raphael.

Die beiden Polizisten wechselten einen Blick und Raphael wusste, dass er recht hatte.

»Ich sage nichts mehr.«

»Sind Sie mit dem Beschuldigten verwandt?«, fragte Unterthurner.

»Ich nehme an, Sie kennen keinen Anwalt vor Ort. Wollen Sie denselben, den der Walcher nimmt?«, erkundigte sich Nonino.

»Wir brauchen keine Anwälte, wir haben uns nichts zuschulden kommen lassen«, brauste Raphael auf.

27

Sie hatten in Bozen zu Mittag gegessen, aber die Straßen der Landeshauptstadt waren an Raphael vorbeigezogen wie Städte, die man durch ein Zugfenster sieht. Während Anna lamentierte, war Luis immer stiller geworden.

»Ich melde mich später«, hatte Raphael seinem Freund Alain eine Nachricht geschickt, nachdem der kontinuierlich versucht hatte, ihn zu erreichen.

»Nicht melden, ist okay. Nicht reagieren, ist ein schlechtes Zeichen«, hatte Alain sofort geantwortet.

Zurück auf dem Keschtnhof ging Luis in den Weinberg, während sich Raphael in seine Ferienwohnung zurückzog und auf dem Smartphone die sozialen Medien checkte.

»Waffenlager auf der Alm. Wurde Wirtin Opfer eines Wilderers? Wer erschoss Hund Ötzi?«, lautete eine Schlagzeile.

»Erst Hund, dann Reh, jetzt zwei Tote. Sind die Berge noch sicher?«, hieß es in einer anderen.

Im Text wurde klar auf Raphael und Luis verwiesen: »Ein Fremder und ein Einheimischer sind immer dann zur Stelle, wenn es Tote gibt. Ein Zufall?«

In den Kommentaren wurde darüber spekuliert, dass der Hund, das Reh und die Toten Opfer desselben Wilderers geworden sein könnten.

Ein Nachrichtenkanal sperrte sogar die Kommentarfunktion, nachdem in deutlichen Worten dazu aufgerufen worden war, Fremde nach Hause zu schicken oder standrechtlich zu erschießen.

Raphael machte Screenshots, weil er wusste, dass Alain soziale Medien mied, und schickte die Bilder seinem Freund.

Wenige Augenblicke später ertönte abermals »Highway to hell«, was Raphaels derzeitiges Lebensgefühl sehr gut wiedergab.

Raphael schilderte Alain, dass er verdächtigt würde, am Tod der alten Teresa zumindest als Mitwisser beteiligt gewesen zu sein. Er erzählte, dass Luis, sobald es um seine Ex-Frau Luzia und Jagdaufseher Johann gehe, nicht mehr der sanftmütige, besonnene Bauer sei.

»Irgendetwas in dieser Konstellation triggert Luis regelrecht, er ist dann gar nicht er selbst. Ich dachte, ich kenne ihn inzwischen ganz gut, aber dann ist er …«

Alain unterbrach ihn. »Psychologie ist eine Leidenschaft, die ich an dir bislang auch nicht kannte.«

»Vielleicht hast du recht und ich sehe inzwischen Gespenster«, antwortete Raphael und fuhr mit seinem Bericht fort.

Zwar hatten Luis und Anna beweisen können, dass sie nicht miteinander telefoniert hatten, während oder nachdem Anna die alte Wirtin beim Einkaufen getroffen hatte. Es war Luis' Ex-Frau gewesen, die das Aufeinandertreffen und ein Telefonat beobachtet und der Polizei ihre Vermutung als handfesten Verdacht berichtet hatte. Kein Alibi dagegen hatte der Jagdaufseher Johann, mit dem Luzia ihrerseits zur fraglichen Zeit telefoniert hatte.

»Ich traue mich gar nicht vor die Tür, weil ich nicht weiß, wie die Einheimischen auf mich reagieren«, gab Raphael zu.

»Möchtest du nicht nach Hause kommen?«, fragte Alain.

»Wo ist das?«, stellte Raphael in den Raum. »Ich fühle mich inzwischen hier mehr zu Hause als in Luxemburg. Die Angriffe von Fremden tun weniger weh als die der eigenen Familie. Außerdem kam heute Morgen eine Mail des Maklers, den ich mit der Vermittlung meiner Wohnung beauftragt habe.

Er hat mehrere Interessenten, die sogar einen Teil der Möbel übernehmen würden. Ich muss mich nur entscheiden, welches Angebot ich annehme, letztlich kann der Vermieter nicht mehr Nein sagen.«

»Komm her, verabschiede dich von deiner Wohnung, such den Nachmieter selbst aus«, schlug Alain vor.

»Warum? Wahrscheinlich darf ich sowieso nicht hier weg. Ich möchte lieber herausfinden, was wirklich passiert ist. Für meinen eigenen Frieden, aber auch, damit ich weiß, ob ich Luis vertrauen kann.«

Alain pflichtete ihm widerwillig bei. »Ich stecke bis Ende Februar in einem Projekt fest, das mir kaum Luft zum Atmen lässt. Danach würde ich gern zu dir kommen. Hat dein Luis noch ein zweites Zimmer?«

Raphael stellte klar, dass Luis nur komplette Wohnungen vermietete, seine Wohnung aber ein zweites Bett sowie eine Schlafcouch habe.

»Halt bis zu meiner Ankunft die Ohren steif. Und geh vielleicht mal nicht wandern«, riet Alain ihm.

28

Unterwegs hatte Raphael das Martinshorn gehört. Jetzt konnte er in einiger Entfernung mehrere Blaulichter blinken sehen, während die Sonnenstrahlen das Tal noch nicht erreicht hatten. Sogar ein Hubschrauber kreiste über dem Berg. Raphael überlegte, ob es erneut eine Leiche gegeben habe, und ertappte sich dabei, ein wenig schadenfroh bei dem Gedanken zu sein, dass diesmal jemand anderes sie gefunden haben musste. Vielleicht würde ihn das endlich von jedem Verdacht freisprechen.

Er ließ sich auf einer Bank nieder, die noch von morgendlichem Raureif bedeckt war, und zögerte. Doch seine Neugier trieb ihn an und so schritt er energisch aus, um selbst zu sehen, was sich am augenscheinlichen Einsatzort ereignet hatte.

Bei jedem Schritt dachte er darüber nach, warum Luis sich in den letzten Tagen zurückgezogen hatte. Er hatte zunächst von wichtigen Arbeiten im Weinberg und an den Apfelbäumen gesprochen. Letztlich war er einen ganzen Tag verschwunden und hatte anschließend nur erzählt, er wäre in Bozen beim Amt gewesen. Raphael hatte das Gefühl, das gegenseitige Vertrauen habe unter den Verdächtigungen der Polizei gelitten, und er plante für den Abend, Anna einen Besuch abzustatten. Vielleicht würde sie seine Zweifel zerstreuen können.

Raphaels Weg wurde mitten im Wald versperrt von einem rot-weißen Flatterband, das direkt vor einem nagelneuen, grünen Offroader mit Wildträger zwischen die Bäume gespannt war. Er überlegte noch, sich einfach darunter hindurchzuschieben, als eine Frau ihn rief. Er erkannte die Stimme von Julia Gasser, der Carabiniere.

»Schleck, bleiben Sie sofort stehen.«

Raphael erstarrte und wartete ab. Sie kam einen Hang hinabgelaufen und baute sich breitbeinig vor ihm auf, was jedoch wenig Eindruck schinden konnte, da sie mehr als einen Kopf kleiner war als er.

»Schon wieder eine Leiche?«, ging Raphael in die Offensive.

»Nichts, was Sie etwas anginge.«

»Sie werden doch sowieso gleich auf dem Keschtnhof stehen und uns verdächtigen, also erzählen Sie mir wenigstens, was wir angeblich gemacht haben sollen.«

»Schuldgefühle?«

»Luis und ich haben uns nichts zuschulden kommen lassen. Und das werden wir auch in Zukunft nicht.«

Gasser grinste Raphael hämisch an. »Sie sprechen inzwischen für Sie beide? Bahnt sich da eine Liebschaft an oder fehlt Ihnen eine Vaterfigur?«

Rasch trat sie einen Schritt zurück, als Raphael einen Schritt nach vorne machte und mit der Hüfte das Absperrband berührte.

»Hannes«, rief Gasser ihren Kollegen. »Hier droht ein Übergriff.«

»So ein Unsinn, gar nichts droht hier«, parierte Raphael und trat zwei Schritte zurück.

Von oben eilte Hannes Psenner den Berg hinunter und rutschte auf gefrorenem Laub aus. Er schrie auf, als er auf sein Pistolenholster stürzte. Er rappelte sich fluchend wieder auf und rieb sich die schmerzende Hüfte.

Raphael konnte sich ein Grinsen nicht verkneifen. »Das wollen Sie jetzt sicher auch noch mir anlasten?«

»Wir nehmen Sie vorläufig fest«, sagte Psenner und stieg über die Absperrung zu Raphael.

»Warum?«

»Dafür wird uns schon was einfallen«, blaffte Psenner und legte Raphael Handschellen an.

»Das ist polizeiliche Willkür.«

»Der Polizeiarzt wird bestätigen, dass ich verletzt bin. Und die Kollegen können bezeugen, dass ich das vor unserem Zusammentreffen nicht war«, sagte Psenner.

Während Raphael im Streifenwagen auf die Abfahrt ins Tal wartete, bekam er durch das spaltbreit geöffnete Fenster mit, was vorgefallen war. Der Hubschrauber war inzwischen abgezogen worden, sodass die Geräusche der Rotoren nicht mehr durch das ganze Tal hallten.

Der Jagdaufseher, der Raphael vom Waldrand her spöttisch angrinste, hatte den Carabinieri einen Tipp gegeben, die daraufhin einen Wilderer auf frischer Tat ertappen konnten. Zwar konnten sie nicht mehr verhindern, dass er eine Gams schoss, aber er lief der Polizei mit dem toten Tier in einer Rückentrage geradewegs in die Arme.

Psenner setzte sich schwerfällig hinters Steuer und zückte sein Handy. »Unterthurner?«, bellte er ins Telefon. »Wir haben den Wilderer. Und der Schleck ist auch schon wieder da. Sollen wir sie zu Ihnen bringen?«

Die Antwort konnte Raphael nicht verstehen.

»Kollegin Gasser und ich haben die ganze Nacht auf der Pirsch gelegen, wir vernehmen heute niemanden mehr. Sie können die beiden selbst befragen oder wir stecken sie in eine Arrestzelle, das ist mir gleich.«

Psenner quälte sich aus dem Sitz und schlug die Tür hinter sich zu. Er humpelte vom Auto weg, sodass Raphael den Rest des Telefonats nicht verstehen konnte. Von der anderen Seite führte Gasser einen vierschrötigen Mann zum Auto, der vielleicht in Luis' Alter sein mochte. Er trug schwere Stiefel, grüne Tarnkleidung und eine Schaffellweste. Das faltige Gesicht hatte er mit dunkler Farbe oder Ruß beschmiert.

Gasser verfrachtete ihn auf die Rückbank neben Raphael. Sie wollte sich auf den Beifahrersitz setzen, zögerte aber, als Psenner ihr etwas zurief, und nahm auf dem Fahrersitz Platz.

Psenner stieg auf der anderen Seite ein und fluchte, als er das Bein anwinkelte.

»Du kannst mich direkt in Meran am Krankenhaus absetzen und allein auf Unterthurner und Nonino warten«, sagte er übellaunig.

Psenner klappte die Sonnenblende herunter, lehnte sich zur linken Seite und beobachtete Raphael im Spiegel. Der wandte sich ab und heftete seinen Blick auf den Mann neben sich. Dieser hatte seine abgenutzten Lederhandschuhe abgestreift, knetete in einem fort seine prankenartigen Hände und murmelte unverständlich vor sich hin. Raphael fragte sich, wie diese Finger den Abzug einer Waffe umschließen konnten, und hatte fast Zweifel daran, dass der Mann allein gehandelt hatte.

»Wos isch jetz mit mainor Gams?«, fragte der Mann.

»Deine Gams?«, fragte Psenner feixend.

»So a schiene *Krucke*«, murmelte der Wilderer.

»Was willst du mit den Hörnern? Dir kommt es doch auf das Leder an, deine Handschuhe sind zerschlissen. Brauchst ein Paar neue?«, fragte die Gasser.

»Ach, es hobs kuane Ohnung«, brauste der Alte auf. »Hobs es schun amol Gamsfleisch gessen?«

»Du wilderst wegen des Fleischs?«, fragte Psenner. »Und sprich Deutsch!«

Der Alte leckte sich über die Lippen. Hochdeutsch beherrschte er sicher nicht, aber er gab sich Mühe.

»Etwas Bessers gibs net. Ein Viech, das ein Leben lang in die *Knottn* ist, nie einen Stall gsehen hat und keinen Chemieplunder gfressen hat, echt bio.«

»Sag, du bist doch der Dosser Christian, oder?«, fragte die Gasser.

»Wenn's recht isch.«

»Dein Vater war ebenfalls Wilderer. Und über dich gibt es auch eine beachtliche Akte.«

»Warts ihr schon mal jagern? Wenn du oanmal damit angfangen hast, hörst du nimmor auf. Die Schönheit der Natur aufn Berg … Und dann trägst du das Viech in deine Hütt, bischt allein, streichelst es nomol, bevor du ihm das Fell abziehst …«

»Da geht dir wohl einer ab«, stichelte Psenner.

»I sogs dor, des isch besser als jede Frau.«

»Warst du das auch, der die Tiere angefüttert hat?«, fragte die Polizistin.

Der Wilderer zögerte.

»Du weißt, dass das nicht erlaubt ist«, ermahnte ihn Psenner.

»I hon Futterstellen an die Bäume ghängt, hon sie aber nicht gfüllt. Aufhängen ist nicht verboten.«

»Und was ist mit den Waffen, die wir bei der Teresa gefunden haben?«, fragte Psenner und schrie auf, als Gasser um eine enge Kurve fuhr und sich das Auto so neigte, dass sein Gewicht auf die schmerzende Seite verlagert wurde. »Fahr vorsichtig«, schnauzte er seine Kollegin an.

»Willst du fahren?«, gab sie patzig zurück.

»Womit hast du die Gams geschossen, die du auf der Trage

dabei hattest? Deine Tasche liegt im Kofferraum, wir prüfen das gleich«, sagte Psenner.

»I soag nix mear«, brummte der Alte und starrte aus dem Fenster.

Raphael drängte es, Fragen nach der Gamperalm zu stellen, danach, ob der Alte dort gewesen war, als Teresa gestürzt war, aber das war nicht seine Aufgabe. Aber plötzlich erinnerte er sich an den Melkschemel, der vor der Küchentür gelegen hatte.

»Was«, Raphael musste sich räuspern, die Stimme versagte ihm, »was war mit der alten Wirtin auf der Gamperalm? Warum sie?«

Gasser trat hart auf die Bremse und der Streifenwagen kam abrupt zum Stehen. Psenner fluchte abermals. Die Polizistin drehte sich zu Raphael um.

»Wollen Sie hier Privatdetektiv spielen? Bleiben Sie lieber zu Hause, dadurch hätten wir schon viel weniger Arbeit.«

Raphael hörte ihr kaum zu. Stattdessen beobachtete er den Alten, auf dessen zerfurchtem Gesicht stumme Tränen helle Spuren hinterließen.

»I bins net gwesn, i hon nix geton. Ja, i hon mein Lager in der Hitt kob …«

»Verdammter Sturkopf, sprich Deutsch«, unterbrach Psenner ihn.

»Weil ich gmeint hab, es kimmt niemand her. Auf uanmal steht sie in der *Kuchl*, i mit der Flinte im Gang, sie mit a Kischt voll Gemise am Kuchltisch. ›I bins doch, der Chrischtian, du kenns mi doch‹, hab i grufen, aber sie hat geschriern und ischt nach hinten zrugg. ›Bin schon weg, vor mir brauchscht keine Angscht hon‹, hab i gsagt, aber sie hat sich ans Herz griffn, ischt zrugg und wie ein Sack nach hinten umgekugelt.«

Niemand unterbrach ihn, Raphael sah, dass Gasser ihr Handy in der Hand hielt, vermutlich, um die Aussage aufzunehmen. Sie funkelte ihren Kollegen finster an, als der unter Schmerzen aufheulte.

»Und dann?« Raphael konnte sich nicht zurückhalten.

»Dann bin i weg. I weiß, wie es ist, wenns ein Genick oreisst. I hon schon oft genua … I hon schnell gwisst, da geht nix mehr, so, wie ihre Hand aufn Boden aufgschlagn isch. I bin raus und weg.«

Gassers Telefon wanderte in Psenners Hand und sie trat wieder aufs Gaspedal.

»Die Gams ist nicht mit einer Armbrust erschossen worden. Das Reh, das unser Möchtegern-Ermittler neben dir vor ein paar Tagen gefunden hat, schon. Warst das auch du?«, fragte Psenner und drehte sich auf seinem Sitz weiter nach links.

Der Alte konnte das Telefon in der Hand des Carabiniere jetzt sehen und fuhr auf: »Na, i habe keine Armbruscht, nie gschossn, nie eine ghabt.«

Seine Augen blieben wieder auf seinen großen Händen haften, die er noch immer nervös knetete.

Gasser blickte Psenner an. »Unter den Waffen in Teresas Hütte war jedenfalls keine Armbrust.«

»Psst«, machte Psenner nur und wandte sich wieder an Dosser. »Zuvor hast du deine Sachen in der Hütte gelagert, vor der der Range Rover stand, nicht wahr? Hast wohl gedacht, du kannst deine Wilderei vertuschen, indem du alles abfackelst.«

»Damit hon i nix zu tun. Das sind *Walsche* gwesn, die i da gsehn hon. Und die *Carpf.* I hab kein *Patent*, wie hätt i fahren sollen?«

»Welche Carabinieri?«, warf Gasser ein. Inzwischen hatten

sie Schenna erreicht und verschafften sich am Engpass des Ortsausgangs in Richtung Meran Vorfahrt, indem Gasser das Blaulicht einschaltete.

»Die, die auch den Hund niedergschossn haben, den armen Ötzi vom Johann. I habs gsehn, aber i konnt nix sagen. Ihr habt Fragen gstellt, die i net beantworten konn«, erklärte der Alte. »Und geglaubt hat mir auch niemand.«

»Hast du gesoffen?«, fragte Psenner.

»I sauf net, brauch a ruige Hond.«

»Was redest du von Carabinieri, Dosser? Das müssten wir doch wissen. So ein *Schmorrn*«, schimpfte Psenner.

»Wenn i's sog. Die *Carpf* hatten sich in der Hütt eingrichtet, haben ein anderes Auto gehabt. Der *Walsche* isch ständig umhergschlichn. Der isch immer mit dem Range Rover unterwegs, hat ihn im Wald stehen glassn, wo man ihn nicht gsehn hat. Und der Hund vom Johann, der Ötzi, der hat angschlagn, weil da niemand zu sein hat, gscheitr Hund. Aber da waren die *Carpf* und dieser Mann …«

»Der Walsch, also ein Italiener«, unterbrach Gasser ihn.

»Genau«, bekräftigte Dosser. »An dem Tag war der *Carpf* draußen, und der Hund war ganz narrisch. Der *Carpf* hat einen Stein nach ihm geworfen, ihn aber verfehlt. Der Ötzi hat ihn angeknurrt und die Zähn gezeigt. Da hat der *Carpf* ihn erschossn. Danach isch das Auto dann weg. Später auch die Hütt.«

»Was erzählst du uns für Märchen, um deinen eigenen Kopf aus der Schlinge zu ziehen?« Gasser fuhr mit Blaulicht auf die Einfahrt zum Krankenhaus zu.

»Wenn i's decht mit eigene Augen gsechn hon«, brummte der Alte und schwieg für den Rest des Weges.

29

Raphael blickte den jungen Mann neben sich mit einem gewissen Stolz an. Es war, als würde er in einen Spiegel schauen. Er fühlte sich geehrt, dass sein Neffe Raoul ihn gestern Abend angerufen und gefragt hatte, ob er ein paar Tage zu ihm nach Südtirol kommen dürfe. Mit Luis' Auto hatte Raphael ihn am Bahnhof abgeholt. Jetzt standen sie in Raphaels Ferienwohnung, in der Raoul die Couch bezogen hatte.

Raoul war einundzwanzig, in seinem Alter hatte Raphael schon mitten im Leben gestanden und genau gewusst, wie es für ihn weitergehen sollte. Er hatte Zukunftspläne geschmiedet, in denen eine Frau, Kinder und ein eigenes Haus ganz oben standen. Und dann war alles anders gekommen: Er war drei Jahre älter gewesen als Raoul heute, als seine Traumfrau Opfer eines Verkehrsunfalls geworden war. Danach hatte er sich in die Arbeit gestürzt und lange Zeit keine Nähe zulassen können. Später hatte er die eine oder andere Beziehung gehabt, aber sobald es um Kinder gegangen war, hatte er das Weite gesucht. In seiner Vorstellung sahen Babys immer wie eine kleine Ausgabe seiner großen Liebe aus. Er wusste, dass er nie etwas Anderes in ihnen würde sehen können, egal, wer die Mutter dieser Kinder war.

»*Monni*?«, fragte Raoul. »Was ist los mit dir? Du stehst schon seit ein paar Minuten schweigend vor diesen Karten, die überall an deinen Wänden hängen. Ich sehe lauter winzige Aufkleber mit Daten. Was soll das alles?«

Raphael erwachte aus seiner Erstarrung und faltete die Wanderkarten zusammen, die er am Vortag beim Prunner in Schenna gekauft hatte und die die Höhenprofile anzeigten.

Er war bereits am Tag zuvor nach einer Wanderung dorthin gegangen, hatte aber feststellen müssen, dass das Traditionsgeschäft bis März nur am Vormittag geöffnet war, ebenso wie das Tourismusbüro nebendran. Also war er gestern noch einmal hingelaufen, um sich mit Reiseführern und Kartenmaterial aus der Region einzudecken. Da das Geschäft auch Büromaterial führte, konnte er alles Nötige kaufen, um die Karten an seine Wände kleben und markieren zu können, wo er bereits gewesen war und wo er ein zweites Mal hinwandern wollte, um während der Saison Fotos zu machen.

»Maria hat mich darauf gebracht. Sie macht eine Reportage über Luis und kommt alle paar Tage vorbei. Eigentlich sind wir morgen Abend verabredet, um in ein Volksstück in Dorf Tirol zu gehen, aber wenn du hier in *Vakanz* bist, werde ich ihr natürlich absagen.«

»Ein Volksstück?«, fragte Raoul amüsiert.

»Ein Lustspiel der Volksbühne, wohl im Wesentlichen in Dialekt. Luis meinte, so was müsste man unbedingt einmal erleben. Aber das kann ich dir nicht antun.«

Raoul bekräftigte, er hätte richtig Lust auf etwas Geistloses und bat seinen Onkel, auf keinen Fall abzusagen, nur weil er kurz entschlossen vor der Tür gestanden hatte. Schließlich hakte er noch einmal wegen der Landkarten nach.

Raphael erzählte, dass er Fotos gemacht hatte, weil die stillen Plätze ihn magisch anzogen. Er hatte gemeinsam mit Maria seine Bilder durchgesehen. Manche waren qualitativ nicht gut genug für eine Veröffentlichung. Maria hatte ihm Tipps gegeben, wie er besser mit Tiefenschärfe und Belichtung spielen konnte. Sie hatten Stunden vor seinem Laptop verbracht, um die Fotos zu bearbeiten oder letztlich zu verwerfen.

»Und was möchtest du später mit deinen Bildern machen?«

Raphael kramte aus einem Papierstapel auf dem Esstisch einige Ausdrucke hervor, die er mit einem ausrangierten Drucker gemacht hatte, den Maria ihm kürzlich mitgebracht hatte. Sie zeigten verschiedene »Geschlossen bis März«-Schilder. Raphael drehte sie um und zeigte Raoul, dass er die Daten und Orte auf die Rückseiten geschrieben hatte.

Raoul lachte auf. »Du weißt schon, dass man so was heutzutage digital macht?«

Raphael verzog das Gesicht. »Ja, natürlich, ich habe selbstverständlich zusätzlich eine Datei angelegt und kann anhand meiner Bewegungsprofile nachvollziehen, wo ich wann war und woher die Fotos stammen. Ich möchte den Winterimpressionen, wenn die Hütten und Almen zur Ruhe kommen und Kraft schöpfen und ihren ganz eigenen Charme haben, Sommerbilder gegenüberstellen, auf denen die Hütten lebhafter und voller Menschen daherkommen.«

»Also eine Création aus Action und *Récréation*?«

»Das wäre ein schöner Titel, vielleicht ein wenig lang. Für ein Buch oder einen Blog, ich weiß es noch nicht.«

Raoul wühlte auf dem Tisch herum und zog weitere Bilder hervor. »Voll crazy, das sieht nach richtigen Lost Places aus. Werden die im Sommer alle wieder erwachen?«

»Das weiß ich nicht, darum zeichne ich ja alles auf. Vielleicht lohnt es sich nicht, ich habe keine Ahnung. Aber es ist eine Aufgabe«, sagte Raphael augenzwinkernd.

»Diese Aufgabe hängt nicht zufällig mit dieser geheimnisvollen Maria zusammen?«

»Sie ist lediglich eine Bekannte von Luis, die Nichte seiner großen Liebe.«

»Deine neue große Liebe?«, ließ Raoul nicht locker.

Raphael schwieg und starrte eine Panoramakarte oberhalb

von Dorf Tirol an, auf der erst zwei Orte als gesehen markiert waren. »Nein. Ich bin derzeit nicht auf der Suche.«

»Aber du bist bereit, dich finden zu lassen?«

»Sie hat mir den Tipp für eine interessante Hütte gegeben. Da war ich neulich, aber das Licht war nicht geeignet für Fotos. Ich wollte nicht näher herangehen, es waren Leute in der Hütte.«

»Okay, ich lasse dir das Ablenkungsmanöver durchgehen«, sagte Raoul schmunzelnd. »Ich hatte kurz überlegt, ob du deinen Bildband Lost Places nennen solltest, aber das ist nicht sehr originell. Vielleicht Âmes perdues, verlorene Seelen, das sagt allerdings mehr über den Fotografen als über seine Motive aus.« Raoul zögerte. »Aber wenn diese Hütte bewohnt war, gab es dort ja keins deiner Lieblingsschilder.«

Raphael sah seinen Neffen nachdenklich an und zog dann sein Smartphone aus der Tasche. Er scrollte sich durch seine Galerie und zeigte Raoul ein Foto mit einem Schild: »Geschlossen bis April«. Zuvor hatte dort auch März gestanden, aber der Monat war handschriftlich geändert worden.

»Gehen wir morgen dorthin zum Fotografieren?«

»Morgen kaufen wir dir erstmal Wanderschuhe, Handschuhe und eine gescheite Jacke. Danach wird's zu knapp, aber wie lange bleibst du?«

»Mama glaubt, ich stecke bis zum Monatsende in Klausuren, also habe ich eine gute Woche Zeit. Anschließend muss ich ihr irgendwie gestehen, dass ich das Studium abbrechen und Work and Travel machen möchte.“

»Lass uns beim Wandern darüber sprechen.«

»Okay. Dann gehen wir morgen auf jeden Fall eine Runde«, sagte Raoul und studierte eine der vier Karten an der Wand.

Raphael zeigte auf eine Hütte, die nicht allzu weit entfernt lag. »Mit dieser fangen wir an.«

30

Das Foyer des Vereinshauses war gut gefüllt, überall standen Leute aller Altersklassen und plauderten in dem Südtiroler Dialekt, der Raphael zwar inzwischen vertraut war, den er aber noch immer nicht vollständig verstand.

Luis hatte sofort Bekannte entdeckt, die er lange nicht gesehen hatte, und war in die Menge eingetaucht. Raphael und Raoul wechselten ins Luxemburgische.

»Hei ass alles e bësse méi simpel«, sagte Raoul und sah sich um.

»Oh jo, schien Saache geschéien net esou oft hei.«

»De *Madammen* hunn sech zimlech schien ugedoen«, sagte Raoul und blickte einer jungen Frau in kurzem Rock hinterher.

»Mee si hunn Schong un, déi eis *Fraleit* doheem just fir trëppelen ze gon huelen.«

»Fir trëppelen ze gon?« wiederholte eine Frauenstimme hinter Raphael. Der errötete sofort.

»Schuhe zum Wandern«, übersetzte er schnell.

»Ah, kaum sind die Städter zu zweit, verfallen sie in ihren eigenen Dialekt und lästern wohl über uns Bauern.«

»Im Gegenteil, ich habe gerade gesagt, dass die Damen sich hier ganz schön rausgeputzt haben«, erklärte Raoul.

»Lästert ihr nur, das würde ich in eurer Mega-Hauptstadt wahrscheinlich auch tun. Hallo, ich bin Maria«, stellte sie sich Raoul vor und hielt ihm die Hand hin.

»Erste Regel in Luxemburg: Man gibt sich nicht die Hand, sondern begrüßt sich mit Küsschen.« Raoul zog sie beherzt an sich und küsste sie rechts, links, rechts auf die Wange. »*Moiën.*

Ech sinn de Raoul, dem Raphael säin *Neveu.*«

»*Hoi*! I bin die Maria. I tat sogn, du schaugsch aus wia dain Onkel, obr so *gschamig* wia er bisch du net.«

»*Touché*«, sagte Raoul und grinste.

Maria begrüßte eine Frau, die an ihr vorbeigehen wollte. »Martina, bisch Donnerstig beim Konzert?«

»Ich schau noch, ob es am Donnerstag passt«, sagte diese. Ein großer, breitschultriger Mann zog sie weiter, bevor sie mit Maria ins Gespräch kommen konnte.

»Sie spielt bei uns in der Musikkapelle eine der Klarinetten und war schon lange nicht mehr bei der Probe. Am Donnerstag ist Konzert, wäre gut, wenn sie käme.«

»Du spielst in einer Musikkapelle? Lass mich raten, Saxophon«, mutmaßte Raphael.

»Wenn's noch mir gongen war, schun, obr …«

»Wollen wir vielleicht doch ins Hochdeutsche wechseln?«, fragte Raoul.

»Soweit wir das alle beherrschen«, antwortete Maria lächelnd. »Meine Mutter wollte, dass ich Querflöte spiele. Es sind auch fast nur Männer in der Kapelle. Ich habe schon Glück gehabt, dass ich keine *Marketenderin* werden musste.«

»Du und Querflöte?«, fragte Raphael.

»Na, die Musik in der Kapelle ist halt so, wie ihr euch das wahrscheinlich vorstellt, aber mit der Querflöte kann man auch die Lieder von Jethro Tull spielen.«

Raphael hätte gern um eine Kostprobe gebeten, aber in dem Moment kam Anna auf sie zu und begrüßte sie alle herzlich.

Wie aus dem Nichts tauchte auch Luis wieder auf und lächelte Anna an. »Kein Silvio heute Abend?«

»Der versteht das Stück doch nicht. Weder die Sprache noch die Seitenhiebe auf die Italiener.«

»Du machst mir Angst«, sagte Raphael. »Vielleicht kannst du uns den Inhalt kurz erzählen?«

»Wir nehmen euch in die Mitte und übersetzen simultan«, schlug Maria vor. In dem Moment wurden die Türen zum Saal geöffnet und alle drängten in die Halle, der man aufgrund der Größe und der Ausstattung direkt ansah, dass Dorf Tirol eine wohlhabende Gemeinde war. Julia Gasser schob sich neben Raphael durch die Tür.

»Grüß Gott. Ich hätte nicht gedacht, dass Sie Zeit für Kultur haben, während Sie einen Mord aufklären müssen«, konnte sich Raphael nicht verkneifen.

»Mord ist Sache der Polizia di Stato, nicht die unsrige«, stellte die Dorfpolizistin richtig. »Aber wie's ausschaut, ist die Teresa durch einen Unfall verstorben. So was können selbst die Kollegen schnell aufklären.«

Das Volksstück war simpel und durchschaubar: ein hünenhafter Schweizer, eine verhuschte Magd, ein tölpischer Bauer, ein untersetzter Pfarrer, der ständig seinen Text vergaß, und einige Rollen, die vergeben werden mussten, damit niemand beleidigt war, weil er nicht auf der Bühne stehen durfte.

Als Raphael in der Pause eine Runde Bier ausgab, stand Sovrintendente Unterthurner neben ihm an der Theke. Raphael wiederholte, was er zuvor zu Gasser gesagt hatte.

»Es war völlig überflüssig, dass die uns dazu geholt haben. Diesen Unfall mit Todesfolge hätten sie wirklich selbst aufklären können. Aber die einfachen Dorfpolizisten denken immer, sie sind da einer großen Sache auf der Spur. Und wälzen dann die Arbeit auf die richtigen Polizisten ab.«

Einige Forst-Biere über den Abend verteilt halfen Raphael und Raoul, sich über das Stück zu amüsieren.

»Die Insogerin wor guat, besser als dor Pfarror«, sagte Anna lachend. Nach ein paar Gläsern Wein war sie wieder ins Südtirolerische verfallen.

Raoul sah sie fragend an.

»Die Soufflage«, erklärte Maria.

»Du bist ja perfekt mehrsprachig«, neckte Raphael sie.

»Das sind wir hier doch alle. Nur die aus Sizilien verstehen wir nicht. Was machen deine Fotos?«

Raphael erzählte, dass sie eine Wanderausrüstung für Raoul gekauft und bereits eingeweiht hatten. Am morgigen Tag würden sie noch einmal zu der Hütte aufsteigen, von der seine Fotos nicht gut geworden waren.

»Die Sophia hat bis April geschlossen, da kannst du auch später noch hingehen«, wusste Anna. »De isch Onfong Februar aussigflougn und hot sich in Fuass ogrissn.«

»Warum hat sie geschlossen?«, unterbrach Raphael sie.

»Sie ist Anfang Februar gestürzt und hat sich den Fuß gebrochen. Die geht erst wieder hinauf, wenn sie aus der Reha kommt.«

Raphael und Raoul sahen sich grinsend an. »Je später der Abend, desto mehr Dialekt. Oder auch: Wat méi spéit den Owend, wat méi Platt«, sagte Raoul und alle mussten lachen.

31

Raoul murrte am kommenden Morgen, als Raphael ihn weckte, aber der metallene Kaffeekocher auf dem Gasherd faszinierte ihn so, dass er sich nach einem kräftigen Espresso und einem *Vinschger* mit Speck gut gelaunt seine Wanderausrüstung schnappte.

Obwohl Raoul das Wandern am Berg nicht gewohnt war, bekam Raphael schnell zu spüren, dass sein Neffe nicht nur mehr als zwanzig Jahre jünger, sondern auch zehn Kilo leichter war. Im Stillen leistete Raphael bei Luis Abbitte, über den er gelächelt hatte, weil er nicht gleichzeitig gehen und reden konnte.

Raoul erzählte von dem Studiengang, den er auf Anraten seines Vaters gewählt hatte, und dem Druck, den das Studium ihm machte. Vor wenigen Monaten hätte Raphael noch gesagt, Raoul solle sich nicht so anstellen, er müsse Ziele haben, Pläne machen, Perspektiven verfolgen. Jetzt wurde ihm klar, dass sich sein Patenkind an ihm orientierte und sich durch Raphaels Bruch im Leben traute, ebenfalls seinen eigenen Weg zu gehen. Am liebsten hätte er ihn in die Arme geschlossen, ließ Raoul aber stattdessen weitererzählen. Dieser schilderte das Verhältnis zu seiner Mutter, deren Werte auf Oberflächlichkeiten basierten, wie es bei Raphael bis vor einiger Zeit ebenfalls gewesen war. Die Reflexion war schmerzhaft, aber zugleich eine Bestätigung für sein neues Leben, und Raphael nahm sich vor, Raoul zu unterstützen, wo er nur konnte.

Da er überwiegend zuhörte, hatte Raphael genug Puste für den Aufstieg und sie kamen gut voran. Dennoch blieben sie immer wieder stehen, um die Aussicht zu genießen. Sie hatten einen sehr kalten, strahlend blauen Tag erwischt mit einer wundervollen Fernsicht in den Vinschgau und ins Passeiertal. Raoul ließ sich auf seinem Smartphonedisplay die Namen aller Berge anzeigen und war begeistert davon, wie sich die Ansicht veränderte, wenn man um eine Biegung kam. Sobald sie in ein Schattental eintraten, gab es gefrorene Wasserfälle, und beide hatten das Bedürfnis, Details im Foto festzuhalten.

»Dort vorne ist die Alm, von der ich dir erzählt habe«, sagte Raphael. Sie gingen nah heran und testeten, ob die Tür unverschlossen war, doch sie ließ sich nicht öffnen. Raphael machte Fotos von der verlassenen Terrasse, von Bänken, die nach vorne auf die Tische geneigt worden waren, und von den Holzschnitzereien, die von Raureif überzogen waren.

»Hast du das gehört?«, fragte Raoul plötzlich und hielt die Luft an.

Raphael lauschte. »Ein Poltern?«

»Als wäre etwas umgefallen.«

Beide starrten die Hütte an, die wie alle anderen zuvor verrammelt war und verlassen wirkte.

»War das ein Schrei?«, fragte Raphael.

Raoul zuckte mit den Schultern, dann liefen beide auf das Haus zu. Sie hämmerten gegen die Tür.

»Ist da wer?«, rief Raphael und probierte die Seitentür zu öffnen, die ebenfalls nicht nachgab. Von innen drang kein Laut mehr.

»Haben wir uns das eingebildet?«, fragte Raoul.

»Ich weiß es nicht, aber sieh an, wer da kommt.«

Ein grüner Offroader hielt über den geschotterten Weg direkt auf sie zu.

»Du schon wieder. Noch ’ne Leiche entdeckt?«, fragte der Jagdaufseher und sah Raphael feixend an.

»Das hier ist dein Jagdrevier, Johann, nicht meins«, erwiderte Raphael.

»Du bist gestern bei der Volksbühne gewesen, habe ich gehört«, sagte Johann.

»Wenn's recht ist.«

»Fühlst dich wie einer von uns? Das kannst du vergessen. Du gehörst hier nicht hin.«

»Sagt wer?«

»Sagt das ganze Dorf. Sie wollen dich hier nicht haben. Schau, dass du wegkommst. Nur der Seckl von Luis kann so einen wie dich beherbergen. Kein Wunder, dass sie dich auf dem Jochrhof rausgeworfen haben.«

Raoul hatte sich ein wenig zurückgezogen, und im Augenwinkel nahm Raphael wahr, dass er die Szene von Johann unbemerkt filmte.

»Was wollt ihr hier?«, fragte Johann fordernd.

»Wandern, frische Luft schnappen«, erklärte Raphael.

»Ich habe dich doch vor ein paar Tagen erst hier gesehen. Ein Täter kommt immer zurück zum Ort des Verbrechens, heißt es.«

»Ist Wandern jetzt ein Verbrechen?«

Johann trat eiligst auf ihn zu. Wie zwei Boxer gingen sie in kleinen Schritten im Kreis umeinander. Erneut war ein polterndes Geräusch zu hören, dann wieder Stille.

Johann blieb wie angewurzelt stehen, was Raphael nicht rechtzeitig bemerkte.

»*Du bisch woll net gonz Tschento*«, schrie der Jagdaufseher mit dem Gehfehler noch, nachdem Raphael ihn angerempelt hatte, dann verlor er das Gleichgewicht und stürzte zu Boden.

Raphael streckte die Hand aus, um ihm aufzuhelfen, doch der alte Mann schlug sie weg und funkelte Raphael wütend an.

»Schau, dass du wek kimmsch. Gonz awek von do.« Er rappelte sich ungelenk auf und humpelte zu seinem Auto. »Geats odr i schiaß.«

Raoul steckte rasch sein Handy ein und eilte zu seinem Onkel. »Alles klar bei dir?«

»Alles flott, lass uns *huerteg goën.*«

Sie liefen mehr, als sie gingen, und bogen rasch auf einen schmalen Wanderweg ein, auf dem der Jagdaufseher ihnen mit dem Auto nicht folgen konnte.

»Was hat er gegen dich?«

»Keine Ahnung. Ich bin mit dem Ex-Mann seiner Freundin befreundet. Das scheint ihm zu reichen, um mich zu hassen.«

Sie kamen auf eine Lichtung und Raoul blieb stehen, um seinen Schuh neu zu schnüren. Er verharrte gebückt und hob etwas auf, das halb unter einem Blatt verborgen lag und in der Sonne funkelte. »Was ist das?«, fragte er Raphael und hielt es ihm hin.

Der drehte den dünnen Metallstab zwischen den Fingern. Das eine Ende war abgebrochen, am anderen waren scharfe Kanten zu sehen. Raphael bückte sich ebenfalls. Auf dem Boden lag ein feines, aber stabiles Kunststoffblättchen, dessen Bruchkanten sich am Schaft des Stabes wiederfanden.

»Schießt man in Südtirol noch mit Pfeil und Bogen?«, fragte Raoul lachend.

»Nein, aber womöglich doch mit einer Armbrust. Es sieht so aus, als hätte dieser Wilderer nicht die ganze Wahrheit gesagt«, mutmaßte Raphael und steckte den Pfeil ein.

32

Raphael durfte Luis' Waschküche nutzen, aber die Bettwäsche war an den Rändern noch feucht, als er das Bett für Alain beziehen wollte. Die Miete schloss normalerweise eine wöchentliche Reinigung und eine Endreinigung ein, aber da Raphael inzwischen seit zwei Monaten dauerhaft in der Ferienwohnung verweilte, hatten sie sich auf eine niedrigere Miete ohne Serviceleistungen geeinigt. Raphael hatte Raoul am frühen Morgen zum Bahnhof gebracht und wartete jetzt darauf, dass Alain mit dem Auto eintraf. Möglicherweise müsste er sich doch frisches Bettzeug bei Luis leihen.

Draußen war es bereits dunkel. Raphael rührte in der Soße, die auf dem Herd stand. Er deckte den Tisch und legte Bier kalt. Jetzt stand er neben dem Kühlschrank und starrte die Karte vom Wandergebiet Schenna an, das sich oberhalb der Passer bis zum Etschtal erstreckte. Raoul hatte ihn verunsichert, und er fragte sich, ob die Karten an den Wänden schon etwas Obsessives hatten. Sie gaben ihm Struktur, mahnten ihn, etwas Sinnvolles zu tun. Der Headhunter hatte ihn schon wieder angerufen und wollte ihm unbedingt einen neuen Job vermitteln. Noch konnte Raphael sich die Ferienwohnung leisten, für die Wohnung in Luxemburg hatte er die letzte Miete bereits bezahlt und musste lediglich das Lagerhaus unterhalten. Aber wie lange würde das gehen? Wie lange konnte er sich davor drücken, eine Entscheidung zu treffen, wie er sein Leben weiterleben wollte? Finanziell würde er ein paar weitere Monate durchhalten können, aber die Ungewissheit schlug ihm auf die Stimmung.

Er war so in Gedanken vertieft, dass er das Auto in der Einfahrt nicht bemerkte. Erst, als es draußen läutete und er hörte, dass Luis jemanden begrüßte, wurde ihm klar, dass sein bester Freund für ihn fast achthundert Kilometer gefahren war.

Raphael riss die Wohnungstür auf. Ihm wurde warm ums Herz, als Alain ihn in die Arme schloss. Bei seinem Neffen hatte er das Gefühl gehabt, er müsse die Verantwortung für den Jüngeren übernehmen. Mit Alain war er auf Augenhöhe und konnte seine Anwesenheit unbeschwert genießen.

Es war nicht mehr nötig, Alain und Luis miteinander bekannt zu machen. Luis verzichtete auf ein gemeinsames Bier, weil er mit Anna verabredet war. Raphael musste lächeln, als er Luis' Aftershave roch.

»Einen Tick zu viel«, merkte er schnuppernd an. Luis wurde rot.

»Passt schon. Lass einfach das Fenster offen, wenn du hinunterfährst. Bis zur Anna ist es hoffentlich verflogen. Genießt das Theaterstück.«

Raphael schloss die Tür und wandte sich zu Alain zu, der seine Tasche abgestellt hatte und sich in der Wohnung umsah.

»Schön hast du es hier. Etwa ein Drittel des Platzes, den du zuvor in deiner Wohnung hattest. Aber du hast ja auch fast nichts mitgenommen. Und du kochst sogar selbst, ich glaube es nicht. Du, der sonst nur auf *Schecken* essen gegangen bist.« Er hob den Deckel vom Topf und schnupperte an der Soße. »Köstlich. Ich bin kurz vorm Verhungern, können wir ohne *Apero* essen?«

Raphael lachte. »Das habe ich lang nicht mehr gehört, geschweige denn gehabt. In den nächsten Tagen werden wir nicht darauf verzichten, jetzt schon.«

»Ich dachte, wir werden in den nächsten Tagen so viel wandern, dass wir abends völlig ausgehungert sind und Massen an alpenländischem Essen zu uns nehmen: Knödel und Haxen und …«

»Du bist in Südtirol, nicht in Österreich«, warf Raphael ein. »Hier hast du immer die Kombination aus italienischer und alpiner Küche, also Pasta vorneweg und anschließend kommt etwas Deftiges. Einen Veneziano vor einem Bier, ein Pannacotta nach der Haxe. Du wirst auf deine Kosten kommen. Aber dafür allein hast du nicht die lange Fahrt gemacht, oder?«

Die beiden kannten sich zu lange, um sich gegenseitig täuschen zu können. Das Schweigen zog sich.

»Du willst nicht sagen, meine Schwester hätte dich geschickt. Oder am Ende sogar Lydie.«

Es entstand eine unangenehme Pause. »Meine Frau …«, fing Alain an, schwieg dann wieder.

Raphael wartete. Früher hätte er sofort etwas gesagt, hätte auf Alain eingeredet. Durch Luis hatte er gelernt, Stille auszuhalten, abzuwarten, dem anderen Zeit zu lassen.

»Ich glaube, ich muss auch mal ausprobieren, wie es ist, eine Weile nicht nach Hause zu gehen.«

Es war schon lange hell, als Raphaels Telefon ihn aus dem Schlaf riss. Im ersten Moment war er irritiert, als er Schnarchgeräusche neben sich hörte. Dann fiel ihm wieder ein, dass Alain auf der anderen Betthälfte lag.

»Ja?«, meldete er sich mit belegter Stimme.

»Appuntato Psenner hier. Schleck?«

»Wer sonst an meinem Handy.«

»Der Johann hat mich angerufen, auf den Sonntag. Er hat eine Anzeige erstattet wegen Körperverletzung. Sie bleiben zu Hause, ich bin in zehn Minuten bei Ihnen.«

Raphael starrte sein Telefon irritiert an. »Körperverletzung? *Schmorrn.* Ich bin auch gar nicht zu Hause, ich bin«, er rüttelte Alain, damit der aufhörte zu schnarchen, »unterwegs am Berg, ich kann Ihnen die Koordinaten schicken.«

Der Carabiniere schien erleichtert. »Schon gut, ich komme heute Abend vorbei.«

»Ist recht«, sagte Raphael. »*Pfiat di.*«

Als Raphael sich umdrehte, starrte Alain ihn an. »Du bist hier ja richtig heimisch geworden.«

»Die einen sagen so, die anderen so. Die Polizei wollte gerade mit uns frühstücken, es gab eine Anzeige gegen mich. Angeblich wandere ich derzeit und bin hier nicht anzutreffen. Wie wär's mit einem schnellen Frühstück und anschließend machen wir uns aus dem Staub?«

Alain schwang schon die Beine aus dem Bett, verharrte einen Moment auf der Bettkante und verschwand dann im Bad, während Raphael den Espressokocher auf den Herd stellte.

Als sie das Haus verließen, bereute Raphael die spontane Lüge. Kalte Regentropfen durchnässten ihre Jacken und Schuhe, ihre Mützen und Handschuhe innerhalb weniger Minuten.

»Wollen wir im Haus bleiben und die Läden verrammeln?«, schlug Raphael vor.

Alain lachte. »Du bist ein Schön-Wetter-Aussteiger, das hätte ich nicht von dir gedacht.«

Raphael musste schmunzeln. »Nein, aber durchaus ein Schön-Wetter-Aufsteiger.« Er schaute den Berg hinauf. »Den Wolken und der Schneefallgrenze nach zu urteilen, wird es gleich besser.«

Alain war genauso groß und sportlich, wie Raphael durch

das fast tägliche Training geworden war. Sie schritten kräftig aus und bald ging der Regen in Schnee über.

»Heute wäre der richtige Tag für die Therme gewesen«, sagte Raphael, aber Alain schüttelte den Kopf, dass die Flocken flogen.

»Ich möchte hoch, mich einmal richtig durchfrieren lassen, weil das anschließende Aufwärmen so schön ist. Ich liebe Jagertee.«

»Du bist wirklich nicht in Österreich, hier gibt es Glühwein.«

»Auch gut. Wo gehen wir denn hin?«, fragte Alain und rieb seine Handschuhe aneinander.

Raphael blickte auf den Boden, der sich in den letzten Tagen hinreichend erwärmt hatte, sodass der Schnee beim Auftreffen schmolz. »Ich schlage vor, wir gehen zu einer Hütte, auf der ich kürzlich mit meinem Neffen war. Dieser Johann kam, bevor ich alle Fotos machen konnte, die ich wollte. Und heute im Schnee wird es sicher noch schöner.«

Mit Alain konnte Raphael gut reden, aber ebenso gut schweigen. Heute konzentrierte er sich auf Alains Erzählung darüber, dass seine Ehe in einer Sackgasse steckte und er immer mehr Geschmack an seiner Kollegin fand. Raphael war kein guter Berater in Beziehungsdingen, doch er konnte stundenlang zuhören, die richtigen Fragen stellen, Gesagtes zusammenfassen. Je höher sie kamen, desto dichter war die Schneedecke auf dem Weg und sie mussten genau schauen, wo sie hintraten.

Sie kamen an einem Kleinwagen mit hiesigem Kennzeichen vorbei, dessen Reifenspuren man vor der Hütte kaum noch sehen konnte, weil sie kontinuierlich zuschneiten. Raphael machte Fotos von den Spuren im Schnee, von dem weißen Dach, auf dem sich der Schnee zum Teil gelöst hatte und als Schneebrett über der Eingangstür hing.

Erstickte Schreie waren aus der Hütte zu hören, ein Poltern, als würde ein Stuhl oder Hocker unter einer schweren Last umfallen. Raphael wollte schon auf die Tür zulaufen, als der Jagdaufseher um die Ecke der Hütte bog, sein Gewehr im Anschlag.

»Was habt ihr in der Hütte gemacht?«, schrie Johann.

»Wir waren gar nicht drin, wir wollten schauen, woher das Poltern kommt!«, rief Raphael zurück.

»Ich habe euch doch schon von Weitem gesehen. So lange könnt ihr nicht gebraucht haben«, behauptete Johann.

»Unsinn. Wir sind gerade gekommen und fragen uns, was da Geräusche machen kann, wenn bis April niemand hier sein soll.«

»*Schmorrn*. Hast du da den nächsten Toten hinterlassen? Ich habe das Scheppern gehört. Und die Schreie.« Während er Raphael und Alain mit dem Gewehr in Schach hielt, fingerte er sein Handy aus der Tasche. Aus der Hütte drang kein Laut mehr.

»Die Gasser Julia, bist du's?«, hörte man den Jagdaufseher atemlos in sein Telefon schnaufen. »Gib mir den Psenner Hannes ans Rohr, schnell. Wir haben die nächste Leiche.«

Johann tänzelte unruhig hin- und her, die Waffe pendelte ebenso unruhig. Raphael und Alain wagten nicht, sich zu bewegen. Schnee tropfte in die Kragen ihrer Jacken. Ihre Pullover sogen allmählich die Nässe auf. Sie zitterten vor Kälte, vor Angst, vor Aufregung.

»Schau doch selbst nach«, rief Raphael. »Seit wann poltern Tote?«

»Das hättest du gern. Damit meine Fingerabdrücke am

Türgriff sind, nicht deine. Für wie dumm hältst du mich?«

Die Freunde sahen sich verwirrt an.

Die Rotoren eines herannahenden Hubschraubers waren zu hören. Der Schnee fegte von den hohen Fichten, als er an ihnen vorbeiflog. Er setzte auf einer Wiese hinter der Alm auf, und Ispettore Nonino stürmte auf sie zu. Eine weitere Waffenmündung zeigte auf die beiden schlotternden Freunde. Vom Tal hörte man das Martinshorn, blaues Blinken spiegelte sich tausendfach im Schnee.

»Echt beschaulich in deinem Südtirol«, murmelte Alain zynisch.

»Schnauze halten und auseinander«, rief Nonino und hielt die Pistole im Anschlag. »Auf den Boden.«

»Definitiv nicht«, schrie Raphael und vergrub seine steifgefrorenen Hände in den Jackentaschen.

»Soll ich helfen?« Johann humpelte um Raphael herum, das Gewehr noch immer auf ihn gerichtet.

»Schleck, hinlegen«, beharrte der Polizist.

Raphael zögerte. Johann rammte ihm unerwartet den Griff seines Gewehrs in die Kniekehle. Raphael stürzte schreiend nach vorne. Sein Gesicht schlug ungebremst auf einem Stein auf. Lautes Knirschen war zu hören. Alain sprang zu seinem Freund, um ihm aufzuhelfen. Zugleich warf sich Nonino auf Raphael und presste ihn mit seinem ganzen Gewicht auf den nassen Boden. Johann schubste Alain mit dem Gewehr vor sich her in Richtung Haus.

Raphael schrie. Seine Schreie klangen dumpf. Er hatte den Mund voll Schnee. Er hatte die behandschuhten Hände nicht schnell genug aus den Taschen ziehen können. Jetzt lag er, von Noninos Gewicht in den Schnee gepresst, auf seinen taub werdenden Armen.

Das Auto der Carabinieri raste die Straße herauf und hielt direkt neben Raphael. Schnee spritzte ihm ins Gesicht. Aus seiner Nase tropfte unaufhörlich Blut und färbte den Schnee unter ihm rot.

Gasser und Psenner sprangen aus dem Wagen und teilten sich auf. Gasser lief zu Alain und schob den Jagdaufseher rüde zur Seite. Nonino erhob sich endlich von Raphael und rief Psenner auf Italienisch Befehle zu. Der zögerte, wahrscheinlich, weil er Befehle von einem Staatspolizisten überhaupt nicht entgegenzunehmen hatte. Und auf Italienisch schon gar nicht.

Raphael krümmte sich vor Schmerzen auf dem Boden zusammen, zog seine Hände endlich aus den Taschen. Er befühlte seine Nase. Kein Zweifel, dass sie gebrochen war. Psenner hielt ihm ein kariertes Taschentuch entgegen, was wie ein Friedensangebot wirkte.

»In der Hütte liegt jemand. Vielleicht kann man ihn noch retten«, rief Johann und lief hinkend auf die Hüttentür zu.

»Bleiben Sie stehen, Mitterhofer«, schrie Nonino und rempelte ihn so an, dass er in den Schnee stürzte.

»Das ist keine Aufgabe für Zivilisten, ich lasse Sie gleich festnehmen«, rief Nonino, ohne dem Jagdaufseher aufzuhelfen, lief mit gezückter Pistole zur Haustür und rüttelte daran. Das Schneebrett über der Tür löste sich und prasselte auf den Ispettore herunter.

»*Merda*«, fluchte Nonino und versuchte, den Schnee abzuschütteln, der von seinem Kragen über die Jackentaschen, die Hosenaufschläge und den Schaft seiner Lederschuhe überall eingedrungen war. Er fluchte noch lauter, als er die Dorfpolizisten und die Fremden hinter sich auflachen hörte. Mit seinem ganzen Gewicht warf er sich gegen die Tür, die jedoch nicht nachgab. Daraufhin zielte er auf das Schloss, drückte ab. Die Tür sprang beim nächsten Dagegenwerfen auf. Gasser hatte Alain an ein Geländer gekettet, Raphaels Hände hatte Psenner mit Kabelbinder am Fallrohr der Dachrinne befestigt. Die Carabinieri eilten ebenfalls in die Hütte, aus der Kreischen und Poltern zu hören waren. Spitze Schreie einer Frau sowie dumpfe Rufe eines Mannes.

»Wohl doch kein Toter«, sagte Alain zynisch.

Johann funkelte ihn wütend an.

Die Carabinieri scheuchten zwei Personen vor sich her ins Freie: Eine Frau taumelte nach draußen. Sie trug kniehohe Lederstiefel mit Bleistiftabsätzen und eine Lackkorsage, dazu hatte sie eine Maske im Gesicht. Sie schlang sich die Arme um den Leib und verlangte nach ihrer Jacke.

Hinter ihr stolperte ein dicklicher Mann mit offenem Hemd und einem Nietenlederband um den Hals aus dem Haus. Seine spärlichen Haare ähnelten einer Tonsur und sofort fiel Raphael ein, wo er ihn schon einmal gesehen hatte. Er war im Theaterstück der Pfarrer gewesen, der ständig seinen Text vergessen hatte. Wahrscheinlich, weil er mit dem Kopf woanders gewesen war. Oder die Proben versäumt hatte.

Ein Fensterladen schlug gegen die Hauswand und Psenner rief: »Im Haus ist niemand mehr, weder tot noch lebendig.«

»Maske runter«, befahl Nonino der Frau.

»Ich brauche meine Jacke. Oder eine Decke«, kreischte diese.

»Maske runter oder soll ich? In meinem Spiel sind Sie nicht die Domina«, rief Nonino.

Die Frau nestelte ihre Maske aus dem Gesicht und auch sie erkannte Raphael sofort. Es war die Klarinettenspielerin aus Marias Orchester, die ebenfalls zahlreiche Proben verpasst hatte. Und die Raphael noch vor wenigen Tagen in Begleitung ihres herrischen Ehemannes gesehen hatte, der sie vor sich hergeschoben hatte wie einen Einkaufswagen.

Noninos Zorn entlud sich gegenüber Johann.

»Dafür fordern Sie den Helikopter an? Für ein paar Ehebrecher? Ich war mitten in einem Einsatz, ein Zufall, dass wir in der Nähe waren.«

Aus Raphaels Nase tropfte noch immer Blut. Er war inzwischen bleich wie der Schnee und hielt seine Augen geschlossen.

»Raphael, was ist mit dir?«, rief Alain und erregte damit die Aufmerksamkeit der Carabinieri. Gasser ging zu Raphael und befühlte seinen Puls, bevor sie den Kabelbinder durchtrennte. »Falls Sie einen Zeugen brauchen …«, raunte sie ihm leise zu.

»Gegenüber wem?«, schrie Raphael aufgebracht. »Gegenüber diesem Schwein von Jagdaufseher, der mich zu Fall gebracht hat, oder gegenüber Ihnen allen wegen unterlassener Hilfeleistung?«

Gasser wandte sich wortlos ab und schloss auch Alains Handschellen auf. Der lief zu Raphael und legte einen Arm um seine Hüfte, um ihn zu stützen.

Nonino stapfte ohne Entschuldigung oder eine Erklärung zu dem wartenden Helikopter, während Gasser und Psenner anboten, Raphael und Alain nach Hause zu fahren. Dieses Mal schlug Raphael das Angebot nicht aus. Er lehnte seinen Kopf ans Autofenster, und verzog bei jeder Bodenwelle schmerzhaft das Gesicht.

Gasser lachte. »Da haben die einfach ausgenutzt, dass die Sophia den Fuß gebrochen hat und jeder weiß, dass sie vor April nicht auf die Hütte kann. Für so gerissen hätte ich die beiden nie gehalten.«

Raphael schrie auf, als der Wagen über einen Regenablauf holperte.

»Ins Hospital?«, fragte Gasser vorsichtig und suchte Blickkontakt im Spiegel.

»Nicht nötig«, sagte Raphael, während Alain zeitgleich sagte: »Auf jeden Fall, das muss nicht nur behandelt, sondern vor allem von einem Arzt bestätigt werden, wegen der Schadensersatzansprüche.«

Die Carabinieri wechselten einen stummen Blick und Gasser durchquerte Schenna mit Signalhorn nach Meran ins Klinikum.

»Das ist Unsinn, ich kann kein Italienisch«, murrte Raphael, doch die Carabinieri erklärten ihm, dass das Hospital zweisprachig sei und er dort kompetent versorgt würde.

»Und wenn Sie fertig sind, melden Sie sich bei uns, wir holen Sie ab«, sagte Gasser versöhnlich und reichte Alain ihre Visitenkarte.

»Wir müssen sowieso miteinander sprechen«, sagte Psenner.

»Doch heute nicht mehr«, wandte seine Kollegin ein.

»Besser heute, als dass wir uns morgen schon wieder sehen«, widersprach Raphael.

33

Im Hospital konnte sich jeder Patient unkompliziert mit seiner Versichertenkarte anmelden und bekam eine Nummer zugeteilt. Auf einem Bildschirm wurde in verschiedenen Farben angezeigt, welche Nummer welche Priorität hatte. Es gab mehrere dringendere Fälle, die vor Raphael behandelt werden sollten, manchmal flammten neue Nummern mit großer Dringlichkeit auf. Aus den Gesprächen im Wartebereich konnte Raphael entnehmen, dass ein Wanderer abgestürzt war. Zwei verunfallte Skifahrer waren ebenfalls wichtiger als ein gebrochenes Nasenbein.

Raphael hatte Alain vorgeschlagen, allein zurück in die Wohnung zu fahren oder wenigstens ein Taxi in die Innenstadt zu nehmen, aber er bestand darauf, bei ihm zu bleiben.

»Möchtest du wirklich dauerhaft hierbleiben?«

Raphael antwortete nicht sofort.

»Ich müsste mich wohl allmählich nach einem Job umsehen. Jetzt im Winter habe ich einen guten Tarif bei Luis, aber ich werde mir eine richtige Wohnung suchen müssen. Vielleicht brauche ich auch wieder ein Auto. Solange ich kein Italienisch beherrsche, weiß ich nicht, ob ich hier eine Anstellung bekomme, die über das Entwerten von Seilbahntickets hinaus geht. Und sogar das passiert normalerweise maschinell.«

»Was hält dich hier? Die Liebe?«

»Die Liebe zu diesen Menschen im Allgemeinen, nicht zu einer Person im Besonderen, falls du das hören wolltest. Die Liebe zu dieser Besonnenheit und Gelassenheit, die uns im Bankenviertel fehlt.«

»Besonnen und gelassen würde ich das nicht nennen, was ich heute hier erlebt habe.«

Raphaels Nummer wurde zunächst auf Italienisch, dann auf Deutsch genannt. Er stand auf und verschwand im Behandlungsbereich.

Als Raphael zurückkam, war seine Nase mit Tape-Streifen gerichtet worden, und er schwenkte eine Verordnung für die Apotheke in der Hand.

»Schmerzmittel und eine Maske fürs Gesicht. Auf die werde ich verzichten. Oder sollte ich mich damit an diese Martina wenden? Vielleicht kann ich das Rezept auch an den unterwürfigen Schauspieler weitergeben«, schlug Raphael vor und verzog das Gesicht, als er ein Lächeln versuchte.

»Soll ich die *Flicken* anrufen?«, fragte Alain.

»Es ist Sonntag, haben die nichts anderes zu tun? Ich denke, wir nehmen uns ein Taxi.«

Alain grinste. »Genau deswegen würde ich sie anrufen. Statt sich einen lauen Sonntag zu machen, sollten sie wenigstens ein schlechtes Gewissen haben und dir ihre Freizeit opfern.« Er tippte die Nummer in sein Telefon und erfuhr, dass es mindestens eine halbe Stunde dauern würde.

»Wir nehmen uns ein Taxi, dafür wird der Staat sicher aufkommen«, sagte Alain herausfordernd zu der Polizistin.

»Wir halten uns da raus, das war Nonino von der Polizia di Stato«, antwortete Gasser und sie einigten sich darauf, sich später auf dem Keschtnhof zu sehen.

»Die beiden haben gar nicht gesehen, was wirklich passiert ist. Sie kamen doch erst später. Aber sie glauben allzu gerne, dass dir das ihr Kollege von der Staatspolizei angetan hat«, sagte Alain schmunzelnd zu Raphael.

Der überlegte einen Moment. »Hat er gewissermaßen auch. Er hat es nicht verhindert, er hat es nicht verurteilt, und letztlich war es vermutlich das, was er selbst auch gern getan hätte. Lassen wir es ruhig bei der Darstellung. Nonino wird es abstreiten, dieser Johann wird die Schuld nicht auf sich nehmen … sollen sie doch gucken, wo sie bleiben.«

34

Das Taxi hielt hinter Marias Auto auf dem Keschtnhof. Kaum schlugen Alain und Raphael die Autotüren zu, ging die Haustür auf und Maria strahlte sie an. Luis' Gesicht wurde sorgenvoll, als er Raphael sah.

»Hallo, ich bin Maria«, stellte sie sich Alain vor und wandte sich an Raphael. »Hast du deine Nase zu tief in fremde Angelegenheiten gesteckt? Ich bin nicht sicher, ob du eine Auszeichnung vom Bürgermeister bekommst, aber bestimmt einen Sonderpreis im Café, damit alle ihre Informationen aus erster Hand beziehen können.«

Die Männer blickten sie verwirrt an.

»Martina ist in Lack und Leder bei ihrem Mann erschienen, der sie nicht ins Haus gelassen hat. Sehr zur Freude der umliegenden Häuser, die das Gezeter miterlebt haben. Er hat sie lautstark daran erinnert, wer der dominante und wer der devote Teil zu sein hat. Sie hat sich zu Fuß auf den Weg zu Andreas gemacht, der noch mit Nietenhalsband vor seiner Tür stand und vom Bruder seiner Frau am Betreten seines eigenen Hauses gehindert wurde. Sie sind gemeinsam in Martinas Auto weggefahren, sein Auto steht wohl noch oben im Wald.«

Luis war nicht so sehr an den pikanten Details des Ehebruchs interessiert und wollte erst einmal alles über Raphaels Nasenbeinbruch wissen. Er hatte gerade angefangen, seine Geschichte zu erzählen, als das Auto der Carabinieri auf den Hof fuhr.

»Die *Carpf* schon wieder, was wollen die denn hier?«, fragte Luis verärgert.

»Zu Kreuze kriechen«, hoffte Raphael und ließ Gasser und Psenner rein.

Die Carabinieri waren allerdings weniger von schlechtem Gewissen als von Neugierde getrieben. Auch sie standen interessiert vor Raphaels Wanderkarten und studierten die Markierungen, die er dort angebracht hatte. Zum wiederholten Mal musste er deren Bedeutung und seine Absicht, den Winterbildern der jeweiligen Motive Sommerbilder gegenüberzustellen, erklären.

»Schenna ist im Winter ein verschlafenes Fleckchen Erde«, sagte Psenner und alle nickten bestätigend. »Aber seit Sie hier sind, passiert ständig etwas. Und immer sind Sie selbst irgendwie involviert. Fehlt Ihnen der Kick im Leben? Inszenieren Sie das alles, weil es Ihnen in Ihrem blöden Luxemburg zu langweilig war?«

Gasser nahm den Faden auf. »Ich habe Sie gegoogelt, viel findet sich nicht über Sie im Netz. Wir vermuten, dass Sie so ein Konzeptkünstler sind, der unter falschem Namen hier seine Shows abzieht.«

»Eine andere Erklärung gibt es nicht. Weiß Luis davon oder täuschen Sie den auch?«, fragte Psenner und ließ sich die Fotos auf Raphaels Handy zeigen. Gasser diskutierte laut mit ihm, ob sie das Smartphone und den Laptop einkassieren müssten.

Raphael lehnte bleich am Esstisch und versuchte, dem Gespräch zu folgen, aber in seinem Kopf hämmerte der Schmerz. Sie wollten nicht nur die Daten, sondern sogar die Uhrzeiten seiner Besuche auf den Hütten wissen, überlegten laut, ob er die Bildeigenschaften in seinem Handy manipuliert haben könnte, und wollten die Karten von der Wand nehmen und einkassieren, als Alain einschritt.

»Liegt irgendein Verdacht gegen Herrn Schleck vor? Erklären Sie uns, wessen Sie ihn beschuldigen. Zeigen Sie uns außerdem den richterlichen Beschluss, der es Ihnen erlaubt, Gegenstände von ihm in Besitz zu nehmen.«

»Sind Sie Schlecks Anwalt?«, fragte Psenner.

»Quasi, sein – *Affekot*«, sagte Alain.

Die beiden Carabinieri sahen sich unschlüssig an.

»Wenn es sein muss, machen Sie Fotos der Karten und lassen Sie Herrn Schleck endlich in Ruhe schlafen. Sie sehen doch, dass es ihm nicht gut geht, nachdem Ihr Kollege ihm die Nase gebrochen hat.«

»Das waren nicht wir, das war Ispettore Nonino«, wandte Gasser schwach ein, während Psenner Fotos machte.

»Sind Sie extra hergekommen, um mich mit meiner gebrochenen Nase zu nerven?«, fragte Raphael gereizt.

Psenner schlug sich die Hand an die Stirn. »Stimmt ja, wir sind wegen der Anschuldigung des Jagdpächters gekommen, Sie hätten ihn tätlich angegriffen. Aber ich glaube, nach der heutigen Begebenheit lassen wir das großherzig unter den Tisch fallen.«

»Irgendwie ist das mit diesen Wanderkarten und den Markierungen trotzdem nicht normal«, murmelte Gasser, bevor die beiden sich verabschiedeten.

»Mein *Affekot*?«, fragte Raphael.

»Ich kann ja hinterher immer noch behaupten, ich hätte ein anderes Wort als Rechtsanwalt auf Letzeburgisch gesagt«, sagte Alain lächelnd. »Ich besorge uns mal was zu essen.«

Noch bevor er zur Tür gehen konnte, klopfte es und Maria brachte zwei dampfende Teller mit dreierlei Knödeln in einem See brauner Butter in die Stube.

»Ich hoffe doch, du isst mit?«, fragte Alain hoffnungsvoll, und Raphael spürte, wie Eifersucht in ihm aufflammte. Sollte Alain ruhig testen, ob ihm seine Ehe noch etwas bedeutete, aber doch nicht mit Maria.

»Luis und ich haben heute Mittag schon gegessen«, erwiderte sie, und obwohl Raphael es bedauerte, dass sie ging, spürte er, wie froh er war, Alain und Maria voneinander fernhalten zu können.

»Vielleicht komme ich morgen mit dem neusten Dorfklatsch vorbei«, bot sie an und zwinkerte Raphael aufmunternd zu.

Der bückte sich zum Kühlschrank, um zwei Flaschen Bier herauszunehmen. Er fluchte, als er merkte, wie seine Nase pochte, sobald ihm zu viel Blut in den Kopf floss.

»Ich bringe dir morgen Schmerzmittel vorbei«, versprach Maria und schloss die Tür leise hinter sich.

»Das duftet ja köstlich«, sagte Alain und leckte sich über die Lippen. »Ich verstehe langsam, warum du hierbleiben möchtest.«

35

Am nächsten Tag standen Unterthurner und Nonino unangekündigt vor der Tür. Raphaels Augen waren blutunterlaufen, das Jochbein hatte sich blau verfärbt und war angeschwollen. Unterthurner verzog bei seinem Anblick das Gesicht, als könnte er Raphaels Schmerz fühlen.

Nonino stellte nachdrücklich klar, er habe Raphael nicht die Nase gebrochen. Der bestand darauf, man möge den Jagdaufseher hierzu befragen. Alain gab zu Protokoll, er habe es nicht genau sehen können, aber Nonino habe rittlings auf Raphael gesessen und ihn zu Boden gedrückt. Falls er ihm nicht selbst die Nase gebrochen habe, so hätte er zumindest eine Behandlung verzögert. Er ließ Begriffe wie »Menschenrechte«, »Europäischer Gerichtshof« und sogar »Genfer Konventionen« fallen und verschaffte ihnen beiden damit Ruhe vor weiteren polizeilichen Untersuchungen.

Die folgenden Tage nutzten die beiden Freunde, um durch Meran und Bozen zu laufen. Sie kehrten im Brauereiausschank Forst ein, um die deftige Küche und das schmackhafte Bier zu genießen, und sogen die Sonne auf dem Tappeiner Weg am oberen Rand von Meran ein. Auf Bergtouren in der Nähe von Schenna hatten sie beide keine Lust, solange der Jagdaufseher frei herumlief und sie nicht wussten, ob er ihnen irgendwo auflauern würde. Stattdessen wanderten sie auf der gegenüberliegenden Seite im Ultental und zu den achthundertfünfzig Jahre alten Urlärchen.

Raphael war traurig, als Alain nach einer Woche abreisen musste. Und auch Alain fiel es nicht leicht, seinen Freund zurückzulassen. Er hatte jedoch in der vergangenen Woche mehrere Telefonate mit seinem Vorgesetzten geführt in der Hoffnung, Raphael wieder als Kollegen nach Luxemburg locken zu können.

»Sehen wir uns zu Hause wieder?«

»Bis Ende des Monats habe ich eine Entscheidung getroffen, versprochen«, sagte Raphael und drückte seinen Freund zum Abschied.

36

Raphael half Luis, ein schweres Fass von einem Keller in den anderen zu wuchten. Die Apfelkisten, die der kräftige alte Mann erstaunlich behände auf die Sackkarre hievte, waren für Raphael auch ohne Hilfe gut zu tragen, sodass sie schnell fertig wurden.

»Dein Neffe und dein Freund haben dir gutgetan«, stellte Luis fest. »Aber seit die beiden weg sind, wirkst du irgendwie rastlos. Was treibt dich um?«

Raphael starrte Luis an und sah ihn doch nicht wirklich. Er hatte in ihm einen neuen Freund gefunden, mehr als das, hatte auf seinem Hof ein neues Leben gefunden. Dennoch hatte dieser Blick in sein altes Leben ihm vor Augen geführt, worauf er verzichtete.

Erschwerend kam hinzu, dass Alain sich offensichtlich bei seinem Chef, also ihrem ehemals gemeinsamen Chef, für Raphael eingesetzt hatte. Ein Jobangebot ab April, dem er kaum widerstehen konnte, war die Folge. Aber wollte er das wirklich? Und wie sollte er das Luis sagen?

Ein Auto fuhr auf den Hof und gleich darauf war Marias Stimme zu hören.

»Ist jemand zu Hause?«

Luis zwinkerte Raphael zu. Ihm war nicht entgangen, wie sich Raphaels Gesicht aufhellte, wann immer er Maria sah.

»Wir sind in der Scheune, komm rein«, rief Luis. Gleich darauf ging das schwere Tor auf und Maria brachte einen Schwall frische Luft mit herein.

»Grüß euch«, sagte sie, drückte Luis einen Kuss auf die Wange, zog Raphael an sich und betrachtete ihn skeptisch.

Der runzelte die Stirn und sah sie unsicher an.

Sie zupfte ihm eine staubige Spinnwebe aus dem Haar und fragte: »Wie war das mit den drei Küsschen? Erst rechts oder erst links?«

Raphael zog sie an sich und küsste sie spontan auf die Nasenspitze.

»Wenn man es nicht weiß, wählt man die Mitte«, sagte er grinsend.

Sie verweilten einen Moment in der Umarmung, schließlich wandte sich Maria an Luis.

»Ich habe Anna versprochen, sie zum Apfelstrudel einzuladen. Hast du ein paar leckere Äpfel für mich?«

Luis ging zu einer Kiste und packte einige Äpfel in eine Papiertüte, als Marias Handy klingelte.

»Anna?«, sagte sie.

Anna rief so laut ins Telefon, dass alle ihre Worte verstanden.

»Komm her, schnell. Der Johann ist draußen und streitet mit dem Silvio. Ich habe Angst, dass er ihm was antut!«

»Johann?«

»Nein, Silvio. Wenn er in Rage ist … er ist eben Italiener. Komm bitte!«

Alle drei liefen zu Marias Auto. Maria fuhr, als habe sie Blaulicht auf dem Dach. Ein Autofahrer von rechts hupte empört. Auch ein entgegenkommender Rollerfahrer hob verärgert die Faust, als Maria einen Traktor überholte und dem Roller bedrohlich nah kam. Sie scherten auf Annas Hof ein und parkten hinter Johanns Offroader. Anna stand vor Johann, einen Straßenbesen auf dessen Brusthöhe. Silvio versuchte, seine Frau beiseitezuschieben. Er fluchte auf Italienisch. Johann verschanzte sich hinter seiner offenen Autotür.

»Du hast versprochen, dass du mein Bad als Erstes einbaust! Jetzt höre ich, dass du zwei andere Baustellen vor meiner machst. Bin ich dir nicht gut genug? Dreckiger Italiener!«, schrie Johann aufgebracht.

»Immer die Reihe nach«, rief Silvio. »Ohne Entschuldigung wirde das gar nichts. Dann suchste du dir eine andere *Hydrauliker.*«

Maria packte Johann von hinten. Sie versuchte, ihn in sein Auto zu drücken. Er wehrte sich heftig. Sein Kopf schlug an den Türholm. Er schrie auf.

»Schleich dich. Jeder kennt deine Zahlungsmoral, Aufträge von dir nimmt niemand gern an. Geh, such dir einen anderen«, sagte Maria aufgebracht.

»Ich habe Geld, viel Geld«, prahlte Johann und zog eine pralle Geldbörse hervor.

»Kauf dir jemand anderen davon, uns nicht. Und jetzt geh. Oder willst du dich in der Zeitung sehen?« Sie zog ihr Handy hervor, als wollte sie Fotos von Johann machen.

»Ich warne dich. Wag es nicht! Ihr steckt doch alle unter einer Decke.«

Johann sprang in sein Auto und legte den Rückwärtsgang ein. Der Wildträger auf seiner Anhängerkupplung rammte sich in Marias Kotflügel.

»Ja, bist du narrisch?«, schrie Luis. Er griff sich Annas Besen und schlug damit auf die Motorhaube des Wildhüters ein.

Maria sprang in ihr Auto, setzte zurück. Johann brauste rückwärts an ihr vorbei und fuhr, ohne sich umzusehen, auf die Straße.

»Hey, aufpassen!«, schrien zwei Passanten und blieben stehen.

»Geht's weiter«, rief Luis aufgebracht und scheuchte sie fort.

Anna und Silvio fielen sich in die Arme. Es war nicht auszumachen, wer dabei wen stützte. Luis klopfte Maria anerkennend auf die Schulter. Raphael bückte sich und betrachtete den Schaden an Marias Auto. Dann zog er etwas darunter hervor.

»Weißt du, wer die Passanten waren, die du verscheucht hast?«, fragte er Luis. »Die brauchen wir vielleicht als Zeugen. Ich rufe die Carabinieri.«

»Lass gut sein«, sagte Maria. »Ich mache ein paar Fotos, wir sind genügend Zeugen. Hast du nicht gesehen, dass der Johann geblutet hat, wo er sich den Kopf angeschlagen hat? Falls er zu den *Carpf* geht, bin ich wahrscheinlich dran. Und wenn ich ihn wegen des Autos anzeige, kommt er mit der Körperverletzung.«

Raphael zeigte den anderen nun, was er unter Marias Auto gefunden hatte.

»Johanns Geldbörse ist ihm wohl aus der Hand gefallen und unter das Auto geschlittert, als er hineingesprungen ist. Die sollten wir besser bei den Carabinieri abgeben.«

»Ich stecke sie ein und bringe sie ihm nachher vorbei, gib her«, schlug Luis vor und versenkte das schwere Portemonnaie in seiner inneren Jackentasche.

Irgendwo hatte Anna eine schlanke Flasche Grappa hergezaubert und goss fünf Gläser voll. Sie kippten den Alkohol hinunter, Anna goss ein weiteres Mal ein.

»Ihr könnt das doch nicht so auf sich beruhen lassen«, begehrte Raphael auf.

»Es ist zwecklos. Er verdreht einem das Wort im Mund. Silvio und ich sind verheiratet, wir gelten wie eine Person. Maria ist meine Nichte, das zählt auch nicht viel. Und euch beide haben die *Putz* sowieso im Visier. Noch einen?«

Raphael winkte ab und Maria leerte die Flasche in Silvios Glas.

»Die Äpfel haben wir bei dir vergessen«, fiel Maria wieder ein.

»Geh, hol sie dir selbst«, schlug Luis vor. »Wir haben ja auch das Tor nicht geschlossen. Wo wir schon hier unten im Dorf sind, laufen der Raphael und ich hinüber nach Riffian und besorgen neuen Grappa.«

»Mit Johanns Geld?«, fragte Silvio grimmig.

»Ich würde nicht einmal stehlen wollen, was ihm gehört. Auf dem Rückweg werfe ich die Börse in seinen Briefkasten«, knurrte Luis.

37

Auf dem Weg von Schenna hinab ins Tal und wieder hinauf nach Riffian lief Luis erstaunlich behände. Auf der Brücke über die Passer verweilten sie und schauten dem Fluss zu, wie er schäumend zwischen großen Steinbrocken hindurch unter der Holzkonstruktion ins Tal strömte. Der Flusspegel war durch die Schnee- und Regenfälle erheblich gestiegen.

»Mit mir hätte der Johann nicht so gesprochen, das traut er sich nur bei einem Italiener. Und der kann die Anna nicht verteidigen. So ein Schwächling«, schimpfte Luis.

Raphael musste lächeln. Luis war gegen die Hinterhältigkeit des Jagdaufsehers genauso wenig gefeit wie Silvio, aber Raphael wollte Luis seine Illusion nicht nehmen. Es musste schwer genug sein, jeden Tag aufs Neue einsehen zu müssen, dass man seine große Liebe leichtsinnig verloren hatte und nie zurückgewinnen würde.

»Ist die Brennerei überhaupt offen oder hat sie auch geschlossen bis März?«, fragte Raphael, während sie den ausgetretenen Pfad zum Dorfrand hinaufschritten.

»Die haben normalerweise bis zum ersten März Ferien, aber man kann einfach klingeln. Der Jochen ist eh meist in der Brennerei, dann sieht er einen durch die Glastür und kommt heraus.«

Kaum hatten sie das alte, sandfarbene Gehöft mitten im Dorf erreicht und sich linker Hand zum Ausschank gewandt, ging rechter Hand die Glastür auf und ein gemütlicher Bär in Jeans und blaukariertem Hemd erschien im Eingang. Die übliche blaue Schürze der Südtiroler zeigte an, dass er bei der Arbeit war. Ein intensiver Duft wehte zu ihnen herüber.

»*Hoi*, Jochen. Du brennst unverkennbar Anis«, begrüßte Luis ihn.

»*Hoi*, Luis, schön, dich mal wiederzusehen«, erwiderte dieser und Raphael sah sich in seiner Vermutung bestärkt, dass Luis ein Stammkunde war.

»Der Jochen war letzthin im Kino zu sehen, in ›Joe, der Film‹«, erklärte Luis.

Der Brenner grinste. »War spaßig.«

»In der *Dolomiten* hat gestanden, er wär' ein Paradiesvogel«, erzählte Luis.

»Du hättest mich mal in Anzug und Fliege bei der Premiere sehen sollen. Ich sage dir, was Seriöseres kannst du dir gar nicht vorstellen«, sagte der Hausherr schmunzelnd.

»Ich habe einen Freund aus Deutschland mitgebracht, der sich bei dir durchprobieren möchte.«

»Luxemburg«, stellte Raphael richtig, aber das interessierte niemanden so recht.

»Ein Gast außerhalb der Saison? Das ist selten«, brummte der Brenner und zeigte auf die Tür zur Bar.

»Na ja, mehr als ein Gast, er ist seit Oktober da«, erklärte Luis und ließ Raphael den Vortritt in den schmalen Raum. Zwischen einer rustikalen Theke und zwei Sitzgruppen vorbei ging es in einen kleinen Verkaufsraum, in dem ein großer Tisch mit einigen leeren Flaschenträgern und ein paar frischen Gläsern zwischen spärlich gefüllten Regalen stand.

»Ich hole euch ein paar Flaschen, wartet. Im Winter kommen so selten Gäste, dass ich sie gern kühlstelle. Die Regale füllen wir zu Ostern auf. Sieh dich um«, forderte er Raphael auf.

Die schlanken, hohen Grappaflaschen waren Raphael bereits vertraut, aber die Vielzahl an Sorten übertraf seine Erwartung. Nicht nur Grappa war in den Regalen zu finden, auch fünf verschiedene sortenreine Apfelbrände konnte er ausmachen, außerdem verschiedene Birnen- und Holunderbrände.

»Ihr probiert euch durch? Ich muss kurz zur Anlage, bin gleich wieder da.« Der Brenner stellte einige Flaschen auf den Tisch und verschwand in einem Gang hinter der Theke.

»Womit fange ich denn an?«, fragte Raphael ratlos und starrte auf die Flaschen, die vor ihm aufgereiht waren.

»Die Reihenfolge dürfte kein Zufall sein. Ich würde sie genau so probieren«, erklärte Luis und entkorkte die erste Flasche.

Mit dem dritten Brand im Glas gingen sie über den Hof in die Brennerei. Der Geruch nach Anis war fast betäubend. Interessiert warf Raphael einen Blick durch das Schauglas in den Brennkessel, während der Brenner die Temperatur nach einem Schema regelte, das sich nur ihm erschloss.

»Kommt, lasst uns wieder hinübergehen, ich habe einen neuen Brand, den du noch nicht kennst«, wandte sich der Hausherr an Luis.

Als sie über den Hof gingen, vibrierte Raphaels Handy und zeigte einen verpassten Anruf an.

»Hier hat man oft keinen Empfang. Das ist auch gut so, da unterhält man sich noch wie früher«, erklärte Jochen. Er hielt einen Moment inne und sah durch den verglasten Durchbruch auf die Hauptstraße, auf der sich zwei Autos mit Martinshorn und Blaulicht näherten. Jochen zog eine Tabakpackung aus der Tasche. Die Autos fuhren unvermittelt auf den Hof. Aus dem ersten sprangen Psenner und Gasser, aus dem zweiten zwei unbekannte Männer.

»Der nicht, die anderen beiden«, rief Psenner. Im Laufen

zog er die Pistole. Luis und Raphael erstarrten.

»Hände hoch, Gesicht zur Wand«, rief einer der Carabinieri. Seine ungewöhnlich hohe Stimme stand im krassen Gegensatz zu seiner hochaufgeschossenen Figur und seinem massigen Gewicht.

Der Brenner grinste.

Der andere Carabiniere zeigte mit seiner Pistole auf ihn.

»Ich habe nix gesagt«, sagte Jochen und drehte sich eine Zigarette.

Psenner hielt die Waffe auf Luis gerichtet. »Beine auseinander. Hände an die Wand. Keine falschen Bewegungen!«

Gasser tastete Luis nach Waffen ab, der Carabiniere durchsuchte Raphael.

»Ganz langsam umdrehen«, forderte der mit der hohen Stimme die beiden auf. »Hände oben lassen.«

Raphael starrte auf ein Stück Basilikum, das unterhalb des linken Mundwinkels im Vollbart des Mannes bei jedem Wort auf und ab wippte.

Gasser zerrte am Reißverschluss von Luis' Jacke.

»Julia, was …«, begann Luis.

»Schnauze«, ging Psenner dazwischen.

Gasser tastete Luis' Jacke von innen und außen ab. Ihre stummeligen Finger zogen Johanns Geldbörse hervor. Sie klappte sie auf und erstarrte, als ihr Johanns Lichtbild entgegenblickte.

»Hände ganz langsam nach unten strecken«, forderte sie auf. Sie zerrte die Daunenjacke von seinen Schultern und warf sie hinter sich. Fuhr langsam über seine Hosentaschen. Zog einen Flaschenöffner daraus hervor, den sie ebenfalls hinter sich warf.

Jochen zog grinsend an seiner Zigarette.

Der vierte Mann tastete wortlos Raphael ab. Blaffte den Brenner auf Italienisch an.

»Seit einer halben Stunde mindestens, eher schon früher«, antwortete der rauchend.

»In Italiano«, forderte der Carabiniere.

»Ihr versteht's mich doch«, brummte Jochen. »Aber der Fremde versteht kein Italienisch.«

Die vier Polizisten nickten sich zu.

»Sauber«, sagte Gasser.

»*Protetto*«, bestätigte auch der andere.

»Wie kommst du an die Geldtasche vom Johann?«, fragte Gasser fordernd.

»Gefunden.«

»Wo?«

»Auf dem Hof von der Zmailer Anna.«

»Wann?«

»Heute Vormittag.«

»Waren Sie dabei?«

»Freilich«, antwortete Raphael.

»Was ist eigentlich los?«, fragte Jochen.

»Ermittlungen«, sagte Psenner.

»Caffè?«, fragte der Brenner.

»Drinnen«, sagte Luis und wollte nach seiner Jacke greifen, aber der Carabiniere mit der hohen Stimme schnappte sie sich und holte eine große Plastiktüte aus dem Auto, in die er unbeholfen die Jacke stopfte.

»Berta, was machst du denn da?«, fragte Psenner kopfschüttelnd.

»Für dich immer noch Berthold Rametz«, piepste der Carabiniere und forderte den Kollegen auf, ihm zu helfen. Gemeinsam fummelten sie die Jacke in den Beweismittelbeutel.

Auch den Flaschenöffner tüteten sie ein.

»Wollen wir die Kriminaltechnik rufen?«, fragte Gasser diensteifrig.

»Ich tät erst einen Caffè nehmen und danach weiterarbeiten. Ihr macht's den Caffè noch in der *Bialetti*, oder?«, sagte der Brenner und ging schon auf die Tür zur Bar zu.

Die Carabinieri brummten missmutig, schubsten Luis und Raphael jedoch schließlich vor sich her in den schmalen Raum.

38

Die Dorfpolizisten drängten Luis und Raphael auf die Eckbank und nahmen die Plätze rechts und links von ihnen ein. Die anderen Carabinieri setzten sich gegenüber, sodass die beiden keinesfalls entkommen konnten.

»Mach den Laden zu, das hier ist eine Vernehmung«, wies Psenner den Brenner an.

»Wenn Gäste kommen …«

»Häng ein Schild raus, es ist derzeit geschlossen«, beharrte der Polizist.

»Wenn ihr mir den Ausfall zahlt …«, sagte der Eigentümer und ging zur Tür. Anschließend drückte er sich an den beiden fremden Carabinieri vorbei und stellte sich hinter die Theke.

»Was heißt hier Vernehmung?«, fragte Raphael.

Als der italienischsprachige Carabiniere gerade antworten wollte, zwinkerte der Mann hinter der Bar Raphael zu und schlug erst den Kaffeesatz aus dem Siebträger, hielt ihn unter die Kaffeemühle und ließ einen sehr kleinen und sehr schwarzen Espresso in eine Tasse laufen.

Der Italiener musste warten, bis es wieder leise wurde, dann räusperte er sich. »Sie haben heute den Mitterhofer …«

»Capitano, Zucker zum Ristretto?«

»Naturalmente«, sagte dieser irritiert. »Sie haben heute den Mitterhofer Johann getroffen, vero?«

»Er hatte Streit mit dem Silvio Poli, und seine Frau hat uns gerufen, die Zmailer Anna«, erklärte Luis.

»Streit weswegen?«, piepste der Große.

»Wir kamen ja mittendrin, so genau«, begann Raphael, als die Kaffeemaschine den zweiten Espresso ausspuckte. Raphael wartete. Der Carabiniere drehte sich genervt zu dem Mann hinter der Bar um.

»Geht das auch leiser?«

»Ein Wasser stattdessen?«, parierte der Brenner und griff zu einer Glasflasche.

»Nein, Caffè«, piepste der Carabiniere wenig ehrfurchtgebietend. »Und dann?«, wandte er sich wieder an Raphael.

»Es gab Streit, weil der Jagdaufseher beim Silvio eine Renovierung in Auftrag gegeben hat, der aber laut seiner Aussage andere Kunden bevorzugt hat. Das wird er Ihnen besser erklären können als wir.«

Die Vier wechselten stumme Blicke, die Kaffeemaschine spuckte lautstark ihren dritten Espresso aus.

»Ich muss mal nach dem Anis schauen«, erklärte der Brenner. »Braucht ihr auch einen Schnaps?«

»Wir sind im Dienst«, sagte Gasser entschieden.

»Vielleicht diesen Schokocookie«, warf Psenner ein, der schon die ganze Zeit auf das Gebäck auf der Theke starrte.

Jochen verließ die Theke zum hinteren Ausgang, als habe er die Bitte nicht gehört.

»Wann hat der Johann den Hof von der Zmailerin verlassen?«, wollte Gasser wissen und fing sich einen bösen Blick der Kollegen ein.

»Wir führen die Ermittlungen, Carabiniere«, wies der Italiener sie zurecht.

Gasser sah zerknirscht unter sich, schließlich stieß sie Psenner an. »Bringen wir die Sachen in die Kriminaltechnik?«

»Ihr wartet«, piepste der Kollege, der die gleichen Schulterklappen trug wie Gasser.

Luis und Raphael konnten sich ein Grinsen nicht verkneifen.

»Capitano Marzadro«, piepste der Große und wollte aufstehen.

»Sitzen bleiben, Berta«, wies sein Vorgesetzter ihn an.

»Warum befragen Sie nicht den Johann selbst? Oder müssen Sie Aussagen abgleichen? Ich gebe Ihnen hiermit zu Protokoll, dass der Johann beim Zurücksetzen das Auto der Maria Pircher erheblich beschädigt hat. Zuvor hatte sie ihm …«

Niemand hatte den Brenner wiederkehren hören, jetzt klopfte er den Siebträger aus, mahlte Kaffee und ließ den nächsten Espresso durchlaufen.

»Die Pircher hatte ihm was?«, fragte Psenner ungehalten.

»Sie hatte ihm beim Einsteigen behilflich sein wollen, er hat sich aber gewehrt und den Kopf angeschlagen. Eine Wundversorgung wollte er anschließend nicht annehmen und ist blindlings in ihr Auto gefahren.«

»Ihr könnt's die Hofer Emmi und den Egger Hias fragen, die sind gerade vorbeigekommen, als es passierte«, sagte Luis, bevor auch er einen Caffè bekam.

»Mit denen haben wir gesprochen«, sagte Gasser und fing sich den nächsten bösen Blick vom Capitano ein.

Ein Einheimischer rüttelte an der Eingangstür und klopfte an die Glasscheibe.

»Chiuso«, rief der Capitano.

»Ich bring dir deinen Caffè raus«, rief Jochen und machte geräuschvoll die nächste Tasse. Er legte den letzten Schokokeks auf einen Teller und brachte beides durch die hintere Tür ins Freie.

»Was soll das also?«, fragte Luis und lehnte sich genervt zurück. Raphael schielte auf Luis' leere Espressotasse.

»Ich will eure Handys sehen«, verlangte der Italiener.

»Meins liegt zu Hause, wir sind ja nur schnell ins Auto gesprungen und zur Anna gefahren«, erklärte Luis.

Die Gasser nickte zustimmend. »Er hatte kein Telefon bei sich.«

Raphael kramte sein Handy hervor.

»Entsperren«, sagte der Capitano, streifte sich Handschuhe über und hielt Rametz seine offene Hand auffordernd hin. Der zog einen Beweismittelbeutel aus der Tasche und sein Vorgesetzter ließ das Gerät hineingleiten.

Marzadro tippte auf dem Display herum und sah sich die letzten Fotos an, die Raphael unterwegs an der Passer gemacht hatte. Er ließ sich die Bilddetails anzeigen und brummte etwas auf Italienisch.

»Die Bilder sind zweifelsfrei in der letzten Stunde gemacht worden«, übersetzte Luis für Raphael.

»Worum geht es überhaupt?«, wollte Raphael endlich wissen.

Der Capitano schob Raphaels Handy zu seinem Kollegen, der es einsteckte. Schließlich zog er sein eigenes Handy hervor und tippte darauf, bis Fotos auf dem Display erschienen. Erst sah Raphael nur Blut. Viel Blut. Endlich erkannte er, dass es Johann war. Wo sich zuvor die Platzwunde vom Türholm erstreckt hatte, war jetzt statt eines Gesichts nur noch eine einzige blutige Masse. Dann erkannte Raphael die Hecktür des Offroaders und verstand, dass der Jagdaufseher auf dem Träger lag. Wie ein Tier zum Ausbluten.

Marzadro wischte über den Bildschirm. Ein zweites Foto zeigte einen Armstumpf, die rechte Hand lag ein Stück entfernt auf dem Boden.

Marzadro wischte wieder. Die Hand in Großaufnahme. Staub haftete daran. Sie musste mit einem Hieb abgetrennt worden sein, die Wunde war nicht fransig. Raphael wunderte sich, dass er das so nüchtern wahrnahm. Nun erst begriff er, wie warm ihm war. Adrenalin schoss durch seine Adern. Seine Augenlider begannen zu flattern. Gasser sah ihn besorgt an. Sie stand auf, wies ihm den Weg zur Toilette. Sicherte den zweiten Ausgang. Raphael schaffte es gerade noch zum Waschbecken. Er übergab sich, bis nichts mehr kam.

»Das hat die Luzia nicht verdient«, sagte Luis tonlos. Der Brenner kam zur Tür herein, hörte Raphael würgen und stellte eine Handvoll Schnapsgläser auf die Theke.

39

Seit drei Stunden saßen Raphael und Luis inzwischen auf der Carabinieristation. Sie hatten ihre Kleidung abgeben müssen, damit sie auf Blutspuren untersucht werden konnte. Jetzt warteten sie in schlechtsitzenden Jogginganzügen darauf, was weiter mit ihnen geschehen sollte. Sein Handy hatte Capitano Marzadro ihm noch nicht zurückgegeben, sodass Raphael nicht im Netz nach Hinweisen auf ein Verbrechen suchen konnte. Oft wussten die sozialen Netzwerke ja schon Bescheid, bevor die Angehörigen informiert waren.

Luis war ungewöhnlich still.

»Was geht dir durch den Kopf?«, fragte Raphael vorsichtig.

Luis schwieg noch eine Weile und zupfte an der Haut rund um seine Fingernägel, dann sagte er: »Jeder im Dorf weiß, dass ich dem Johann alles erdenklich Schlechte wünsche. Dass ich als gehörnter Ehemann im Dorf verspottet wurde, habe ich ihm nie verziehen. Das ist ein offenes Geheimnis, auch für die Gasser und den Psenner. Und jetzt sind noch diese beiden anderen da. Ich verstehe nicht, was die hier wollen. Zuständig sind die eigentlich nicht.«

»Dieser Capitano Marzadro und die fistelnde Berta?«

Luis musste schmunzeln. »Er ist rangmäßig der Gasser gleichgestellt, aber aus irgendeinem Grund hat er sie einfach beiseitegeschoben. Der Psenner, der ist Appuntato, eigentlich eine Stufe über ihm, aber dieser Rametz hat plötzlich das Sagen. Der Fall muss irgendwo anders angesiedelt sein, nicht bei der örtlichen Polizei. Aber sie sagen uns ja nichts.«

»In Johanns Geldbörse sollen über zweitausend Euro gewesen sein, hat die Gasser dem Psenner erzählt. Die beiden haben sich gewundert, weil der Johann als sehr geizig galt«, sagte Raphael.

»Im Georgenhof haben sie mir erzählt, dass die Luzia immer selbst zahlen muss, wenn sie ausnahmsweise mit dem Johann zum Essen geht. Einmal hatte er sie eingeladen, da hat sie nur ein Viertel Wein trinken dürfen. Als sie ein zweites bestellen wollte, muss der Johann laut geworden sein.«

Capitano Marzadro rief Raphael zu sich ins Büro. Raphael sah Luis an und zuckte die Schultern.

Das Fenster im Büro war gekippt. Es roch nach Zigarettenqualm.

»Ich habe gehört, Sie waren schon mehrfach in den letzten Wochen in Verbrechen verwickelt?«, begann Marzadro das Gespräch.

»So würde ich es nicht formulieren wollen«, stellte Raphael richtig. Er erklärte, dass er im Gegensatz zu den Einheimischen viel wandern würde, außerdem erzählte er von seinem Fotoprojekt. »Darum komme ich viel herum und bin in der Tat über mehrere Dinge gestolpert, die jeder andere, der aktiv unterwegs gewesen wäre, genauso hätte finden können.«

»Aber Sie erkennen die Häufung ebenfalls?«

»Freilich. Aus Ihrer Sicht mag da einiges zusammenkommen. Aus meiner Sicht stellt sich eher die Frage, warum all diese Dinge überhaupt geschehen und vor allem, warum sie nicht aufgeklärt werden.«

Marzadro runzelte die Stirn. »Was meinen Sie?«

»Ich habe vor Monaten diesen erschossenen Hund entdeckt. Natürlich weiß ich, dass es nur ein streunendes Tier war. Der Hund dieses Johann Mitterhofers übrigens, falls Ihre Kollegen Ihnen das nicht verraten haben. Bei einem Tier mag die Polizei vielleicht nicht so intensiv ermitteln, aber konnte jemand dem

Johann erklären, wer seinen Ötzi erschossen hat?«

Marzadro blätterte in einer Akte, die vor ihm lag, woraufhin er sich ärgerlich eine Notiz auf einem gelben Haftzettel machte.

»Dieser Wilderer hatte ja behauptet, es sei ein Polizist gewesen. Wurde überhaupt ermittelt?« Raphael redete sich langsam in Rage. Es ärgerte ihn, dass die Polizei ihn ständig beschuldigte, statt die Vorfälle aufzuklären. »Es ist so leicht, andere zu verdächtigen, statt in den eigenen Reihen …«

Marzadro war aufgestanden und rief nun laut »Psenner« über den Flur.

Ein Kaffeeautomat war zu hören, dann endlich trabte der ortsansässige Kollege ins Büro, den Kaffeeschaum noch im Mundwinkel.

»Was war mit diesem Wilderer?«, fragte Marzadro aufgebracht.

»Ich war da im Spital, das weiß die Kollegin besser.«

»Dann holen Sie sie, aber *subito.*«

Unterdessen blätterte der Capitano abermals durch die Akte. Ein Kollege der Spurensicherung kam herein und legte Fotos auf den Tisch. Raphael wandte den Kopf ab. Sein Magen war noch immer leer. Er würde Galle spucken, wenn er sich weitere Bilder anschauen müsste.

»Waren Sie hier auch schon zum Fotografieren?« Marzadro warf Raphael ein Bild hin. Es zeigte eine Alm zwischen lauter Bäumen, sie konnte nicht allzu weit oben sein. Die Tür stand offen, davor war ein Glaskasten. Statt der üblichen Speisekarte sah man in ihm einen Computerausdruck: »Geschlossen bis Marz. Chiuso fino al Marzo«.

Raphael runzelte die Stirn und nahm dem Ermittler die Aufnahme aus der Hand.

»Haben Sie das auch digital? Können Sie das mal vergrößern?«

»Was ist an dem Schild so besonderes?«, wollte der Polizist wissen.

»Ich kenne das Schild, aber die Hütte kenne ich nicht. Es ist mir aufgefallen, weil die Punkte auf dem a von März fehlen. Ich fand, dass es keinen guten Eindruck erweckt, wenn man sich nicht die Mühe macht, einen solchen Fehler zu korrigieren, selbst wenn man nur mit einem Stift die Punkte gemalt hätte. Ich dachte mir, dass ich diese Hütte nicht würde besuchen wollen. Sie sah ansprechend aus, aber es war eine andere als auf diesem Foto.«

»Das haben Sie sich gemerkt?«

»Ich habe meine Fotos in meiner Wohnung ständig vor Augen. Wenn Sie mir mein Handy geben, kann ich das fragliche Bild für Sie heraussuchen.«

In dem Moment betrat Gasser das Büro. Auch sie besah sich das Foto in Raphaels Hand.

»Das ist die Schäferalm, wo der Johann gefunden wurde«, kommentierte sie.

Marzadro funkelte sie wütend an. Gasser überging dies achtlos.

»Das Foto, das Sie in ihrer Wohnung hängen haben, ist von der Nandlhütte. Die ist viel weiter droben.«

»Wenn Sie eine Panoramakarte haben, kann ich Ihnen die Hütte zeigen«, schlug Raphael vor, aber sie schüttelte den Kopf.

»Nicht nötig, das weiß ich genau. Ich kenne die Hütten.«

»Was erzählt der Schleck von einem Wilderer?«, wollte Marzadro wissen.

Die Gasser hob entschuldigend die Handflächen nach oben. »Der Dosser Christian, der alte *Bsuff*, der war kürzlich wieder auf Wildererttour und muss sternhagelvoll eingeschlafen sein. Den haben sie nach zwei Tagen erfroren am Berg gefunden. Von dem erfahren wir nichts mehr.«

»Der hat doch gesagt, dass er nichts trinkt«, widersprach Raphael.

»Der hat auch sonst manchen *Schmorrn* geredet. Sie waren doch dabei, als er im Auto erzählt hat, irgendwelche Carabinieri hätten die Hütte angezündet. Der war nicht ganz klar im Kopf.«

Raphael glaubte nicht an die Version. »Sie haben seine Aussage doch aufgenommen, als wir im Auto saßen.«

Marzadro wurde hellhörig. »Es gibt eine Aussage?«

Gasser fingerte ihr Handy aus der Tasche und suchte nach Sprachaufnahmen. Sie öffnete eine Datei und lustvolles Stöhnen füllte den Raum. Sie wurde flammend rot und stellte schnell den Ton leise. Dann hielt sie das Handy ans Ohr, schüttelte den Kopf, tippte auf eine andere Aufnahme.

»Ist das Ihr Diensthandy?«

Gasser nickte stumm. Ehe sie reagieren konnte, langte Marzadro über den Schreibtisch und riss es ihr aus der Hand. Er startete eine weitere Aufnahme, wieder unverkennbar zwei Menschen beim Sex. Raphael glaubte, Gassers Stimme erkannt zu haben.

Die nächste Sprachaufnahme war endlich die richtige.

»I bins doch, der Chrischtian, du kenns mi doch.« Raphael erkannte die Worte des Wilderers sofort. Sie lauschten eine Weile. Marzadro forderte seine Kollegin auf, den gefragten Teil der Aussage auf Italienisch zu übersetzen, sie aber übersetzte ins Hochdeutsche.

»Der Walsch, also ein Italiener«, hörte man die Gasser aus den Handylautsprechern sagen.

»Genau. ›An dem Tag war der *Carpf* draußen, und der Hund war ganz narrisch. Der *Carpf* hat einen Stein nach ihm geworfen, ihn aber verfehlt. Der Ötzi hat ihn angeknurrt und die Zähn gezeigt. Da hat der *Carpf* ihn erschossn. Danach isch das Auto dann weg. Später auch die Hütt.‹«, übersetzte die Gasser.

Marzadro funkelte das Handy an, dann seine Kollegin. »Gab es hierzu ein Protokoll? Ich kann es in der Akte nicht finden.«

»Wir haben es nicht ernst genommen«, erklärte die Gasser.

Marzadro tippte auf dem Display herum, Gassers Stöhnen erklang erneut, diesmal unzweifelhaft.

»Solche Aufnahmen haben auf Ihrem Diensthandy nichts zu suchen. Sind die auch noch im Dienst entstanden?«

Die Gasser schüttelte zögernd den Kopf.

»Das kann alles weg.« Marzadro schien einige Dateien zu löschen.

»Aber …«, warf Gasser lahm ein.

»Weg, sagte ich.«

40

Marzadro war aufgestanden und blickte lange stumm aus dem Fenster, die Hände tief in den Hosentaschen vergraben. Die Gasser hatte das Weite gesucht. Raphael saß verloren vor dem Schreibtisch und wartete. Endlich drehte sich Marzadro um, riss die Tür auf und schrie in den Flur: »Alle zu mir, *subito.*«

Rametz war wieder der Erste, der in der Tür erschien, danach Psenner mit seiner unvermeidlichen Kaffeetasse und nach einem weiteren Befehl auch Gasser, deren Augen gerötet waren. Die Haare hatte sie nachlässig zu einem Pferdeschwanz zusammengefasst.

»Berta, schreiben Sie!«, bellte Marzadro.

»Ich bin doch nicht Ihre Sekretärin.«

»Als Sekretärin hätte ich mir auch eine Hübsche ausgesucht mit solchen *Tuttn* und einer angenehmen Stimme«, parierte Marzadro. »Und jetzt schreiben Sie!«

Rametz lief rot an, er hörte diese Art von Beleidigungen sicher nicht zum ersten Mal. Psenner feixte, selbst Gasser grinste erleichtert, nicht selbst Protokoll führen zu müssen.

»Warum muss ich die bisherigen Vorfälle von einem Zivilisten erfahren?«, donnerte Marzadro.

Einhelliges Schweigen. Ein Telefon klingelte. Raphael erkannte seinen Klingelton. Niemand reagierte.

»Muss ich den Zivilisten fragen, was wann geschehen ist?«, fragte Marzadro drohend. Wiederum reagierte niemand. Rametz klopfte mit seinem Kugelschreiber aufs Papier, als erwartete er dringend eine Aussage. Marzadro starrte Raphael an, der hielt seinem Blick stand. Niemand sagte ein Wort.

»Schreiben Sie«, begann Raphael schließlich. »Anfang Oktober habe ich einen erschossenen Hund gefunden. Der Hund vom Mitterhofer, wie sich herausstellte.«

»Das war der Wilderer«, ging Psenner trotzig dazwischen.

»Was niemand bewiesen hat, weil es nur ein Hund war. Eure Zuständigkeit, meine Herrschaften«, schnarrte Marzadro.

»Ich hatte einen verdächtigen Range Rover beobachtet, der später ausgebrannt in einem Industriegebiet gefunden wurde.«

Marzadros Augen sprangen zwischen Psenner und Gasser hin und her.

»Ja, was?«, fuhr Psenner auf. »Wir haben ihn doch gefunden. Was sollte er mit diesem Hund zu tun haben?«

»Die Hütte, vor der ich das Auto gesehen hatte, ist ebenfalls niedergebrannt. Wohl nicht von allein.« Raphael wandte sich an die örtlichen Carabinieri. »Wer hat die Hütte abgefackelt?«

»Unklar. Wir wollten ermitteln, aber die Polizia di Stato kam uns dazwischen und hat uns ausgebootet«, begehrte Gasser auf.

»Weiter«, sagte Marzadro kopfschüttelnd zu Raphael.

»Wenige Tage später fand ich ein totes Reh und auf der gleichen Wanderung einen toten Mann.«

Marzadro schaute seine Kollegen auffordernd an.

Psenner hob abwehrend die Hände. »Nicht unsere Zuständigkeit. Darum haben sich ebenfalls Unterthurner und Nonino gekümmert. Oder auch nicht. Ergebnisse haben wir nie welche bekommen.«

»Langsamer«, nörgelte Rametz und strich etwas auf seinem Zettel durch.

Raphaels Handy klingelte erneut. Psenner zog es aus seiner Hosentasche und knallte es auf den Tisch.

»Das klingelt schon die ganze Zeit, stellen Sie den Ton endlich ab!« Er schob es genervt über den Tisch.

Marzadro zog es zu sich, las die Anzeige auf dem Display laut vor: »Chef.« Er blickte Raphael scharf an. »Sie arbeiten?«

»Ab dem ersten April wieder.«

»Gehen Sie dran und sagen Sie, dass Sie in den nächsten Tagen das Land nicht verlassen dürfen«, befahl Marzadro und schob Raphael das Handy über den Tisch zu, doch das Klingeln war schon verstummt.

»Das kann mich den Job kosten«, begehrte Raphael auf, aber Marzadro hörte ihm nicht zu.

Wieder klingelte Raphaels Telefon, Marzadros Hand schnellte vor, bevor Raphael reagieren konnte. »Lux-Immobilien«, las er laut vor. »Wovon können Sie sich eine Luxus-Immobilie leisten?«

»Nicht Luxus, Luxemburg. Ich gehe zurück und habe eine kleine Wohnung im Auge.«

»Haben Sie Ihre Aufträge hier erfüllt?«, begehrte Psenner auf. Marzadros Blick durchbohrte den Carabiniere.

»Taucht vor einem halben Jahr hier auf, damals als harmloser Tourist getarnt. Ist überall, wo ein Unglück passiert, immer als Erster vor Ort. Bevor er kam, gab es hier keine Unglücke. Zwischendurch hatte er zweimal Besuch, allein reisende Männer. Außerdem infiltriert er unsere Gemeinde.«

Alle, auch seine Kollegin, sahen ihn fragend an. Psenner holte tief Luft.

»Der kommt hierher, kennt angeblich niemanden, hat keine Bindungen nach Hause, keinen Job, kein Geld. Das erzählt er zumindest jedem. Nach sechs Monaten kann er sich eine Wohnung in Luxemburg leisten. Hat den ärgsten Feind von seinem Spezi ausgeschaltet, wird auch die Ehe von der Zmailer Anna und dem Silvio für den Luis auseinanderbringen.«

Gasser fiel ihm ins Wort. »Überhaupt bringt er alles durcheinander. Die Ehen von der Martina und dem Andreas sind fertig, das war auch sein Werk.«

»Und der Maria hat er den Kopf verdreht«, sagte Psenner vorwurfsvoll.

Rametz sah genervt von einem zum anderen. »Soll das alles ins Protokoll?«, fistelte er.

»Und Fotos hat er gemacht, von allem und jedem. Auf jede Hütte ist er *aui*, seine Wohnung hängt voll mit Bildern. Angeblich für ein Buch, so ein *Schmorrn*. Wahrscheinlich hat er ein dickes Auftragsbuch und sammelt die Bilder wie Trophäen. Ich weiß nur noch nicht, was er für ein Motiv hat«, übernahm Gasser wieder.

Raphael sah mit offenem Mund zwischen den Ermittlern hin und her, dann platzte es aus ihm heraus. Er lachte, bis ihm die Tränen über die Wangen liefen.

Rametz starrte ihn irritiert an und wollte von Marzadro wissen, wie er das protokollieren sollte.

»Entschuldigung«, sagte Raphael und wischte sich die Lachtränen aus dem Gesicht. »Das ist der größte Unsinn, den ich seit Langem gehört habe. Vielleicht sollten Sie beide die Volksstücke für die nächste Saison schreiben und damit durch die Gemeindesäle der Dörfer touren. Meine Motive sind ausschließlich Fotomotive.«

Marzadros Blick ließ ihn verstummen. Alle schwiegen betreten.

»Woher kennen Sie den Walcher?«, fragte Marzadro fordernd.

Raphael erzählte von ihrer ersten Begegnung, aber er sah in den Gesichtern, dass niemand ihm glaubte.

»Schreiben Sie doch in Ihren verdammten Bericht, was Sie wollen. Ich dachte, Sie würden ermitteln, nicht konstruieren.«

»Belassen wir es dabei«, lenkte der Capitano ein. »Wen haben Sie noch gefunden?«

»Die alte Hüttenwirtin.«

»Die Teresa, die im Streit mit dem Dosser Christian, dem Wilderer, gestürzt ist und sich das Genick gebrochen hat«, half die Gasser beflissen.

»Bestätigt?«

»Bericht der Mediziner in der Akte«, brummte Psenner.

»Sicher?«, fragte Marzadro scharf.

»Sicher.«

»Dafür mussten Sie ja auch nicht mehr arbeiten als lochen und abheften, das scheinen Sie eigenständig zu können.«

»Soll das ins Protokoll?«

»Maul halten«, riefen Marzadro und Psenner zugleich.

»Und schließlich heute der Mitterhofer«, stellte Marzadro in den Raum.

Raphael breitete die Arme auseinander und ließ die Handflächen nach oben zeigen. »Was wollen Sie von mir?«

»Die Wahrheit. Sie hatten Streit mit dem Mitterhofer, haben ihm seine Geldtasche entwendet, wussten also, dass er wohlhabend ist. Der Mitterhofer soll Ihnen kürzlich die Nase gebrochen haben. Lassen wir die Gründe mal beiseite«, winkte er ab, als Raphael etwas sagen wollte. »Sie wissen, dass er Ihnen körperlich unterlegen ist. Zwanzig Jahre älter, versehrt, nachdem der Walcher ihn tätlich angegriffen hatte, deutlich kleiner als Sie. Also ein leichtes Opfer. Sie sind zu zweit, gehen auf ihn los. Wir haben Schuhabdrücke gefunden, die auf eine dritte Person schließen lassen, wen hatten Sie bei sich?«

»Ich lasse mir von Ihnen nichts unterstellen, ich möchte einen Anwalt.«

»Schuldgefühle?«

»Nur das Gefühl, verarscht zu werden. Das Gefühl von Ausländerfeindlichkeit und Inkompetenz. Und das Gefühl, sie wollten mit Ihren haltlosen Beschuldigungen davon ablenken, dass hier die Linke nicht weiß, was der Rechte tut. Wollen Sie noch mehr über meine Gefühle wissen?« Raphaels Stimme schwoll an.

41

Es dämmerte bereits, als Raphael endlich die Polizeistation verlassen durfte. Beim ersten Mal hatten Nonino und Unterthurner ihn in die Innenstadt von Meran beordert. Jetzt stellte er fest, dass die Kommandostation der Carabinieri sich viel weiter außerhalb befand und es keinen Bus nach Schenna gab. Zu Fuß sollte er mindestens eineinhalb Stunden unterwegs sein. Luis hatten sie wohl im Laufe des Nachmittags entlassen, Raphael wollte ihn nicht bitten, ihn abzuholen. Er suchte gerade auf seinem Handy nach der Nummer eines Taxiunternehmens, als es neben ihm hupte. Ein Auto scherte vor ihm auf den Gehweg, die Scheibe am Beifahrersitz wurde heruntergelassen. Er musste sich hinunterbeugen, um ins Innere des Autos sehen zu können.

»Ciao Raphaele, wohin willse du?«, fragte Silvio.

»Nach Hause, also zu Luis.«

»Ah, ich fahre zu mir nache Hause, hilfte das?«

Raphael musste einige Einkaufstaschen vom Beifahrersitz in den Kofferraum räumen, dann ließ er sich erleichtert auf den Sitz fallen.

»Maria hatte erzählte, wasse isse passiert. Sie hat gesproche mit die Giornalista von die Zeitung. Die kame zu uns, mache Fotos.«

Raphael musste sich nach dem anstrengenden Tag und bei Silvios süditalienischem Fahrstil sehr konzentrieren, um zu verstehen, was er meinte.

»Weiß man schon Genaueres?«, wollte Raphael wissen.

»Maria isse noch bei Anna, kannsu sie selber frage.«

Silvio drehte die Musik lauter, irgendein italienischer Rock, und Raphael schloss einen Moment die Augen. Er nickte kurz ein, jedenfalls zuckte er zusammen, als die Einkaufstüten in einer scharfen Kurve umkippten und Konservendosen durch den Kofferraum kullerten.

»Scusi«, sagte Silvio nur und fuhr bald auf den Hof von Annas Pension. Dort stand auch Marias Auto und Raphael beschloss, nicht sofort nach Hause zu laufen.

»Oh, sie haben dich nicht inhaftiert?«, rief Maria erfreut, als Raphael die große Küche betrat, in der sie mit Anna gerade Knödel auf Suppenteller verteilte. Sie legte die Schöpfkelle weg und umarmte Raphael erleichtert. Der drückte sie fest an sich.

»Inhaftiert? Ich habe das Gefühl, ihr wisst alle besser Bescheid als ich.«

»Die Knödel sind abgezählt, aber Suppe hätte ich für dich«, bot Anna an und griff, ohne abzuwarten, nach einem weiteren Teller. Raphael nickte dankbar und ließ sich auf die Eckbank sinken. Silvio hatte sofort den Fernseher eingeschaltet und Anna bat ihn nun, auf einen deutschsprachigen Sender umzuschalten.

»Ma …«

»Kein aber, il telegiornale«, erklärte Anna, »die Nachrichten.«

Gerade lief der Vorspann über den Bildschirm. Anna stellte den Ton lauter. Silvio nahm wortlos die Teller und servierte den Gästen im angrenzenden Essensraum ihr Abendessen.

»In Schenna kam es heute zu einem gewaltsamen Todesfall. Die Polizei hält sich bedeckt, aber alles deutet auf eine Hinrichtung.«

Raphaels Hand verharrte mitten in der Luft, die Suppe tropfte zurück auf seinen Teller.

»Der achtundsechzigjährige Johann M., Jagdaufseher der

Gemeinde, wurde heute von zwei einheimischen Wanderern tot auf einer Hütte gefunden. Die Hütte ist derzeit verlassen, es ist nicht bekannt, warum er sich dort aufhielt. Die Polizei bittet Zeugen, die in den vergangenen Tagen etwas Verdächtiges beobachtet haben, sich zu melden. Sollten Sie ein Handy finden …«

»Wieso Hinrichtung?«, flüsterte Raphael.

»Du erinnerst dich an die Hofer Emmi und den Egger Hias, die vorbeikamen, als der Johann hier herumgetobt hat? Sie sind anschließend weiter den Berg hinauf gewandert. Gar nicht so weit, nur bis zur Schäferalm. Da ist ihnen Johanns Auto aufgefallen. Auf dem rückwärtigen Wildträger …«

»Lag der Johann, ich habe die Fotos gesehen.« Alle Farbe wich aus Raphaels Gesicht. Anna schenkte ein Glas Rotwein ein und stellte es vor ihn. Raphael griff danach und kippte es hinunter.

Maria war neben Raphael auf die Bank gerückt und legte einen Arm um seine Schultern.

»Wieso Hinrichtung?«, flüsterte Raphael noch einmal.

»Alle Finger gebrochen. Anschließend die Hand abgehackt. Das klingt nach Mafia. Er soll seine Finger da raushalten, heißt das wohl. Wenn er sich tatsächlich mit der Mafia eingelassen hat, würde das erklären, warum er plötzlich so viel Geld hatte. Wer weiß, wofür sie ihn bezahlt haben. Wie ich ihn kenne, wurde er zu gierig, wollte mehr Geld für irgendetwas. Daraufhin haben sie ihm wohl gezeigt, dass er zu klein ist für diese Aufgabe«, erklärte Maria.

»Vermutlich erst die Hand abgehackt, das sollte er noch sehen. Danach erst werden sie ihn getötet haben. Du weißt, Schüsse werden registriert, auch wenn derjenige gerade …«, sagte Anna.

»Der Hias und die Emmi haben gesagt, er wurde nicht erschossen. Er wurde eher …«

Raphael unterbrach Maria. »Ich habe die Bilder gesehen, aber nicht verstanden. Die Polizisten haben mir keine Fragen beantwortet. Er wurde erschlagen oder eher kaputt getreten, so wie sein Kopf aussah. Vielleicht mit einem Gewehrkolben, vielleicht mit einem Stiefel.«

»Zwischen dem Zeitpunkt, als er wütend hier weggefahren ist, und dem Moment, wo die beiden ihn gefunden haben, lag nicht viel Zeit. Er muss seinen Mördern direkt in die Arme gelaufen sein. Oder er war sogar mit ihnen verabredet. Darum sucht die Polizei sein Handy.«

»Und da denken die als Erstes an Luis und mich?«, fragte Raphael tonlos.

»Der Hias und die Emmi haben von dem Streit erzählt, den sie mitangesehen haben. Darum hat sich die Polizei sofort bei uns gemeldet.«

»Natürlich hatten sie sofort Silvio im Verdacht, als Italiener muss er im Zweifel für alles Unrecht herhalten. Aber in einem Gästezimmer war ein Waschbecken verstopft und die Gäste konnten bestätigen, dass Silvio den Hof nicht verlassen hatte« erklärte Anna.

»Wir wussten ja, wo ihr hingegangen seid. Ein Glück, dass ihr euch unterwegs nicht Zeit gelassen habt, sonst wäre es schwierig geworden mit eurem Alibi. So haben sie euch wohl doch geglaubt, sonst würdest du nicht hier sitzen«, sagte Maria und drückte Raphaels Schulter.

»Aber das waren nicht Nonino und Unterthurner, das waren andere«, raunte Raphael.

»Carabinieri«, warf Silvio ein.

»Mafia, das ist keine Aufgabe der Polizia di Stato«, erklärte

Anna. »Wer immer mit dir gesprochen hat, die wurden von Rom angewiesen.«

»Mafia in Südtirol? Na klar, hier ist viel Geld.«

Anna schüttelte den Kopf. »Das ist Arbeitsgeld, kein schmutziges Geld. Wer weiß, wo der Johann da hineingeraten ist. Wenn er eine Möglichkeit wittert, aus irgendetwas einen Nutzen zu ziehen, ist er sofort zur Stelle.«

» … gewesen«, stellte Maria richtig. »Er soll immer wieder gegen Bezahlung weggesehen haben, wenn jemand illegal Holz im Wald geschlagen hat. Man hatte bei Johann die Wahl: Entweder du schmierst ihn oder er zeigt dich an. Viele haben darum eher einen Bogen um ihn gemacht. Wenn das tatsächlich die Mafia war, hat sie ihn nur kurze Zeit geschmiert. Anzeigen lässt die sich jedenfalls nicht.«

Raphaels Suppe war inzwischen kalt. Anna erhob sich und füllte den Teller mit heißer Suppe auf.

»Dass wir zur Mafia gehören, hat man Luis und mir wohl doch nicht unterstellen wollen?«, fragte Raphael zynisch.

»Das ist eine ganz andere Liga.«

»Wenn er bestechlich war, hatte er doch sicher viele Feinde. Menschen, die nicht zahlen wollten, von denen er aber Geld gefordert hat. Und viele Feinde bedeutet viele potenzielle Täter«, sagte Raphael.

»Für die Hiesigen lege ich die Hand ins Feuer«, widersprach Anna.

»Deine oder die vom Johann, die da so herumlag?«, fragte Maria bissig.

Anna verzog angewidert das Gesicht. »Du weißt genau, was ich meine. Die Leute hier tun so was nicht. Das war nicht nur eine Hinrichtung, das war zugleich eine Warnung. Da sind vielleicht noch viel mehr Leute involviert.«

Silvio hatte sich mit einer Flasche Bier dazugesetzt und versuchte, der Unterhaltung zu folgen.

»Das heißte, wenn die Touriste erfahre, dasse hiere getotet wird, dann bleibe sie zu Hause. Dann könne wir schließe.«

Anna griff nach seiner Bierflasche und nahm einen tiefen Schluck. »Du magst recht haben, im schlimmsten Fall kann es das bedeuten. Das wird davon abhängen, wie die Polizei und die Politiker das verkaufen. Jeder weiß, dass Mafiamorde keine Unbeteiligten treffen.«

»Vielleicht lockt es sogar neue Gäste an. Leute, die neugierig sind. Abenteurer«, mutmaßte Maria.

Raphael hatte sein Handy neben sich auf den Tisch gelegt. Das Display leuchtete auf, und erst jetzt fiel ihm wieder ein, dass er auf Marzadros Geheiß den Ton abgestellt hatte. Vier verpasste Anrufe, jede Menge Textnachrichten. Er scrollte sie durch.

»Wichtig?«, fragte Maria.

»Ein neuer Job in Luxemburg ab erstem April«, gestand Raphael.

»Das sind ja keine zwei Wochen mehr«, rief Maria entsetzt. »Wann hättest du uns das erzählen wollen?«

Raphael zog seine Jacke zu sich heran und schlüpfte umständlich hinein. »Abschiede sind nicht meine Stärke. Außerdem, wenn ich den Capitano richtig verstanden habe, darf ich Italien im Moment sowieso nicht verlassen.«

Maria tippte auf ihrem eigenen Handy herum und checkte ihren Kalender.

»Okay, morgen kann ich mir freinehmen. Dein Buchprojekt ist noch nicht fertig. Es gibt Hütten, die bis in den April geschlossen sind, andere waren es nur bis Februar. Du brauchst dringend die Vergleichsbilder. Ich hole dich morgen früh um neun ab.«

Raphael musste lächeln. »Jawohl«, sagte er und tippte mit der Hand an eine imaginäre Mütze. »Anna, was bekommst du für die Suppe?«

»Untersteh dich. Grüß den Luis. Und lass dich hier noch einmal blicken, bevor du weg bist.«

Selbst Silvio drückte Raphael zum Abschied. Maria bot an, ihn mit dem Auto den Berg hinaufzubringen.

Als sie um die Ecke bogen, erhellte ein Strahler die Apfelreihen auf der Rückseite des Hofes. Sie hörten Luis hämmern und fluchen. Er stand in Gummistiefeln im Matsch und versuchte, lange Stangen in die Erde zu treiben. Zwischen den Pfosten, an denen die Seile für das Spalierobst gespannt waren, hatte er orangefarbene Netze aus Kunststoff angebracht.

»Was machst du denn da?«, rief Raphael, während Maria ihre Kamera vom Rücksitz nahm und schon begann, Fotos zu schießen.

»He, lass das«, rief Luis aufgebracht.

»Verzeih, aber deine Wut war so authentisch. Genau so muss ich dich für den Bericht über deine Arbeit das ganze Jahr über haben. Was ist geschehen?«

»Ich weiß es nicht. Ein paar Bäume sind abgeknickt. Keine Ahnung, wer oder was das war.«

»Wildschweine?«, fragte Raphael.

»Haben wir hier nicht«, knurrte Luis.

»Wanderer?«

»Die Gäste kommen erst wieder zur Apfelblüte, im Moment gibt es nur die Hiesigen.« Schweiß rann Luis über das gerötete Gesicht. Er drosch mit einem schweren Hammer auf eine Stange ein.

»Luis, lass gut sein«, sagte Raphael und versuchte, dem alten Mann den Vorschlaghammer abzunehmen. »Ich mache das. Ich bin größer als du.«

Erst jetzt bemerkte er blutige Schrammen auf Luis' Wange.

»Wie ist das passiert?«

Luis wischte sich mit der schmutzigen Hand durch das Gesicht, seine Augen zuckten.

»Da denkt man, schlimmer als die Polizei kann es nicht sein. Aber als Nächstes kommt meine Ex-Frau, beschimpft und beleidigt mich. Behauptet, ich hätte ihren Johann auf dem Gewissen. Plötzlich kratzt sie mir wie eine Furie durchs Gesicht.« Seine Stimme war immer lauter geworden.

»Hat sie auch deine Bäume beschädigt?«

»Sie hat kaum Kraft, aber sie ist zäh und in ihrer Wut …«

»Komm schon, es ist spät«, forderte Maria ihn auf. »Heute Abend schaffst du es nicht mehr, deinen Hof zu sichern. Schon gar nicht, wenn du nicht weißt, wogegen überhaupt. Das hat Zeit, bis es wieder hell ist.«

Luis ließ die Arme sinken. Plötzlich wirkte er um Jahre gealtert.

»Wir machen das morgen früh zusammen.« Maria ließ keine Widerrede zu und schob Luis ins Haus.

42

Raphael erwachte vom Röhren eines Dieselmotors. Er schlug den Klappladen zurück und sah, wie Luis den schmalen Traktor den Berg hinauf quälte. Rasch warf sich Raphael Kleidung über, die er eigentlich zum Waschen beiseitegelegt hatte, schlüpfte in seine Wanderschuhe und lief zwischen den Apfelreihen den Berg hinauf. Gerade lud Luis eine der grünen Apfelkisten ab, in der einige Stangen, sein Vorschlaghammer und eine Rolle mit orangefarbener Kunststoffabsperrung lagen.

»Guten Morgen«, grüßte Raphael, aber Luis brummte nur. »Mir sind die ganze Nacht die Bilder von Johann durch den Kopf gegangen. Ich weiß nicht, ob du den Vorschlaghammer benutzen solltest.«

Luis hielt in der Bewegung inne. »Du jetzt auch?«

»Nein, ich weiß ja, dass du mit mir zusammen warst. Natürlich warst du es nicht. Aber ich weiß nicht, ob der, der Johanns Hand abgetrennt hat, derselbe war, der seinen Schädel zertrümmert hat. Die Polizei sprach von dreierlei Fußspuren, die sie gefunden hätten, und wenn die Ermittler dich mit diesem Hammer sehen, könnten sie auf dumme Ideen kommen.«

Erst jetzt sah Raphael in Luis' Gesicht. Es war grau und eingefallen, die Augen geschwollen, als hätte er die letzte Nacht nicht geschlafen.

»Es kann der Frömmste nicht in Frieden leben, wenn es dem bösen Nachbarn nicht gefällt«, zitierte Luis Schiller. »Mein Telefon steht nicht still. Menschen, die mich beschimpfen. Leute aus dem Dorf, die mich beglückwünschen.

Was denken die von mir? Nein, ich bin nicht glücklich, dass Luzia wieder allein ist, und ich möchte auch nicht, dass sie zu mir zurückkehrt. Halten die Leute mich für rachsüchtig? Für eifersüchtig? Für missgünstig? Warum unterstellen sie mir solch niedere Beweggründe?«

Bei jeder Frage schlug er mit seinem Vorschlaghammer auf einen Pfosten, der immer weiter in der Erde versank.

Reifen scharrten auf den Steinen im Hof, eine Autotür wurde zugeschlagen. »Luis? Raphael?«, schallte es über das Gelände, begleitet vom energischen Rütteln an der Glocke, die neben Luis' Eingangstür hing.

»Hier oben«, rief Raphael und winkte, damit Maria sie sah. Sie winkte zurück, holte etwas aus dem Kofferraum und stapfte zwischen den Bäumen zu ihnen hinauf.

»Dachte ich mir doch, dass ihr nicht auf mich wartet, sondern bereits bei der Arbeit seid.« Sie streckte beiden ein Stück Apfelstrudel entgegen. »Der ist von gestern übrig. Nach der Nachricht hatten wir alle keinen Appetit mehr«, erklärte sie.

Luis winkte ab, aber Maria sagte: »Du brauchst die Kräfte jetzt. Keine Diskussion.«

Gehorsam biss Luis ab und nach und nach entspannten sich seine Gesichtszüge. Er schwieg, wie immer, wenn er aß.

»Luis wird von den Dorfbewohnern wahlweise angefeindet oder gelobt, als hätte er etwas mit dem Tod des Jagdaufsehers zu tun«, erklärte Raphael kauend.

»Bei Anna und mir geht auch eine Nachricht nach der anderen über die unsozialen Netzwerke ein. Anfragen für Interviews, gern gespickt mit Zusätzen wie ›exklusiv‹ oder ›absolut vertraulich‹. Inzwischen habe ich mein Telefon stumm geschaltet.«

»Ich weiß sowieso nicht, wofür ihr eure Handys braucht.

Oder eure Computer. Früher hat man einfach miteinander telefoniert. Wenn man nicht zu Hause war, hat der Anrufer es später erneut probiert. Wenn man nicht rangehen wollte, hat man es eben klingeln lassen. Heute geht sofort eine Nachricht per Handy ein, dass man bitte zurückrufen solle. Dabei sieht man doch, dass jemand angerufen hat. Völlig überflüssig«, beklagte sich Luis.

Die beiden Jüngeren schmunzelten.

»Heute hatte ich zum Beispiel einen verpassten Anruf von der Polizei. Habe ich leider nicht gehört oder gesehen, ich bin ja anderweitig beschäftigt«, sagte Luis augenzwinkernd. »Und ich fürchte, bis ich zurückrufen kann, ist dort niemand mehr im Dienst. Sollen sie sich doch hinaufbemühen, wenn sie etwas von mir wollen.«

»Ich möchte auch etwas von dir, nämlich einen Kaffee«, bat Maria und drückte Luis liebevoll.

»Dafür musst du mich erst anrufen und mir anschließend eine Nachricht auf dieses blöde Ding hier schicken«, sagte Luis und kramte sein Handy aus der Hosentasche. »Noch ein verpasster Anruf, vermutlich auch Polizei, dieses Mal aus Bozen. Ich mache uns einen Kaffee und anschließend fahre ich in den Baumarkt. Ich brauche mehr Zaunfolie. Und euch rate ich, eure geplante Wanderung zu machen, aber rasch, bevor ihr hier nicht mehr wegkommt.«

Luis griff nach dem Vorschlaghammer, aber Raphael kam ihm zuvor. »Den nehme ich mit, alles andere kann stehen bleiben. Bevor jemand anderes ihn mitnimmt und dich verhaftet, weil deine Fingerabdrücke darauf sind.«

»Jetzt sind wenigstens euer beider Fingerabdrücke darauf«, sagte Maria lachend und ging vor zum Haus.

43

»So angefressen habe ich Luis noch nie erlebt«, sagte Maria und blieb stehen, um Luis' Hof im aufsteigenden Nebel zu fotografieren.

Raphael schaute in die Richtung, in die sie die Kamera hielt, und schwieg.

»Komm, mach auch ein paar Fotos. Ich zeige dir, worauf du achten solltest. Vielleicht bringt es dich auf andere Gedanken.«

»Der Hof passt nicht in meine Fotoreihe. Oder rechnest du damit, dass er bald verlassen sein wird, weil Luis unschuldig im Gefängnis sitzt?«

Maria knuffte ihn verärgert in die Seite. »Du bist paranoid. Ihr beide. Niemand verdächtigt euch.«

Raphael rieb sich die schmerzende Seite. »Doch, viele. Vor allem mich, weil ich nicht hierhergehöre. Sie möchten mich loswerden. Das gelingt ihnen ja bald.«

Jetzt war es an Maria, betreten dreinzublicken. »Zum ersten April gehst du wirklich nach Luxemburg zurück?«

Raphael schwieg.

»Okay, du hast gesagt, Abschiede sind nicht deine Stärke. Aber du kannst nicht einfach verschwinden. Weiß Luis davon?«

Raphaels Schritte wurden größer, er stapfte entschlossen den Berg hinauf.

»Also nein.«

»Ich wohne bei ihm. Er ist mein Vermieter. Ab April hat er normalerweise wieder Gäste, die seine Ferienwohnungen wochen- oder tageweise buchen, womit er viel mehr Geld verdient. Es ist für beide Seiten gut so.«

»Mach mal langsam, ich komme nicht mehr mit. Also, mit deinen Schritten, aber auch mit deinen Argumenten.« Maria blieb an eine Schranke gelehnt stehen, die über den Waldweg führte. Raphael blieb nichts anderes übrig, als zu ihr zurückzugehen. »Hast du das mit ihm besprochen oder vermutest du das?«

»Wir hatten von Anfang an gesagt, ich miete die Wohnung nur für die Zeit, in der keine Gäste kommen. Alain hatte recht. Es wird Zeit, dass ich meinen kindlichen Trotz begrabe und endlich wieder arbeite.«

Raphael konnte nicht ausmachen, welche Regung sich in Marias Gesicht bei der Erwähnung von Alain zeigte, und wollte es auch gar nicht so genau wissen.

»Ich bin nicht sicher, ob du dich nicht jetzt trotziger verhältst als zuvor.«

Raphael überlegte noch an einer Antwort, als der Motor eines starken Fahrzeugs hinter ihnen zu hören war und ein schwerer Offroader um die Kurve bog. Er hielt vor der Schranke. Ein durchtrainierter Mann mittleren Alters stieg aus und fluchte auf Italienisch.

»Buongiorno«, sagte Maria. »*Passaggio vietato!*«

Der Mann kramte in seiner Hosentasche und zog einen Schlüsselbund hervor.

»Ach, sind Sie der neue Jagdaufseher? Signore Cellini, habe ich gehört«, plapperte Maria auf Deutsch. Der Mann reagierte nicht. Sie wiederholte es auf Italienisch. »Sei il nuovo guardiacaccia? Sono Maria.« Der Mann nickte nur.

»Die Schranke klemmt immer ein bisschen, normalerweise ist da deswegen kein Vorhängeschloss«, sagte Maria verwundert. »Man muss die Schranke kennen, um sie öffnen zu können.«

Sie drückte den Schlagbaum nach unten und zugleich ein wenig nach links, ruckelte daran und der Balken ließ sich schließlich nach oben kippen.

Auf dem Beifahrersitz stand eine Kiste mit frischem Obst und Gemüse. Außerdem roch es nach Kaffee, als der Fremde die Tür öffnete. »Grazie«, sagte er und stieg schon wieder in sein Auto.

Maria versuchte noch, ihn etwas auf Italienisch zu fragen, aber er fuhr unbeirrt davon.

»Ein Italiener als neuer Jagdaufseher, da bin ich mal gespannt«, murmelte Maria. »Die Leute mögen es nicht, wenn sie Italienisch sprechen müssen, am Berg noch weniger als drunten. Dem steht keine schöne Zeit bevor.«

Seite an Seite folgten Maria und Raphael gemächlichen Schrittes dem Auto. Sie hielten immer wieder an, fotografierten Eiszapfen an Wasserfällen, die ins Tal stürzten, machten Bilder von ersten Knospen oder standen nur schweigend da und hielten ihre Gesichter in die Märzsonne.

Raphael war diesen Weg noch nie gegangen, obwohl er dachte, er würde inzwischen alle Routen rund um Luis' Hof kennen. Ein Schild verriet ihm, dass es links steil den Berg hinauf noch fünf Minuten bis zur Schäferalm waren, rechts den gut ausgebauten Weg entlang noch dreißig Minuten bis zum Jochrhof und eine Stunde vierzig bis zur Nandlhütte. Er hielt erschrocken inne.

»Warum führst du mich zu der Hütte, auf der Johann ermordet wurde? Möchtest du sehen, wie ich darauf reagiere? Hast du dich doch für Exklusivberichte verpflichten lassen? Oder steckt sogar die Polizei dahinter – und du mit ihnen unter einer Decke?«

Maria fuhr sich mit beiden Händen über ihr Gesicht. »Ich

habe gar nicht darüber nachgedacht, wir wollten schließlich alle Hütten erwandern, von denen dir noch Fotos fehlen. Die Schäferalm ist dabei die nächstgelegene. Aber wenn du mir solche Dinge unterstellst, sollten wir uns hier trennen. Geh du deinen Weg, ich gehe meinen.«

Sie wandte sich nach links und kletterte den steilen Pfad hinauf. Auf einem feuchtglänzenden Stein glitt sie aus und schlug mit dem Knie auf. Ein Fluchen entfuhr ihr. Sofort war Raphael an ihrer Seite, um ihr aufzuhelfen, aber sie schüttelte seine Hand ab.

»Geh doch einfach nach rechts oder zurück, und lass mich in Ruhe«, fuhr Maria ihn an. Tränen standen in ihren Augen, und er schlang seine Arme um Maria und zog sie an sich.

»Ich kann nicht bleiben. Ich gehöre nicht hierher. Wenn die Leute mir gegenüber nur zurückhaltend wären, könnte ich es vielleicht ignorieren, aber sie sind geradezu feindselig. Luis war vorher beliebt, ich habe ja gesehen, wie er in Dorf Tirol von einem Bekannten zum nächsten gegangen ist. Jetzt wird auch er angefeindet. Egal, wie gut es mir tut, hier zu sein, ihm tut es nicht gut.«

Marias Widerstand schwand, und sie ließ sich auf Raphaels Umarmung ein.

»Es geht nicht immer nur um Luis«, flüsterte sie.

Eine rasche Folge von Schüssen durchbrach die Stille. Die beiden lösten sich schnell voneinander. Sie kauerten sich unter die Wurzel eines umgestürzten Baumes. Eine Weile verharrten sie so.

Als keine weiteren Schüsse folgten, strich Maria sich durch die kurz geschnittenen Haare und schüttelte sich. »Was auch immer das war, dieser Cellini bekommt sofort etwas zu tun. Wollen wir weitergehen oder zurück?«

»Wir gehen weiter. Ich möchte diese Schäferalm auf jeden Fall sehen, unabhängig davon, dass Johann dort ermordet wurde«, entschied Raphael und zog Maria auf die Beine.

Es dauerte deutlich länger als fünf Minuten, bis die Hütte in ihr Sichtfeld kam, und weitere drei Minuten, bis sie von einem rot-weißen Flatterband am Weitergehen gehindert wurden.

»Nein, hier war ich sicher noch nie, auch wenn dieses ›Geschlossen bis März‹-Schild genauso aussah. Dann müssen wir auch noch einmal zur Nandlhütte.«

Sie hörten Reifen über den sandigen Boden scharren, konnten aber kein Auto sehen.

»Riechst du das auch?«, fragte Maria und schnupperte.

Raphael hielt sein Gesicht ebenfalls in den Wind.

»Benzin?«, fragte er und zog bereits sein Handy aus der Tasche.

»Nicht schon wieder du, die Polizei lässt sonst nie von dir ab. Du gehst zurück zu Luis, ich rufe die Carabinieri an und warte hier. Luis wird bestätigen, dass du die ganze Zeit bei ihm warst.«

»Aber dieser Cellini hat uns doch zusammen gesehen.«

»Er hat mich mit einem Mann gesehen, aber er kennt dich nicht. Ich hatte nicht den Eindruck, dass er dir Beachtung geschenkt hätte. Zieh dich um, sobald du zu Hause bist, anschließend würde er dich sowieso nicht mehr erkennen.«

Raphael zögerte, umarmte Maria und lief in großen Schritten den Weg zurück, den sie gekommen waren.

44

Raphael hielt sich von den Hauptwegen fern und lief die kleinen Wanderpfade hinunter ins Tal. Inzwischen kannte er sich so gut aus, dass ihm die meisten Strecken vertraut waren und er an den Abzweigen nicht lange überlegen musste. Er kreuzte gerade einen fahrbaren Weg, als ein Offroader in zügigem Tempo aus einem Waldweg auf seinen Weg einscherte und auf Raphael zuhielt. Raphael sprang zwischen die Bäume. Er lief einen schmalen Pfad bergab. Hatte der Fahrer ihn gesehen? Konnte es dieser Cellini gewesen sein? Die Sonnenblende war heruntergeklappt gewesen, die tiefstehende Sonne hatte sich in der Scheibe gespiegelt, sodass Raphael niemanden hatte erkennen können. War es dasselbe Auto wie zuvor gewesen?

Raphael machte sich Vorwürfe, weil er Maria allein am Berg gelassen hatte. Aber sie hatte so selbstsicher gewirkt. Sie schien zu wissen, was sie tat. Und mit wem sie sich anlegte.

Eine atemberaubende Aussicht über das Tal ließ ihn einen Moment innehalten. Nein, er würde kein Foto machen. Schlagartig wurde ihm bewusst, dass die Polizei anhand der Fotos, die er heute gemacht hatte, nachvollziehen könnte, wann er wo gewesen war. Er überlegte kurz, die Fotos zu löschen. Stattdessen löste er den Verschluss an der Unterseite des Fotoapparates, zog die SD-Karte heraus und tauschte sie gegen eine andere aus seiner Fototasche. Die aktuelle Speicherkarte steckte er in den Bund seines linken Wanderstrumpfes und lief weiter.

Raphael erreichte Luis' Hof rascher als erwartet. Erleichtert sah er, dass kein Polizeiwagen vor der Tür stand. Aber Marias

Auto. Würden die Carabinieri ihm glauben, dass Maria allein eine Wanderung unternommen und dazu ausgerechnet bei Luis geparkt hätte?

Raphaels Gedanken wurden jäh unterbrochen, als er sah, dass die alte Holzleiter in einiger Entfernung quer über dem Weg lag. Beim Näherkommen sah er, dass eine Sprosse zerbrochen war. Er hörte ein Ächzen und beschleunigte seine Schritte. Die letzten Meter rannte er. Rutschte auf nassem Laub aus. Fing sich im letzten Moment.

»Luis!«, schrie er entsetzt.

Unter einem Berg von Laub halb verborgen lag der alte Mann im Graben. Er wimmerte schwach. Raphael wollte ihn in seine Arme ziehen, aber Luis kreischte mit letzter Kraft auf. Seine Augen schwammen in Tränen. Das linke war angeschwollen. Aus einer Platzwunde sickerte Blut über die Wange.

»Um Gottes willen, Luis, was ist passiert?« Raphael schob die Blätter beiseite und sah, dass Luis' Bein unnatürlich abstand. »Kannst du dich bewegen?«

Luis versuchte, den Kopf zu schütteln, und stieß einen Schmerzensschrei aus.

»Die verdammte Leiter … durchgebrochen … bekomme kaum Luft … liege hier schon eine Weile«, stieß er abgehackt hervor.

Raphael zog sein Handy aus der Tasche.

»Eine Ambulanz zum Keschtnhof, Sturzverletzungen.« Er nannte die Adresse. Dann zog er seine Jacke aus, legte sie mit der warmen Innenseite über Luis' ausgekühlten Körper. Er strich Luis vorsichtig mit der Hand über den Kopf. Der verzog schmerzgepeinigt das Gesicht. Sofort hielt Raphael inne.

»Wozu brauchtest du die Leiter?«

»Eine neue Wildkamera … Wollte sie an den Baum dort hängen.« Luis atmete schwer.

Raphael ließ den Blick schweifen. Seine Aufmerksamkeit kehrte zu Luis zurück, als dieser wieder stöhnte.

»Meine Rippen«, klagte er und schloss die Augen.

»Du kannst nicht auf dem kalten Boden liegen bleiben, du verkühlst dich«, sagte Raphael, aber Luis keuchte, dass es auf die paar Minuten, bis er ins Spital käme, nicht mehr ankommen würde.

»Was wolltest du denn mit der Kamera?«, fragte Raphael, damit Luis ihm antworten musste und sein Kreislauf nicht vollkommen wegsackte.

»So eine Nachtsichtkamera.« Luis stöhnte. »Die macht auch bei wenig Licht Bilder. Ich wollte wissen«, er musste abermals abbrechen. Er bekam nicht genug Luft, er wurde immer schwächer. Raphael wollte, dass er sprach, damit er atmen musste.

»Was wolltest du wissen?«

»Wer mir schaden will.« Es war nur noch ein Flüstern.

Man hörte das Signalhorn schon, aber es fühlte sich an wie eine Ewigkeit, bis der Rettungswagen endlich auf den Hof fuhr.

45

Allein schritt Raphael viel forscher aus als in Begleitung von Maria, mit der er die Zeit gern ausdehnte. Er war schon in der Morgendämmerung losgelaufen. Das Wetter hatte sich geändert, der Wind kam jetzt von Süden und es wurde rasch so warm, dass Raphael seine Jacke auszog. Die Wildkamera hatte er in seinen Rucksack gesteckt. Raphael hatte die App auf seinem Handy installiert und würde künftig von überall Bewegungen im Sichtfeld der Kamera sehen können. Dafür brauchte er nur noch eine geeignete Stelle.

Das Spital hatte Raphael keine Auskunft gegeben, da Luis und er nicht verwandt waren. Man hatte ihn nur wissen lassen, dass Luis einige Tage bleiben müsste. Anna wollte heute ihr Glück versuchen, sie kannte einige Leute im Spital. Raphael hatte eine Tasche mit Sachen zusammengepackt und bereitgestellt, Anna würde sie abholen und Luis mit dem Nötigsten versorgen. Mehr konnte Raphael nicht für seinen Freund tun.

Unterwegs passierte Raphael mehrere Waldarbeiter, die die Wege freischnitten, Schilder erneuerten und Gatter kontrollierten. Der Berg schien in freudiger Erwartung auf all die Wanderer zu sein, die in den nächsten Monaten den Alltag beherrschen würden.

Von hinten näherte sich ein Auto, der Motor dröhnte bei dem steilen Anstieg. Raphael sprang beiseite. Das Gras war noch nass, seine Schuhe verfärbten sich dunkel. Ohne die Fahrt zu verlangsamen, brauste ein großer Offroader an ihm vorüber. Raphael erkannte das Auto des Mannes, dem Maria gestern an der Schranke behilflich gewesen war. Im letzten Moment nahm Raphael wahr, dass er kein Bozener Kennzeichen hatte, sondern NA für Neapel auf seinem Nummernschild stand. Er war schon um die nächste Biegung verschwunden. Für einen Jagdaufseher fuhr er wenig umsichtig durch den Wald.

Die Beschilderung führte über den straßenartig ausgebauten Weg. Raphael umging einige geschlossene Schranken. Hier müsste das Auto ebenfalls langgefahren sein, also würde der Fahrer einen Schlüssel besitzen. Raphael spürte das Gewicht der Kamera auf seinem Rücken. Bald wüsste er, wohin die Autos hier oben fuhren. Er überlegte kurz, ob er die Kamera auf eine Schranke ausrichten sollte, aber vielleicht würde er dann lediglich den Jagdaufseher sehen.

Raphael lief bis zum Jochrhof. Auch dort war noch alles verrammelt. Niemand hatte den heruntergewirtschafteten Hof pachten wollen. Er hatte freien Blick auf gleich vier Hütten weiter unten im Tal, die verlassen dalagen. War der Brennholzstapel neben der einen Hütte nicht viel größer gewesen, als er im Oktober auf dem Jochrhof gewohnt hatte? Hatte dort hinten nicht ein Traktor mitten auf dem Wanderweg gestanden? Er würde seine Erinnerungen mit seinen Fotos abgleichen müssen.

Die fahrbare Straße endete hier, irgendwo müsste das Auto also sein, das eben noch an ihm vorbeigebraust war, aber natürlich konnte es auch durch unwegsames Gelände fahren. Hätte Raphael in dem Fall nicht Reifenspuren sehen müssen, die vom Weg abzweigten? Beim Hinuntergehen würde er aufmerksamer darauf achten.

Raphael setzte seinen Rucksack ab und trank in großen Schlucken seine Wasserflasche leer. Er aß die mitgebrachte *Jause* aus Speck, Käse und *Vinschgerl.* Schließlich nahm er die

Nachtsichtkamera und überlegte, wo er sie aufhängen könnte. Er hatte Befestigungsmaterial in seinem Rucksack, doch sollte eine der Hütten bewohnt sein, würde er damit zu sehr auf sich aufmerksam machen.

Er erinnerte sich an einen Nagel, an dem im Herbst eine Glocke gehangen hatte. Als er die Kamera daran befestigte, zeigte sie wundervolle Bilder vom Himmel. Diese Stelle war also gar nicht geeignet.

Raphael lief zurück auf den Weg und betrachtete das Anwesen. Nirgendwo bot sich eine Stelle, von der aus er mehr als eine der Hütten beobachten konnte. Er blickte talwärts den Weg entlang. Von hier würde man sehen können, wohin ein Auto abbog. Das wäre wenigstens ein Anfang.

Nach einer Möglichkeit suchend, die Kamera stabil zu befestigen, stellte Raphael sich mitten auf den Weg. Er erinnerte sich daran, dass man von hinten auf den Balkon des Jochrhofs gehen konnte, da das Haus an den Hang gebaut worden war. Er schritt um das Haus herum und fand tatsächlich in einem Blumenkasten eine gute Position für seine Wildkamera. Hier würde sie von unten nicht leicht zu entdecken sein, zwischen den Latten des Balkongeländers hindurch aber gute Bilder machen können. Adrenalin durchströmte Raphael, als er das Gerät ausrichtete und die gelieferten Bilder in der App auf seinem Handy prüfte. Damit müsste er Bewegungen registrieren können.

Wieder hörte Raphael Motorengeräusche und versteckte sich im letzten Moment in einem Verschlag am Stall. Ein nagelneuer, grüner Geländewagen fuhr auf den Hof, jemand rief: »Hallo, ist jemand hier?«

Nichts rührte sich. Auch Raphael verhielt sich still. Er musterte das Auto. Er war sich sicher, dass es Johanns erst kürzlich erworbener Dienstwagen war, den er gegen den klapprigen Vorgänger eingetauscht hatte.

»Qualcuno qui?«, stellte der Unbekannte die gleiche Frage noch einmal auf Italienisch. Raphael duckte sich tiefer in den Verschlag.

Der Fremde ging zur Haustür und rüttelte daran. Er probierte, ob die Seitentür verschlossen war, dann setzte er sich in sein Auto und fuhr zur nächsten Hütte. Voller Freude beobachtete Raphael, wie die Kamera Bilder auf sein Handy übertrug. Schließlich kam er aus dem Verschlag heraus und begab sich auf den Heimweg.

46

Raphael hatte keine Lust, allein zu essen, darum ging er in den Georgenhof, der schon kurz vor Saisonbeginn geöffnet hatte. Inzwischen kannten ihn die Einheimischen und er wurde sofort umringt und zu Luis befragt.

»Die Carabinieri waren heute Mittag da und haben geschaut, ob du zum Essen hier bist«, erzählte Lisa.

»Ich habe noch nie mittags hier gegessen. Wie kommen die darauf?«

»Die Julia wohnt noch bei der Mama und der Hannes würde verhungern ohne seine Frau. Der kann nicht einmal ein Spiegelei braten. Die dachten wohl, der Luis versorgt dich und ohne ihn musst du zu uns zum Essen kommen«, erklärte Lisa lachend.

Raphael bestellte blind ein Menü und ein Forst vom Fass. »Haben sie auch gesagt, was sie von mir wollen?«

»Die Maria hat denen erzählt, sie wäre allein auf der Schäferalm gewesen und hätte dort Benzin gerochen. Den Luis haben sie im Spital dazu befragt, wo du gewesen wärst. Er hatte noch nichts zu essen bekommen und hatte die ganze Nacht vor Schmerzen nicht schlafen können, hat mir eine Krankenschwester aus dem Dorf erzählt. Sie haben ihn extra weit hinten auf die Liste gesetzt, er war vermutlich richtig gereizt. Da hat er wohl gesagt, er wäre nicht dein Kindermädchen, sie sollten dich selbst fragen, wo du den Tag verbracht hättest. Vermutlich mit der Maria am Berg.«

Raphael fluchte. »Natürlich haben sie mich sofort wieder im Verdacht, wenn sie merken, dass es unterschiedliche Aussagen gibt. Und sie werden letztlich keinem glauben und denken, ich wäre ganz woanders gewesen und hätte irgendetwas ausgefressen.«

»Sie haben etwas von Ungereimtheiten gesagt und dass du dich verantworten müsstest für Luis' Unfall«, gab Lisa wieder.

»Was für ein Unsinn.«

»Der Luis hätte erzählt, er hätte eine Wildkamera aufhängen wollen, aber die sei nirgendwo gefunden worden. Die Luzia hat zu Protokoll gegeben, sie wäre abermals bei Luis gewesen, um sich zu entschuldigen. Er wäre allein gewesen und hätte ihr erzählt, du wärst mit Maria wandern.«

»Ist das ein Verbrechen?«

»Nein, aber die Aussagen decken sich nicht. Sie wollen deine Glaubwürdigkeit überprüfen, denke ich.«

Raphaels Hand zuckte schon zu seinem Handy, um sich mit Maria abzusprechen, aber er sah, dass Lisa seine Vorspeise aus dem Speisenaufzug nahm und die dampfende Lasagne vor ihn stellte.

»Lass es dir trotzdem schmecken.«

Lustlos stocherte Raphael in seiner Nudelspeise.

»Ist hier noch frei?«, fragte eine Frauenstimme hinter ihm.

Raphael knurrte eher unwillig.

»Schau, rutsch mal beiseite, dann kann ich neben dich rücken.« Nun erst erkannte Raphael Marias Stimme. Seine Miene hellte sich auf.

»Die Anna war beim Luis im Spital. Sie kennt eine der Ärztinnen und konnte glaubhaft versichern, sie hätte einen Anspruch darauf zu erfahren, wie es dem Luis geht.«

Maria hatte sich eine Gabel genommen und pickte von Raphaels Teller. »Das Bein ist bereits operiert, drei Rippen hat er sich gebrochen und eine Gehirnerschütterung, wegen der er Ruhe braucht. Und seine Hand ist verstaucht. Wenn er Glück hat, kann er nächste Woche wieder nach Hause.«

»Wegen der Rippen und dem Dickschädel können sie im Krankenhaus sowieso nichts machen.« Raphael orderte ein zweites Bier und ein Viertel *Kalterer See* für Maria.

»Er hat den Carabinieri erzählt, dass wir zusammen unterwegs waren, das ist ja nicht schlimm. Ich hatte den Psenner Hannes informiert, dass ich auf der Schäferalm war und es dort nach Benzin gerochen hat. Er sagte, für die Schäferalm sei er nicht zuständig, das sei jetzt Sache der Polizia di Stato. Also habe ich diesen Unterthurner in Meran angeläutet. Der sagte mir wiederum, wenn niemand ums Leben gekommen sei, sei das nicht seine Aufgabe, er würde es an die Carabinieri weitergeben. Heute Morgen treffe ich die Gasser Julia im Dorf, und sie weiß von nichts.«

»Ich habe diese Ordnungshüter jetzt außerhalb der Saison kennengelernt. Wenn ich mir vorstelle, dass ihr über eine Million Übernachtungen innerhalb eines halben Jahres habt, frage ich mich, wie die während der Saison ihren Dienst machen.«

Raphaels Hauptgang kam. Lisa legte ein zweites Besteck vor Maria, und da Raphaels Appetit nicht mehr allzu groß war, teilte er sein Essen mit ihr.

47

Als er am Morgen aus der Dusche kam, sah Raphael, dass sein Handy blinkte. Er wollte checken, ob die Wildkamera Bilder aufgezeichnet hatte, sah aber stattdessen acht verpasste Anrufe. Als er sich gestern im Verschlag auf dem Jochrhof versteckt gehalten hatte, hatte er den Ton abgestellt und sein Handy seitdem vergessen. Alle Anrufe hatten italienische Vorwahl, hinter einer Nummer, die ihm bekannt vorkam, vermutete er die Ortspolizisten. Er wollte gerade zurückrufen, als draußen die Glocke energisch geläutet wurde. Raphael schlang sich das Handtuch um die Hüfte und ging hinaus in den Hausflur, um die Eingangstür zu öffnen.

Hannes Psenner ließ die Hand sinken, mit der er gerade an die Tür pochen wollte. Sein Blick ruhte finster auf Raphaels nackter Brust. Julia Gasser dagegen hielt die Augen eher gesenkt, nicht auf den Boden, sondern auf das Handtuch um Raphaels Hüfte.

»Jetzt sagen Sie nicht so was Blödes wie, ich soll mit erhobenen Händen rauskommen«, sagte Raphael, drehte sich um und ging zurück in seine Wohnung. Die Carabinieri folgten zögernd.

»Warum macht der Luis nicht die Tür auf?«, wollte Psenner wissen.

»Weil er im Spital liegt«, sagte Raphael und suchte mit einer Hand im Schrank nach einer Unterhose, Socken und einem T-Shirt, während er mit der anderen das Handtuch festhielt. »Sie wollen mir nicht sagen, dass der Unfall an Ihnen vorbeigegangen ist?«

Die Gasser war ins Badezimmer durchgegangen und schnupperte an Raphaels benutzter Kleidung.

»Haben Sie einen Fetisch?«, fragte Raphael. »Stehen Sie auf benutzte Unterhosen?«

Psenner lachte auf, versuchte dies aber schnell mit einem Räuspern zu überspielen.

»Ist das die Wäsche, die Sie zuletzt getragen haben?«, wollte Gasser unbeirrt wissen.

»Nein, das dort ist helle Wäsche von vorgestern. Die dunkle läuft gerade in der Waschküche. Warum?« Er nestelte die Unterhose unter dem Handtuch nach oben, warf das Handtuch aufs Bett und schlüpfte in sein T-Shirt. »Sie können den Pulli und die Hose gleich mitbringen.«

»Sollten wir die kriminaltechnisch untersuchen lassen?«, fragte Gasser hilflos und hielt das Bündel ihrem Kollegen hin.

Der schüttelte den Kopf. »Kein Benzingeruch, das können wir uns sparen.«

»Moment, was ist mit dem Benzingeruch?« Raphael zog einen beigen Rollkragenpullover über den Kopf.

»Die Schäferalm ist abgebrannt«, erklärte Psenner.

Raphael ließ sich auf sein Bett sinken und zog die Strümpfe über. »Nicht Ihr Ernst.«

Gasser und Psenner wechselten stumme Blicke.

»Hatte Maria Pircher Sie nicht gestern informiert, dass wir Benzingeruch auf der Schäferalm wahrgenommen hatten? Und eine Person, die wir nicht kannten?« Beide schwiegen weiterhin.

»Und haben Sie Maria gesagt, das sei Aufgabe der Polizia di Stato?«

»Genau, nicht unsere Zuständigkeit«, sagte die Gasser aufmüpfig und wich aus, als Raphael auf sie zukam.

»*Schmorrn*, Sie hatten keine Lust, sich darum zu kümmern. Die Polizia di Stato sagte jedenfalls, wenn niemand ums Leben gekommen sei, sei das nicht ihre Aufgabe, und sie würden es an die Carabinieri weitergeben. Also an Sie, wenn ich das richtig verstehe.«

Psenner baute sich vor Raphael auf. Er war zwar kleiner als er, brachte aber sicher mehr auf die Waage. Außerdem war er jünger und durchtrainiert, auch wenn er eher träge wirkte.

»*S'Maul*«, knurrte Psenner.

»Würde ich es wagen, der Staatsgewalt zu widersprechen?«

»Warum waren Sie duschen?«

Raphael hielt die Luft an, roch an seiner Achselhöhle, dann prustete er los. »Was denken Sie, warum Menschen gemeinhin duschen?« Er wischte sich eine Träne aus dem Augenwinkel.

»Und Ihre Wäsche haben Sie auch am frühen Morgen schon gewaschen?«

»Sie war schmutzig, heute ist Freitag, ich wollte fürs Wochenende alles sauber haben. So viel habe ich ja nicht hier.«

»Tun Sie noch immer so, als wären Sie Tourist und nicht der … der … ich weiß nicht was vom Luis?«

»Man nennt es Mieter. Wenn's recht ist. Wann ist denn die Schäferalm niedergebrannt?«

»Wir stellen hier die Fragen«, sagte Psenner lauter als angebracht.

»Dann tun Sie das endlich, ich habe heute noch was vor.«

»So, was denn?«

»Ich möchte gleich nach Bozen fahren.«

»Das können Sie vergessen. Wir nehmen Sie mit nach Meran zu Sovrintendente Unterthurner«, sagte Psenner.

»Der ist heute nicht im Büro«, wisperte Gasser ihm zu.

»Ach wissen Sie, eigentlich reicht es nicht, Sie nur zu Unterthurner zu bringen, wir bringen Sie direkt zu seinem Capo, zu Ispettore Nonino.«

Raphael griff nach seinen Schuhen.

»Eine Gratisfahrt nach Bozen, dagegen habe ich nichts einzuwenden.«

48

Ispettore Gianluca Nonino war nicht am Platz, als sie in Bozen ankamen. Ein Kollege bot an, ihn in der Kaffeeküche zu suchen, aber niemand hatte Eile. Die Carabinieri checkten ihre sozialen Netzwerke. Auf Raphaels Handy poppte eine Nachricht auf.

»*Monni*, ich muss mit dir reden«, schrieb Raoul.

»Geht gerade nicht. Whatsapp?«, antwortete Raphael.

»Sehen wir uns noch vor Ostern?«

»Unklar. Worum geht es?«

»Ich fliege am Karfreitag nach Südamerika. Ein Jahr Work and travel in Chile und Peru. Mama tobt!«

Raphael lachte auf und die beiden Carabinieri starrten ihn irritiert an.

»Meine Schuld, oder?«, tippte Raphael in sein Smartphone.

»Klar, du und dein Lebenswandel. Sozialversager, verantwortungslos, Loser, du kennst sie ja.«

»Es ist mir eine Ehre, nicht so zu sein, wie sie mich will.«

»Du solltest sie stumm schalten, sie möchte dir den Kopf abreißen.«

Raphael hatte nicht gemerkt, dass Nonino neben ihn getreten war. Eine Wolke schweren Rasierwassers umschloss ihn und reizte Raphael zum Niesen.

»Krank?«, fragte Nonino.

»Allergie«, antwortete Raphael ebenso knapp.

Sie gingen in Noninos Büro, die beiden Ortspolizisten verdrückten sich murmelnd.

Nonino hatte die Ärmel seines gemusterten Hemdes hochgekrempelt, sein Jackett hing über der Stuhllehne.

»Kann ich lüften oder gibt das Probleme mit ihrer Allergie?«

Raphael bat um frische Luft und wartete, ob Nonino ihm einen Stuhl anbieten würde. Nonino hatte sich eine Nagelfeile gegriffen und entfernte den nicht vorhandenen Schmutz unter seinen kurz manikürten Fingernägeln.

»Das Gleiche machen wir jetzt auch bei Ihnen«, sagte Nonino endlich. »Im Gegensatz zu mir werden Sie Dreck am Stecken haben, wir müssen nur tief genug graben. Es kann nicht sein, dass Sie immer vor Ort sind, wenn etwas geschieht. Und dann so tun, als wären Sie kooperativ, aber Ihre Informationen kommen immer un momento zu spät.«

»Moment mal«, sagte Raphael und baute sich vor dem Schreibtisch des kleinen Mannes auf.

»Setzen Sie sich endlich und spielen Sie sich nicht so auf.«

Raphael folgte der Aufforderung nicht.

»Setzen, habe ich gesagt. Sonst sprechen wir woanders weiter.«

Raphael drehte den Stuhl um und setzte sich rittlings darauf. Die Arme stützte er auf die Lehne. »Wir haben Sie am Tag vor dem Brand informiert. Wir hatten eine verdächtige Person gesehen, die rasch weggefahren ist, als wir uns der Hütte näherten. Wir haben Brandgeruch gemeldet. Sie waren sich ja nicht einig, wer mit welcher Begründung nicht zuständig sei.«

Nonino überging die Spitze.

»Wir?« Nonino zog eine Augenbraue hoch. »Ich dachte, die Pircher wäre allein unterwegs gewesen.«

»Wir waren jeder für sich unterwegs, dann haben sich unsere Wege kurz gekreuzt, aber wir sind in unterschiedliche Richtungen weiter.«

»Wir haben keine Leiche in der Hütte gefunden. Das war

unsere erste Erwartung, aber dafür sind Sie nicht abgebrüht genug. Ich glaube Ihnen auch, dass Sie bei der Hinrichtung von diesem Mitterhofer nicht direkt Hand angelegt haben, aber wir haben uns seine Kontoauszüge angesehen. Er bekommt jeden Monat vierhundert Euro von Ihrem feinen Walcher überwiesen. Warum? Schmiergeld? Schweigegeld?«

»Das müssen Sie den Luis selbst fragen, woher soll ich das wissen?«

»Sie sind doch sonst unzertrennlich. Warum wissen Sie so was nicht?«

Raphael sprang auf. Er drehte den Stuhl in einer schwungvollen Bewegung zurück. Das Stuhlbein schlug gegen den Tisch, es schepperte laut. Nonino griff zu seinem Telefon.

»Sie brauchen keine *Sicurezza*, ich vergreife mich nicht an Kleineren. Was wollen Sie von mir?«

Noninos Hand verharrte über dem Telefon. »Ich rufe einen Kollegen, der Sie zur Kriminaltechnik bringt. Wir drehen Sie auf links. Und Ihre Wohnung auch. Ihre Konten.«

»Das wird lustig in Luxemburg.«

»Wir werden herausfinden, was Sie zu verbergen haben. Und was der Walcher mit dem Tod seines Erzfeindes zu tun hat.«

Nonino hob den Hörer ab: »*Porto un sospetto alla scienze forensi. Subito*!«, bellte er hinein.

Als sie mit Raphael endlich fertig waren, knurrte ihm der Magen. Es war weit nach Mittag und er hatte noch nichts gegessen. Sie hatten ihm nichts nachweisen können, waren aber wegen seines Duschgangs und dem schnellen Waschen der Kleidung noch immer misstrauisch.

Selbstverständlich hatten die Carabinieri nicht auf ihn gewartet und es sah sich auch niemand sonst in der Pflicht, ihm eine Rückfahrt zu organisieren. Raphael schlenderte durch Bozen. Es war warm geworden, er trug seine Jacke lässig über dem Arm und nahm wahr, wie die eine oder andere Italienerin ihn anstarrte. Verlegen fuhr er sich durch die Haare, die für seinen Geschmack zu lang geworden waren.

Am Kornplatz kehrte er in ein Bistro ein und genehmigte sich einen Aperol Spritz und eine Kleinigkeit zu essen auf der windgeschützten Terrasse in der Sonne. Auf dem Markt kaufte er einen Gamsschinken, Hirschkaminwurzen sowie einen milden Bergkäse fürs Abendessen. Er freute sich, dass sein Italienisch inzwischen ausreichte, um sich verständlich zu machen. Er nahm ein paar Oliven dazu, dann betrat er kurz entschlossen einen Friseursalon.

Während der Friseur ihm die Haare kürzte und vorschlug, dass er sie auch färben könnte, suchte Raphael im Internet nach Geschäften für Büromöbel. Er zahlte einen viel zu hohen Preis, gefiel sich aber im Spiegelbild. Anschließend machte er sich zu Fuß auf den Weg zu einem Möbelgeschäft. Es war fast Abend geworden, als er mit einem Schreibtischstuhl im Karton in den Zug nach Meran stieg.

49

Ein Pochen an der Haustür und heftiges Läuten der Glocke ließ Raphael zusammenfahren. Er hatte am Vorabend eine Flasche Wein allein geleert und vergessen, die Klappläden zu schließen. Jetzt verdunkelte sich sein Schlafzimmerfenster, als jemand an die Scheibe hämmerte.

Raphael sprang aus dem Bett und riss den Fensterflügel auf. Er erwartete, erneut Psenner oder Gasser vor dem Haus zu sehen, aber es war Silvio.

»Ciao Raphaele, ich komme, um eine Altegriff anzubringe.«

Raphael brauchte einen Moment, bis er in Kombination mit dem weißen Griff in Silvios Hand verstand, dass Silvio Luis' Bad rollstuhlgerecht machen wollte. Mit einem gebrochenen Bein und einer kaputten Hand kamen sonstige Gehhilfen laut Annas Erzählung aus dem Hospital leider für Luis nicht infrage. Raphael wies Silvio den Weg in Luis' Bad und kochte in der Küche zwei Kaffee.

»Kaffee machste du wie eine Italiener.«

Raphael freute sich über Silvios Kompliment.

»Nächste Woche komme die erste Gäste, vorbei mit unsere Italien, isse wieder Italien für die Touriste«, beschwerte sich Silvio und klopfte die Wand nach einer Wasserleitung oder einem Hohlraum ab.

Raphael fasste sich an den Kopf. Der dröhnte, als würde Silvio direkt dagegen schlagen.

»Was hasse du getrunke?«, fragte Silvio und schlug grinsend gegen die Toilettenschüssel.

»*Lagrein*, eine Literflasche, wenn ich mich recht erinnere.«

Silvio lachte laut auf. »Ah, *Lagrein* isse wilder Gesell. Musse trinke Vino di Calabria, isse besser.«

Raphael füllte seine Espressotasse unter dem Wasserhahn und trank sie in einem Zug leer. Doch auch nach drei Tassen fühlte sich sein Kopf nicht besser an. Er nahm die beiden leeren Tassen und brachte sie in seine Küche zum Spülen. Dann griff er sein Handy und kehrte zu Silvio zurück. Eine Mitteilung der Wildkamera-App leuchtete auf. Er startete die App, um die Bilder der vergangenen Nacht anzusehen. Ein Auto war zu erkennen, vermutlich das des Jagdaufsehers. Auf dem Beifahrersitz saß ein zweiter Mann, mehr konnte Raphael nicht erkennen. Er vergrößerte das Bild auf seinem Display.

»Hast du diesen Mann schon einmal gesehen?«, fragte er und hielt Silvio sein Handy hin.

Der schob die Hand von sich, kniff die Augen zusammen und versuchte, etwas zu erkennen. In dem Moment erklang »Highway to hell«.

»Isse Alain, stehte dran«, sagte Silvio grinsend und zeigte auf das Profilfoto auf dem Display. Raphael nahm den Anruf an.

»Moiën Alain, ass alles an der Reih bei dir?« Raphael wandte sich ab und ließ Silvio in Luis' Wohnung allein.

50

Raphael hatte in seinem Google-Verlauf nachgesehen. Beim ersten Mal hatte er noch eine Ewigkeit bis zum Jochrhof gebraucht, danach war er immer schneller geworden, sein Rekord lag bei zwei Stunden und achtunddreißig Minuten. Heute wollte er es in weniger als zweieinhalb Stunden schaffen. Den Ton seines Handys hatte er abgeschaltet, er war für niemanden erreichbar. Unterwegs begegnete er einer Handvoll Leute aus dem Dorf, aber er hatte Ohrhörer eingestöpselt und tat so, als würde er telefonieren, sobald ihm jemand entgegenkam. Er wollte nicht nach Luis gefragt werden, da er sowieso keine Auskunft geben konnte. Außerdem wollte er sich auch keine Vorwürfe machen lassen. Er musste durchatmen, oben am Berg stehen und wieder darauf vertrauen können, dass er den richtigen Weg für sich finden würde. Dazu musste er wissen, wer dieser zweite Mann im Auto gewesen war, den er auf dem Foto nicht hatte erkennen können.

Es raschelte im Gebüsch. Raphael blieb stehen, lauschte, sein Blick versuchte, das Dickicht zu durchdringen. Schließlich brach ein Reh aus dem Wald hervor, lief über den Weg und verschwand auf der anderen Seite im Gehölz. Zeitgleich hörte man einen Schuss, Vögel stoben kreischend auf. Raphael ließ sich zu Boden fallen, rollte in den Graben neben dem Fahrweg. Er wartete. Nichts geschah. Raphael verharrte im Dreck, ein Ast bohrte sich ihm in den Oberschenkel, er regte sich nicht. Plötzlich trat ein zweites Reh aus dem Wald, kleiner als das erste, witterte, hob den schlanken Kopf in den Wind. Es sprang dem größeren hinterher ins Unterholz. Raphael wartete noch, ob ein Jäger hinterherkommen würde, ob ein weiterer Schuss erschallen würde, doch es rührte sich nichts.

Raphaels Blick wanderte zu seiner Uhr. Er würde den Schuss melden, die Uhrzeit, den Standort. Er markierte die Koordinaten auf dem Smartphone.

Es fühlte sich wie eine Ewigkeit an, bis Raphael sich aufrappelte. Er zog sein Hosenbein hoch, der Ast hatte eine rote Druckstelle hinterlassen. Raphael ging dorthin, wo die Wildtiere den Weg gekreuzt hatten. Es gab keine Blutspuren, keins der Tiere schien verletzt zu sein.

Raphael erinnerte sich, dass er hier die Strecke zum Jochrhof durch den Wald abkürzen konnte, aber das Schild, das bislang an diesem Abzweig gestanden hatte, war nirgends mehr zu sehen. Er beschloss, auf der Fahrstraße zu bleiben. Sie war steinig und steil, aber die Wahrscheinlichkeit, dass er im Wald einem Jäger in die Schussbahn lief, kam ihm deutlich höher vor.

Nur mit Unbehagen passierte er Stellen, die auf beiden Seiten des Weges keine Deckung boten. Sollte das ein Warnschuss für ihn gewesen sein?

Raphael erwog, umzukehren und dem neuen Jagdaufseher Bericht zu erstatten, aber es zog ihn zu seiner Wildkamera. Er würde sie anders ausrichten, sodass er genauer sehen konnte, wer in einem Auto saß. Der Weg gabelte sich vor dem Haus, vielleicht gab es eine Stelle, von der aus man die Insassen und das Kennzeichen aufnehmen konnte.

Raphael schwitzte. Er zog seine Jacke aus und band sie sich um die Hüfte. Erst jetzt merkte er, dass er heute Morgen seine Trinkflasche vergessen hatte. Silvio hatte ihm irgendwann durchs Fenster zugewunken und war verschwunden, während er noch mit Alain telefoniert hatte. Danach war er direkt aufgebrochen, ohne seine Flasche einzupacken.

Der Jochrhof kam in Sicht. Er lag vollständig im Schatten und es erstaunte Raphael zum wiederholten Male nicht, dass niemand ihn pachten wollte. Raphael schlich sich auf den Balkon und spähte zwischen den Holzlatten hindurch. Weit und breit war niemand zu sehen. Er versuchte, die Spur des Autos im Staub zu finden, aber er war ein Stadtmensch, kein Fährtensucher. Wo konnte das Auto in der Nacht hingefahren sein? Und warum? Hier oben sah alles unverändert aus.

Raphael nahm die Kamera ab und ging damit hinunter zur Weggabelung. Er hatte Kabelbinder mitgebracht und fand eine geeignete Stelle in einem Nadelbaum. Er konnte einen Ast so hinunterbiegen, dass das grüne Gehäuse verborgen blieb. Er checkte die Bilder auf seinem Handy. Vielleicht würden sie ihm endlich Aufschluss darüber bringen, wer sich nachts am Berg herumtrieb. Er wusste selbst nicht, was ihm das bringen sollte, aber er hatte das Gefühl, etwas tun zu müssen. Die Polizei und die Carabinieri mauerten. Er hatte keinen Zweifel daran, dass die Vorkommnisse der letzten Wochen und die Zerstörung in Luis' Apfelplantage miteinander zusammenhingen. Aus irgendeinem Grund versuchte die Staatsgewalt, Luis und ihn zu Verdächtigen zu machen, statt sie als Zeugen ernst zu nehmen.

Es war noch früh, und Raphael beschloss, die vier Hütten, die er von hier sehen konnte, aufzusuchen. Es würde ihn mindestens eine halbe, eher eine ganze Stunde kosten, aber heute war es unerwartet sonnig und warm und Raphael genoss die Stille am Berg.

Er schlängelte sich den Pfad durch die Wiese hinunter, der während der Saison ausgetreten, jetzt dagegen kaum zu sehen war. Erste Insekten summten über vereinzelten Blüten. Raphael rutschte auf dem Gras aus und fand erst einige Meter tiefer Halt. Er fühlte sich wie ein Kind, das auf einer Plastiktüte den Berg hinunterrutscht. Eine kurze Erinnerung an einen Wintertag mit seiner Schwester flammte auf, verschwand aber sofort wieder.

Raphael rappelte sich auf, versuchte, sich die Erde von der Hose zu klopfen, doch er verschlimmerte es nur. Jetzt waren auch seine Hände braun und schmierig. Er fluchte, dann rieb er sich die Handflächen an der Hose ab. Sie war sowieso schmutzig, da kam es auf ein wenig mehr Dreck nicht an. Ein Lächeln huschte über sein Gesicht, als er daran dachte, wie peinlich ihm eine solche Situation vor einem Jahr noch gewesen wäre.

Raphael nahm die Hütte ins Visier. Kein Rauch aus dem Schornstein, kein Auto im Hof, kein Hinweis auf ein Lebenszeichen.

Er hatte seine Fotos zu Hause zum wiederholten Mal angesehen, das Holzlager vor der Hütte war unverändert. Raphael ging zur Tür, klopfte an die verschlossenen Klappläden, rief, doch es meldete sich erwartungsgemäß niemand.

Bei der nächsten Hütte war es ähnlich. Aus der Nähe betrachtet stand der Traktor noch immer im Weg, es hatte sich im Lauf der Zeit ein Trampelpfad drum herum gebildet, der bereits wieder zuwucherte. Kein Zeichen von Menschen, die sich dort aufhielten.

Raphael schlug den Weg zur nächsten Hütte ein. Ihm kam ein Mann entgegen, der deutlich kleiner als er war und eine gedrungene Figur hatte. Er trug eine beige Cargohose und eine dunkelblaue Daunenjacke, den Kragen hatte er hochgeschlagen und mit einem Schal fixiert. Raphael wunderte sich, dass der Fremde ein völlig anderes Temperaturempfinden zu haben schien als er selbst.

»*Hoi*«, grüßte Raphael lächelnd.

Der Fremde nickte nur und eilte weiter. Raphael sah ihm interessiert nach. Augenscheinlich kein Einheimischer, wenn er auf den Südtiroler Gruß nicht antwortete. Ob er zu einer der Hütten ging? Raphael setzte sich auf einen Felsbrocken am Wegrand und beobachtete den Mann. Der ging schnurstracks weiter, ohne sich umzublicken oder die Aussicht zu genießen, die sich nun bot, da die Wolkendecke aufgerissen war und man bis in den Vinschgau schauen konnte.

Der Fremde verlangsamte seine Schritte, als der Weg steiler wurde. Es machte den Anschein, als sei er keine Berge gewohnt. Raphael rang mit sich, ob er ihm nachlaufen sollte, um zu sehen, wohin er ging, aber er kam sich albern vor. Vielleicht war der Mann aus der Hütte gekommen, die noch vor Raphael lag? Er stand auf und setzte seinen Weg fort. Doch auch an der nächsten Hütte rührte sich auf sein Klopfen und Rufen hin nichts. Es war eben noch immer März.

51

Raphael hatte sich mit dem Abstieg beeilt, sodass er noch früh genug zu Hause war, um mit Luis' Auto ins Krankenhaus zu fahren. Er hatte sich noch nie ungefragt sein Auto geliehen, aber anders hätte er es nicht rechtzeitig zu den Besuchszeiten des Hospitals bis ans andere Ende der Stadt geschafft.

Er klopfte zaghaft an die Tür, es kam keine Reaktion. Er pochte lauter und von drinnen erklang ein schwaches »Ja«.

Das vordere Bett war leer. Der Mann im Bett am Fenster sah nach draußen, als Raphael eintrat. Er wirkte klein und zerbrechlich und Raphael zögerte einen Moment.

»Schon Abendessen?« Luis' Stimme war unverkennbar, auch wenn sie ungewohnt schwach klang. Er drehte den Kopf. Ein Lächeln erhellte sein Gesicht, als er Raphael erkannte, doch es mischte sich ein Schatten hinzu.

»Ich habe dich vermisst«, sagte Luis, vergrub aber seine Hände unter der Bettdecke. Raphael trat näher, Luis' Zurückhaltung verunsicherte ihn. Dann beugte er sich zu seinem Freund hinab und nahm behutsam dessen Schultern zwischen seine Arme, legte seinen Kopf auf Luis' Brust und spürte dessen raues Kinn an seiner Wange. Beide schwiegen.

Die Tür flog auf und der Zimmernachbar trat ein, eine ältere Frau folgte ihm und schloss leise die Tür.

Raphael löste sich von Luis und stand unschlüssig neben seinem Bett.

»Ah, endlich der Besuch, auf den du so lange gewartet hast«, sagte der andere und legte sich in sein Bett. Er forderte seine Frau auf, das Kopfteil aufrecht zu stellen, damit er mehr sehen könne.

»Der Luis hat geflucht und geschimpft, weil du nicht kamst«, ertönte es aus dem vorderen Bett.

Luis schüttelte stumm den Kopf und rollte mit den Augen.

»Die Anna sagte, die Polizei sei misstrauisch geworden, weil ich etwas anderes ausgesagt habe als Maria. Tut mir leid«, raunte Luis so leise, dass Raphael ihn kaum verstand. Er zog einen Stuhl neben Luis' Bett und fragte die Frau, ob sie ebenfalls eine Sitzgelegenheit wollte, aber die schüttelte wortlos den Kopf.

»Donnerstag durfte dich niemand besuchen, gestern war ich den ganzen Tag in Bozen, heute war ich droben«, erklärte Raphael.

»Bozen?«

»Nonino«, sagte Raphael nur, denn der Bettnachbar hatte tatsächlich seine Frau beiseitegeschoben, um besser zuhören zu können. Er legte sogar seine Hand als Schalltrichter hinters Ohr, damit ihm nichts entging.

»Hast du Schmerzen? Kannst du aufstehen?«

»Bein und Hand kaputt, Rippen kaputt, ohne Rollstuhl bin ich aufgeschmissen. Zum Scheißen bringt mir eine garstige Schwester die Bettpfanne.«

»Den Katheter hat er, weil er die Flasche nicht selbst halten kann«, tönte es von nebenan.

»Das erste Mal in meinem Leben, dass ich keine Flasche halten kann«, sagte Luis augenzwinkernd.

»Das klingt so, als würde es sich noch eine Weile hinziehen.«

»Die sind froh, wenn sie die Betten leer bekommen. Lange werden sie mich nicht hierbehalten.«

»Was machst du allein auf deinem Hof?« Der Nachbar klang höhnisch.

Bevor Luis etwas erwidern konnte, betrat eine junge Krankenschwester das Zimmer. Sie trug ein Tablett und forderte die Besucher auf zu gehen. Raphael starrte auf das Brot, das Messer und den verpackten Käse.

»Soll ich das Abendessen vielleicht zubereiten?«, bot Raphael an und goss Luis einen dünnen Kräutertee ein.

Die Schwester zögerte.

»Die Besuchszeit ist zu Ende«, rief der Mann vom Nachbarbett.

»Äh, ja, tut mir leid«, sagte die junge Schwester und zuckte die Schultern.

»Bis morgen«, versprach Raphael und drückte Luis zum Abschied noch einmal.

52

Am Abend ging Raphael wieder in den Georgenhof zum Essen, aber er konnte es nicht genießen. Bevor die Touristen kommen würden, nutzten die Einheimischen noch einmal ihren freien Samstagabend, sodass fast alle Tische besetzt waren. Viele traten zu ihm, erkundigten sich nach Luis und ließen Grüße ausrichten. Andere musterten Raphael feindselig. Hinter seinem Rücken, zwei Tische weiter, hörte er eine Diskussion, dass alles mit seiner Ankunft in Schenna angefangen habe. Uschi ging an Raphael vorbei, legte ihm beschwichtigend eine Hand auf die Schulter, womit sie ihn am Aufstehen hinderte, und stellte den Eiferer zur Rede. Dann gab sie ihrem Kollegen hinter der Theke ein Zeichen und der brachte Raphael ein Viertel Rotwein.

»Eine Entschuldigung von nebenan«, sagte er augenzwinkernd.

»Den kann er selbst trinken«, sagte Raphael, legte einen Fünfzig-Euro-Schein auf den Tisch, schnappte sich seine Jacke und verließ das Restaurant.

In der Nacht kam Raphael nicht zur Ruhe. Er ließ nicht nur die Klappläden offen, sondern auch das Fenster. Im Dunkeln saß er auf der Eckbank an seinem Esstisch, vor sich eine Flasche Rotwein, und lauschte. Er wartete geradezu auf einen Schuss, obwohl ihm klar war, dass es in der Nacht keinen geben würde. Wenn alles still war, würde man einen Schuss sofort lokalisieren können, und wer würde das riskieren?

Raphael nahm seinen Computer und öffnete die App der Wildkamera. Auch da war alles still. Er googelte ›Jagdrecht in Südtirol‹, ›Waffenbesitz‹, ›Wildtierbestand‹.

Lautes Klirren ließ Raphael aufschrecken. In der Finsternis brauchte er einen Moment, um sich zu orientieren. Seine linke Wange schmerzte. Er lag mit dem Kopf auf dem Tisch, die harten Ränder der Tastatur hatten sich in sein Gesicht gegraben. Raphael tastete nach seinem Handy. Als die Taschenlampe aufflammte, sah er die blutrote Lache auf dem Fußboden. Überall lagen Scherben. Erst jetzt verstand er, dass sein Oberkörper nach vorne gesackt war und die halbleere Flasche zu Boden gestoßen hatte. Raphael tappte fluchend zum Lichtschalter und suchte nach seinen Hausschuhen. Eigentlich war er zu müde, um die Scherben wegzuräumen, aber er wollte keine bleibenden Flecken auf dem Holzboden riskieren. Er warf ein Küchentuch auf die Pfütze, nahm die Flüssigkeit grob auf und warf das Tuch anschließend in die Spüle. Dann rollte er sich in seinem Bett zusammen. Einen Moment lang dachte er daran, dass er es früher nicht hätte ertragen können, wenn es nicht akkurat sauber und aufgeräumt gewesen wäre. Er wollte aufstehen, um das Fenster zu schließen, aber da war er schon eingeschlafen.

53

Es war bereits lange hell, als Raphael erwachte. Er hatte wirr geträumt, hatte Luis verletzt in den Bergen gefunden, war selbst in eine Schlucht gestürzt, die nie enden wollte. Er war auf einer Hütte eingeschneit, während er nur in Shorts auf einer Sonnenliege lag. Im Schlafzimmer war es eisig. Raphael wäre gerne unter der warmen Decke liegen geblieben, doch er musste zur Toilette.

Als er sich aus dem Bett schwang, schrie er unvermittelt auf. Eine Glasscherbe hatte sich in seinen großen Zeh gebohrt. Sie musste durch die offene Tür bis vor sein Bett gerutscht sein. Er streifte das T-Shirt vom Vortag über den Kopf und griff mit dem Stoff die Scherbe, die er sich mit einem Ruck aus dem Fuß zog. Er fluchte und humpelte, weiteren Scherben ausweichend, ins Bad. Blutflecken mischten sich mit den Rotweinflecken auf dem Parkettboden.

Der Blutfluss hörte nicht auf, und Raphael besann sich, dass er kein Verbandszeug hier hatte. Er wickelte einen benutzten Socken um den Fuß und sah sehnsüchtig zur Küchenzeile, in der Handfeger und Schaufel lagen. Den Weg konnte er barfuß nicht wagen. Er würde in Luis' Wohnung nach einer Mullkompresse suchen und einen Besen mitnehmen.

Raphael hüpfte um die Scherben herum und griff sich Luis' Schlüssel. Er wollte die Tür zu Luis' Wohnung aufschließen, aber sie war nur angelehnt.

»Hallo?«, rief er erstaunt.

Aus der Küche war ein Rascheln zu hören.

Raphael riss die Küchentür auf und verkniff sich dabei einen Schmerzenslaut. Mit dem Rücken zu ihm stand eine zierliche Gestalt und wühlte in der Schublade, in die Luis all seinen Papierkram stopfte. Raphael sprang nach vorn, so gut das mit dem lädierten Zeh möglich war, und riss die Person an der Schulter zurück. Kontoauszüge, Rechnungen und Einkaufszettel verteilten sich auf dem Boden.

»Bist du narrisch?«, kreischte eine dunkle Frauenstimme und Raphael erkannte Luzia.

»Wie kommst du hier hinein?«, fragte Raphael zurück.

»Mit dem Schlüssel«, antwortete Luis' Ex-Frau schnippisch.

Raphael griff an ihr vorbei und schob die Schublade zu, Luzia konnte gerade noch die Hand herausziehen. »Du hast einen Schlüssel?«

»Nein, aber der Simpl hat ihn noch da liegen, wo er immer schon lag.«

»Und was hast du hier zu suchen?«

»Das geht dich nichts an.«

»Du zeigst mir, was du eingesteckt hast, oder ich hole die Carabinieri«, drohte Raphael.

Luzia lachte auf. »Die freuen sich sicher, wenn sie deinen Namen hören.«

Raphael stand jetzt drohend vor ihr. Luzias Kopf reichte ihm gerade mal bis zur Brust. Er schob sich noch weiter vor.

»Was willst du hier?«

Sie legte den Kopf in den Nacken, aber nicht, um zu ihm aufzublicken, sondern ihn Raphael mit der Stirn in den Solarplexus zu rammen. Raphael rang nach Luft. Er wich zurück, stützte sich am Tisch ab. Sein Atem klang wie stoßweises Husten.

Luzia grinste ihn siegessicher an, dann griff sie in ihre Hosentasche und zog ein Bündel Geldscheine daraus hervor. »Wenn der feine Luis wieder da ist, sag ihm, ich will sein

Blutgeld nicht haben.« Sie warf es Raphael ins Gesicht, dann rannte sie an ihm vorbei aus dem Haus und warf die Tür krachend ins Schloss.

54

Nur mit Mühe hatte Raphael seinen Fuß mit dem verletzten Zeh in einen Schuh zwängen können. Jetzt stand er vor Luis' Zimmertür im Krankenhaus und zögerte anzuklopfen. Irgendwann ging die Tür auf und ein Krankenpfleger trat heraus.

»Ach wie schön, Besuch ist immer eine willkommene Abwechslung.« Der neugierige Mann vom vorderen Bett setzte sich aufrechter, als er Raphael durch die geöffnete Tür sah.

Luis runzelte die Stirn. »Du humpelst?«

Raphael winkte ab. »Ich war ungeschickt, kein Grund zur Sorge.«

Luis' Augen verfinsterten sich.

»Kein Katheter mehr? Keine Infusion?«, erkundigte sich Raphael.

»Ich bin so frei, wie ein Vogel mit gebrochenem Flügel sein kann.«

»Ich habe keinen Bademantel bei dir finden können und deswegen einen von Silvio geliehen«, sagte Raphael und kramte einen schwarzen Bademantel aus einer Tüte, die er mitgebracht hatte. Luis verzog verächtlich das Gesicht.

»Heute ist Sonntag, morgen besorge ich dir einen eigenen. Jetzt gehen wir beide erstmal an die frische Luft.«

Raphael stellte zwei Flaschen Apfelsaft und Traubensaft auf Luis' Nachtschrank, dann löste er die Bremse des Rollstuhls, der an der Wand stand, und schob ihn neben Luis' Bett.

»Ich …«, begann Luis, aber Raphael schnitt ihm das Wort ab.

»Wir gehen jetzt raus.«

»Es ist kalt draußen, ich war eben unten, um eine zu rauchen«, wandte der Mann vom Nachbarbett ein.

»Umso besser, das tut dem Kopf gut«, erwiderte Raphael.

Er half Luis, sich im Bett aufzurichten und die Beine aus dem Bett zu nehmen. Er zog ihm die Hausschuhe an, legte ihm den Bademantel um und hob ihn ein wenig an, um ihn in den Rollstuhl zu setzen.

Luis schwieg beharrlich, während sie mit dem Fahrstuhl ins Erdgeschoss fuhren. Er schien sich dessen bewusst zu sein, dass Raphael etwas mit ihm besprechen wollte, was nur für seine Ohren bestimmt war.

Entgegen der Aussage des Zimmernachbarn war es für Mitte März ungewöhnlich warm draußen. Raphael schob Luis neben eine Bank in der Sonne und setzte sich darauf. Beide schwiegen eine Weile.

»Will ich hören, was du mir sagen möchtest?«, fragte Luis endlich.

Raphael fuhr sich mit beiden Händen durchs Gesicht.

»Die Polizei hat erzählt, dass du Johann jeden Monat vierhundert Euro überwiesen hast. Heute Morgen habe ich Luzia in deiner Küche ertappt, wie sie deine Schränke durchwühlt hat. Schließlich hat sie mir zweitausend Euro an die Brust geworfen und lässt dir ausrichten, sie möchte dein Blutgeld nicht.«

Luis senkte den Kopf.

»Der Johann hat mich erpresst«, murmelte er schließlich.

»Erpresst?«

»Er hat mir vor einem Jahr einen Holzspalter angeboten, wie ich lange einen gesucht habe. Ich habe mit mir gerungen, ob ich den ausgerechnet dem neuen Spezi meiner Exfrau abkaufen möchte, aber es war genau der, den ich wollte. Er hat sich ungefragt bereiterklärt, ihn mir direkt auf den Hof zu stellen, und wollte gerade mal die Hälfte des Neupreises dafür. Darum habe ich zugesagt. Ich wollte bar bezahlen, aber er wollte, dass ich ihm das Geld überweise. Das habe ich getan. Kurz darauf stand er wieder bei mir auf dem Hof. Er hat mir Vorwürfe gemacht, ich hätte mit dem Sturz vom Balkon damals seine Zukunft zerstört.«

Luis verstummte. Auch wenn Raphael viele Fragen durch den Kopf gingen, schwieg er ebenso.

»Er rechnete mir vor, wie teuer ihn die Physiotherapie jeden Monat käme. Und dass er aufgrund der Verletzung nicht so viel arbeiten könnte. Letztlich verlangte er, dass ich ihm weitere vierhundert Euro für den Holzspalter überwies, andernfalls würde er mich noch nach so vielen Jahren verklagen. Auf Schmerzensgeld.«

Luis rieb sich mit beiden Händen über die Oberschenkel. Raphael schlug den Kragen des Bademantels hoch, weil er vermutete, Luis sei kalt, der hob jedoch abwehrend die verbundene Hand.

»Wir hatten uns damals außergerichtlich geeinigt, weil dem Johann klar war, dass die Zeugen auf meiner Seite standen. Ich habe ihm also weitere vierhundert Euro überwiesen. So viel war das Gerät wert, darum habe ich mich nicht allzu sehr dagegen gesträubt. Aber im nächsten Monat kam er wieder und faselte was von einer privaten Arztrechnung, die ich bezahlen müsste. Ich müsste gar nichts, habe ich erwidert. Daraufhin hat er mir gedroht, er würde mich beim Zoll anzeigen wegen Schwarzbrennens. Das ist Quatsch, ich melde alles brav an, aber wenn der Zoll erst einmal angefixt ist, machen die einem das Leben zur Hölle. Der Johann hat gesagt, ich könnte ein wertloses Stück Land bei ihm pachten, für nur vierhundert

Euro im Monat. Dann würde er mich in Ruhe lassen.«

»Und warum hast du das getan? Du sagtest doch, die Zeugen waren auf deiner Seite?« Raphael schüttelte fassungslos den Kopf.

Luis zögerte. »Ich hatte wohl ein schlechtes Gewissen. Er hatte ja nicht unrecht, es war mehr als ein dummer Unfall damals. Ich wollte endlich meine Ruhe haben, wollte einen langwierigen Rechtsstreit vermeiden.«

»Und dass die Polizei das als gutes Mordmotiv ansehen könnte, ist dir nicht in den Sinn gekommen? Nachdem sie Johann tot aufgefunden hatten, hättest du es ihnen erklären sollen, bevor sie selbst dahinterkommen. So machst du dich unnötig verdächtig.«

»Ich habe einfach nicht gedacht, dass sie darauf kommen würden. Pacht ist doch schlüssig, oder nicht?«

»Solange der Verpächter nicht eines gewaltsamen Todes stirbt, für den man persönliche Gründe gehabt hätte. Was willst du jetzt tun?«

»Im Wesentlichen will ich gesund werden. Hat die Beisetzung zwischenzeitlich stattgefunden?«

Raphael ließ zu, dass Luis das Thema wechselte.

»Ich glaube, der Leichnam ist noch nicht freigegeben.«

»Ich werde noch ein paar Tage hierbleiben müssen. Mal sehen, wie es zu Hause wird. Vielleicht kann ich eine Weile zu Anna ziehen, auch wenn ich den Silvio nicht ertrage.«

Luis' neugieriger Zimmernachbar kam den Weg entlang, eine Zigarette im Mundwinkel, und schickte sich an, sich neben Raphael zu setzen.

»Sie haben recht, auf Dauer wird es kühl«, beeilte sich Raphael zu sagen, schnappte sich den Rollstuhl und humpelte mit Luis davon.

55

Seit zwei Tagen sendete seine Nachtsichtkamera keine Bilder mehr. Vermutlich hatte jemand den Kasten entdeckt und ihn vielleicht nicht zerstört, aber unbrauchbar gemacht. Raphael haderte mit sich, ob er trotz des kaputten Fußes eine Wanderung machen könnte, sah sich aber zum Nichtstun verdammt.

Am Dienstag fuhr Raphael mit dem Bus zum Arzt, weil sein großer Zeh noch immer schmerzhaft angeschwollen war. Mit den richtigen Medikamenten und einem stützenden Verband humpelte Raphael anschließend in Meran in ein Geschäft für Outdoorbedarf und kaufte sich Wandersandalen. Die schützten den Zeh zwar schlechter, aber er konnte sie locker schnallen, sodass weniger Druck auf die Wunde einwirkte. Leider war es noch immer so kühl, dass er nicht ohne Socken laufen wollte, die zudem den Verband vor Verschmutzungen schützten. Beim Blick auf seinen Fuß musste er schmunzeln. Niemals würde er sich trauen, so durch Luxemburg zu laufen. So wagten sich nur Deutsche vor die Tür.

Die Stadt hatte sich deutlich belebt. Überall hörte man Südtirolerisch: Die Einheimischen hatten ihre Urlaube beendet und nutzten die letzten Tage vor Saisonbeginn, um Erledigungen zu machen und Freunde zu treffen, solange man noch Zeit dazu fand.

Auch wenn er selbst kein Einheimischer war, gefielen ihm die Stadt und vor allem die Wandergebiete ohne Touristen am besten.

Der kaputte Zeh hatte ihn lahmgelegt, aber nun veranlasste die zerbrochene Flasche Raphael zu einer Grundreinigung.

Er rückte sogar das Bett zur Seite, wusch die Gardinen und wischte jede Fläche feucht ab.

Silvio hatte gestern einen Spiegel für Luis' Wohnung gebracht, den man für Rollstuhlfahrer in der Neigung verstellen konnte. Um ihn zu installieren, hatten er und Raphael einiges im Bad umräumen müssen, und vom anschließenden Bohren war viel Staub auf dem Boden und dem Waschbecken zu sehen.

Also führte Raphael seinen Großputz in Luis' Wohnung fort. Zum Schluss wischte er auch noch in der anderen Ferienwohnung feucht durch. In den nächsten Tagen sollten die ersten Gäste einziehen.

Raphael nahm sein Laptop mit nach draußen, setzte sich mit einem Glas Rotwein auf die Bank vorm Haus und scrollte durch die beachtliche Menge an Fotos, die er bislang gemacht hatte. In der Nachmittagssonne war es angenehm warm. Erst jetzt fiel ihm ein, dass er die Schüsse von Samstag hatte melden wollen. Er suchte die Nummer des Jagdaufsehers aus dem Internet, erreichte aber nur eine Bandansage, die ihn darüber aufklärte, dass die Stelle vorübergehend unbesetzt sei und man sich an den Jagdaufseher in Bozen oder an die Carabinieri wenden solle.

Schweren Herzens wählte Raphael die Nummer von Hannes Psenner.

»Sie schon wieder«, sagte Psenner wenig erfreut, nachdem Raphael sich gemeldet hatte. Im Hintergrund war Verkehrslärm zu hören.

»Ich wollte Schüsse von Samstag melden. Ich habe mir die Uhrzeit und meinen Standort zu dem Zeitpunkt notiert, die Schüsse fielen ganz in der Nähe.«

Psenner lachte. »Dann könnte ich jetzt mit der Kollegin

Gasser hinauffahren und hoffen, dass der Schütze noch an derselben Stelle verharrt.«

Raphael hielt die Luft an. Wut? Zynismus? Geduld? Gab es irgendeine Strategie, um diesen Hilfssheriff aus seiner Bequemlichkeit zu locken?

»Das ist sicher eine gute Idee«, antwortete Raphael schließlich. »Am Berg ist im Moment sowieso viel Bewegung, vielleicht begegnen Sie dem Schützen noch.«

Psenner spuckte offenbar aus. Raphael widerstand dem Bedürfnis, sich über das Ohr zu wischen.

»Wollen Sie einem Einheimischen jetzt seine Heimat erklären? Es wird immer spannender mit Ihnen.«

Raphael hielt die Luft an und zählte im Stillen bis zehn. Bei drei platzte es heraus: »Ich bin ein wenig überfragt, welche Hilfe Sie möchten und welche nicht. Wenn es nicht wichtig ist, einen Wilderer zu schnappen oder einen Mörder, behalte ich meine Erkenntnisse gern für mich. Möglicherweise passiert die nächste Hinrichtung ja auf dem Dorfplatz, dann haben Sie es nicht so weit und können vom Bürofenster aus im Sitzen ermitteln.«

Raphael wollte das Gespräch gerade wegdrücken, als Psenner ins Telefon rief: »Halt, Schleck, warten Sie!«

Raphaels Finger verharrte über dem roten Telefonsymbol, dann rang er sich doch dazu durch, das Gespräch fortzuführen.

»Welche Informationen haben Sie über eine weitere Hinrichtung?«

Fast hätte Raphael gelacht. »Das war exemplarisch gemeint. Wer auch immer dort droben unterwegs ist, ballert ja nicht ohne Grund durch die Gegend. Am Wochenende kommen die ersten Touristen. Apfelblüte, Ostern steht bevor … ich bin gespannt, wie Sie für die Sicherheit der Gäste garantieren werden.«

»Wo waren Sie denn gestern am späten Abend?«, wollte Psenner plötzlich wissen.

»Zu Hause. Ich habe einen verletzten Fuß und konnte erst heute zum Arzt. Keine Zeugen. Warum?«

»Das darf ich Ihnen nicht sagen. Aber ich muss vorbeikommen und mir Ihre Schuhe ansehen.«

Raphael schüttelte ungläubig den Kopf. »Vielleicht war ich doch vor der Tür?«

»Die Luzia hat aber gesagt, es sei jemand davongerannt. Wir haben ein Profil sichergestellt. Oder war Ihr Fuß erst danach verletzt?«

»Wonach?«

»Wenn wir das wüssten.« Psenner klang in seiner Hilflosigkeit fast schon bedauernswert.

»Dann kann ich wohl nicht helfen.« Raphael drückte das Gespräch weg. »Profilneurose«, murmelte er vor sich hin.

Er suchte die nächsten Bilder auf dem Laptop, als ein Auto auf den Hof bog. Raphael hob den Fuß vom Tisch, und schon fing die Wunde wieder an zu pochen. Er jaulte auf.

Luzia stieg aus und ließ den Motor laufen. Ihr Gesicht war grau, ihre Augen fixierten ihn entschlossen.

»Hallo Luzia. Möchtest du einen Kaffee?«, fragte Raphael sanft.

»Hast du das Geld noch?«

»Welches Geld?« Raphael stellte sich dumm.

»Du weißt genau, welches Geld ich meine. Luis' Blutgeld. Ich brauche es zurück.« Ihre Stimme klang heiser. Erst jetzt sah Raphael, dass ihre Augen gerötet waren. Sie schien geweint zu haben und konnte ein Gähnen nicht unterdrücken.

»Da musst du warten, bis der Luis zurück ist.«
»Ich kann nicht warten.« Luzia klang verzweifelt.
»Ein Notfall?«
»Mehr als das. Wo ist das Geld? Wann kommt er zurück?«
»Ich weiß es nicht«, sagte Raphael. »Noch ist nicht klar, wann Luis kommt. Was ist denn los?«
»Arbeitest du nicht bei einer Bank?«
»Nicht mehr. Warum?«
»Ich brauche das Geld schnell. Das und noch viel mehr.«
Raphael schüttelte den Kopf. »Ich bin hier, weil ich kein Geld mehr habe. Ich kann dir nicht helfen. Ich kann dir nur zuhören und mit dir eine Lösung suchen.«
»Es gibt keine Lösung. Es gibt nur Geld«, rief Luzia, sprang in ihren Wagen und brauste davon.
Raphael sah ihr verwundert hinterher. Wo zuvor das Auto gestanden hatte, war nun ein Fleck. Noch während Raphael darüber nachdachte, hörte er ein Quietschen, gefolgt von einem ohrenbetäubenden Scheppern. Ein nicht endender Hupton erklang. Raphael sprang auf und humpelte zur Straße. Er blickte in Richtung Tal, wohin Luzia abgebogen war. Eine Rauchsäule war zu sehen. Die Straße machte eine Linkskurve, geradeaus sah man auf einen alten Apfelbaum. Da stand nun Luzias Auto und qualmte. Raphael beeilte sich, zu ihr zu gelangen. Er sah weit und breit kein anderes Auto.
»Luzia?«, schrie er erschrocken. Er vergaß den Schmerz, begann zu rennen. »Luzia!«
Niemand antwortete. Der Motorraum war bis zur Fahrgastzelle eingedrückt, Luzia hing schlaff über dem Airbag.
»Scheiße«, schrie Raphael und zückte sein Handy.
Er wählte die Notrufnummer und gab seine Position durch, Autounfall, Frontalaufprall, eine Person verletzt, derzeit nicht

ansprechbar. Er versuchte, den Kofferraum zu öffnen, um einen Feuerlöscher zu suchen, aber das Auto war so verzogen, dass die Klappe festklemmte.

Raphael zog an der Fahrertür, auch sie gab nicht nach. Die Scheibe war zur Hälfte hinuntergelassen. Raphael streckte die Hand aus, suchte einen Puls an Luzias Hals. Blut quoll ihr aus einer Kopfwunde. Solange es noch quoll, pumpte das Herz, dachte Raphael. Er tippte Psenners Nummer ein. Der drückte seinen Anruf weg. Mit zitternden Händen wählte er Annas Nummer.

»Ja?«

»Anna, Luzia hatte einen Unfall. Ich kann sie nicht aus dem Auto befreien. Schick Silvio«, flehte Raphael.

»Der ist nicht da. Mein Gott, wo seid ihr?«

»Vor Luis' Haus. Ich brauche Hilfe.«

»Ich komme.«

Raphael sah erst jetzt, dass Luzia nicht angeschnallt war. Fast konnte man von Glück sprechen, dass die Tür verzogen war, sonst wäre sie womöglich bei dem Aufprall aus dem Auto geschleudert worden.

Raphael hielt sein Handydisplay vor Luzias Gesicht. Es beschlug, sie atmete noch.

»Bleib bei mir, du schaffst das«, sagte er beschwörend, die eigenen Worte selbst nicht glaubend.

Er ging um das Auto herum, rüttelte an der Beifahrertür, doch auch sie ließ sich nicht öffnen. Dasselbe mit den hinteren Türen.

In der Ferne war Martinshorn zu hören. In der Nähe quietschende Reifen.

Annas Auto holperte hinter Raphael auf den Bordstein, sie trat neben ihn, ein Stemmeisen in der Hand.

»Luzia, was machst' für ein' Scheiß.«

Raphael setzte das Stemmeisen an, hebelte die Tür aus den Angeln, aber sie ließ sich noch immer nicht bewegen.

Das Martinshorn schwoll an, Feuerwehr und Rettungswagen blockierten jetzt die Straße. Mehrere Männer liefen zum Auto, schoben Raphael beiseite, riefen sich Befehle zu.

Raphael zog sich auf die andere Straßenseite zurück, ließ sich auf einen Stein fallen und weinte hemmungslos.

Anna steckte ihr Handy weg, ließ sich neben Raphael sinken und legte den Arm um seine bebenden Schultern.

»Ich konnte ihr nicht helfen.«

»Du hast es doch versucht, die Feuerwehrleute haben dafür bessere Gerätschaften. Alles wird gut.«

»Nein, zuvor. Sie wollte Geld, aber ich habe ihr nicht geholfen. Dieses ›Blutgeld‹, das sie mir vor die Füße geworfen hatte, hatte ich auf Luis' Konto eingezahlt. Es sollte nicht einfach herumliegen.«

»Geld?«, fragte eine schneidende Stimme.

Raphaels Blick fiel auf polierte schwarze Schuhe, dunkle Hosenbeine.

»Hätten Sie mich nicht weggedrückt, hätten wir Luzia früher helfen können«, schrie Raphael Psenner an und sprang auf.

»Ganz ruhig, sonst lege ich Ihnen Handschellen an«, parierte Psenner.

Raphael trat einen Schritt zurück. Gasser tauchte auf, stellte sich dicht neben Raphael, als fürchte sie, er könnte flüchten.

»Was ist geschehen?«, wollte sie wissen.

Raphael sah, wie Maria ihr Auto vor der Kurve abstellte und so lang mit einem Feuerwehrmann diskutierte, bis er sie durchließ.

»Geh weg, Maria, du kannst hier nicht …«, sagte die Gasser, aber Maria ignorierte sie und schloss Raphael in beide Arme.

»Schschsch, schon gut«, murmelte sie beschwichtigend, als würde sie ein kleines Kind beruhigen.

»Ihr seht, dass er unter Schock steht«, fuhr sie die Carabinieri an.

»Das nützt nichts, wir müssen wissen, was geschehen ist«, beharrte Psenner.

Raphael konnte sehen, dass die Feuerwehrmänner Luzia aus ihrem Auto zogen und auf eine Trage betteten. Sie schoben sie in den Rettungswagen, schlossen die Türen, fuhren aber nicht davon.

Raphael schilderte stockend Luzias Besuch. Sie glaubten ihm nicht, dass er nicht wusste, wofür das Geld so dringend benötigt wurde.

»Sie stand total unter Strom. Als würde jemand sie erpressen.«

»Vielleicht dieselben, die den Johann getötet haben. Jetzt fordern sie von seiner Freundin, was sie von ihm nicht bekommen haben. Kein Wunder, dass sie aufgeregt war«, mutmaßte Maria.

»Sie war nicht aufgeregt, sie hatte Angst«, flüsterte Raphael.

»Todesangst«, schloss Maria.

Der Rettungswagen fuhr noch immer nicht los. Die Feuerwehr kühlte den Motor von Luzias Autowrack. Von unten kamen immer mehr Schaulustige, die von Gasser sofort fortgeschickt wurden, damit der Rettungswagen freie Fahrt hatte. Endlich sprang ein Sanitäter aus dem Wagen, setzte sich hinters Lenkrad, schaltete das Martinshorn ein und ließ den Wagen durch die Menge rollen, bevor er beschleunigte. Gasser wandte sich Luzias Auto zu und begann, Fotos zu machen. Anschließend überprüfte sie die Fahrbahn.

»Keine Bremsspuren. Sie ist mit unverminderter Geschwindigkeit gegen den Baum geprallt.«

»Noch dazu unangeschnallt«, sagte Psenner. Auch er suchte nach Bremsspuren.

Ein Ruck ging durch Raphael.

»Im Hof ist ein Fleck, wo Luzias Auto zuvor gestanden hat. Vielleicht ist es Bremsflüssigkeit.«

Maria sah ihn verwundert an.

»Sie war bei mir, wollte Geld, hat ihr Auto gar nicht ausgeschaltet. Und als sie gefahren ist, war da ein Fleck. Da muss die Kriminaltechnik hin.«

Maria rief Julia Gasser zu sich und erklärte ihr, was Raphael beobachtet hatte. Die wechselte einen Blick mit Psenner.

»Demnach sind wir wahrscheinlich raus, da soll sich der Unterthurner drum kümmern«, entschied Psenner und zog sein Handy hervor.

56

Am Morgen lief Raphael hinunter nach Schenna. Er brauchte frische Lebensmittel und freute sich, dass nach und nach die Geschäfte wieder öffneten. Er traf einige Menschen, die er nicht mehr gesehen hatte, seit der Georgenhof in der Winterpause war. Viele freuten sich, dass er noch da war, andere musterten ihn skeptisch. Überall war Luzias Unfall Thema Nummer eins. Raphael beteiligte sich nicht an den Mutmaßungen, auch wenn alle versuchten, ihm Wissen aus erster Hand zu entlocken.

»Das macht fünfunddreißig Euro und achtzig«, sagte die Kassiererin und sah Raphael auffordernd an. Der suchte gerade all seine Taschen ab.

»So ein Mist, ich habe die falsche Jacke an.« Er hielt den Haustürschlüssel in die Höhe. »Wenigstens den habe ich, ich laufe eben nach Hause und komme die Sachen gleich holen.«

»Das passt schon. Wegen ein paar Kaminwurzen und einem *Kas* wirst du Südtirol gewiss nicht verlassen, also geh mit deinem Zeug und bring das Geld später vorbei«, sagte die Kassiererin und klemmte den Kassenbon an die Schublade ihrer Kasse.

Raphael beeilte sich, den Berg hinaufzukommen. Er verstaute seine Einkäufe im Kühlschrank. Auch sein Handy hatte er in seiner anderen Jacke gelassen. Ein Blick darauf sagte ihm, dass er wieder einmal mehrere verpasste Anrufe hatte. Er zögerte. Wichtig waren nur die Luxemburger Nummern. Die Durchwahlnummern der Polizei hatte er inzwischen namentlich abgespeichert, und Unterthurner wollte er gerade nicht zurückrufen. Der würde ihm sowieso nur Vorhaltungen machen, schuld an Luzias Unfall zu sein. Er beschloss, sich zuerst bei Alain zu melden.

Er hatte einige Minuten mit ihm gesprochen, als ein Auto auf den Hof fuhr. Raphael erkannte Annas Kombi, dann sah er …

»Du Alain, ich muss Schluss machen. Luis kommt gerade nach Hause«, sagte Raphael freudig und eilte zur Tür.

»Du bist nicht ans Telefon gegangen, da hat das Krankenhaus mich angerufen«, rief Anna ihm entgegen und öffnete die Kofferraumklappe.

»Lass mich das machen«, beeilte sich Raphael und hob den Rollstuhl aus dem Auto. Er klappte ihn auf und schob ihn neben die Beifahrertür. Durch das geschlossene Fenster sah Luis ihn gequält an. Raphael öffnete die Tür und half ihm vorsichtig in den Rollstuhl. Luis stöhnte, als Raphael seine Rippen berührte, schmiegte sich aber zugleich in Raphaels Arme.

»Schön, dass du noch da bist«, flüsterte er heiser.

»Schön, dass du zurück bist. Es war verdammt einsam ohne dich.«

»Nachdem, was ich so gehört habe, hast du dich aber nicht gerade gelangweilt.«

»Langeweile ist etwas anderes als Einsamkeit.«

»Wem sagst du das.«

Anna hatte Luis' Tasche aus dem Kofferraum gehoben und ging damit aufs Haus zu. Sie drehte sich um und sah die beiden ernst an. Ihr Gesicht spiegelte nicht die Freude wider, die die Männer empfanden.

»Ich habe eben mit der Ärztin gesprochen, die ich im Spital kenne. Sie hat mal nebenan gewohnt. Sie …«

Beide Männer starrten sie gespannt an.

»Hat sie dir gesagt, wie es mit meinem Bein wird?«, fragte Luis mit zitternder Stimme.

»Nein, wir haben nicht über dich gesprochen.« Anna blinzelte und wischte sich mit der Hand durchs Gesicht. »Sie hat mir erzählt, dass Luzia heute Nacht verstorben ist, sie konnten sie nicht retten.«

Luis brach in Tränen aus, der ganze Rollstuhl bebte unter seinem Schluchzen. Raphael stand wie erstarrt neben ihm. Er war der letzte, der mit Luzia gesprochen hatte.

»Ich«, brachte Raphael mühsam hervor, fand aber keine Worte. Er kniete sich neben Luis und legte seinen Arm um dessen Schulter. Luis fluchte, als er nicht an seine Hosentasche herankam, um ein Taschentuch herauszuziehen. Anna hielt ihm ein Papiertuch hin.

»Hattest du Hoffnung, dass ihr euch wieder annähert, wo der Johann tot ist?«

Luis schnäuzte sich laut. »Nein, sicher nicht, sie hat mich gehasst. Sie hat ihr eigenes Leben gehasst. Ich glaube, am wenigsten mochte sie sich selbst. Trotzdem war sie lange ein Teil meines Lebens. Irgendwie habe ich das Gefühl, es hat etwas mit mir zu tun, dass sie tot ist.«

»Unsinn, zum ersten Mal wird die Polizei jeden verdächtigen außer dir«, sagte Anna und strich Luis eine Strähne seiner weißen Haare aus der Stirn.

»Hätte ich doch damals …«, begann Luis, aber Anna schnitt ihm das Wort ab.

»Du hast früher immer gesagt, das Leben wird rückwärts verstanden, aber vorwärts gelebt. Also lern etwas daraus, trauern wird dir nicht helfen. Du musst jetzt schauen, dass du auf die Beine kommst, im wahrsten Sinne des Wortes.«

»Möchtest du dich ausruhen?«, fragte Raphael und löste die Bremse des Rollstuhls.

»Ich glaube, am besten geht es mir, wenn ich einfach in der

Sonne sitze. Kannst du mich vorne um die Ecke schieben und mir ein Wasser bringen?«

»Ich muss los, ich habe noch viel vorzubereiten, bevor die ersten Gäste kommen«, sagte Anna und drückte erst Luis, dann Raphael.

Der schob Luis in den Windschatten des Hauses und ging hinein. Gerade hatte er ein Glas mit Wasser gefüllt, als sein Telefon klingelte. Dieses Gespräch konnte er unmöglich wegdrücken.

Luis sah ihm entgegen und wollte etwas sagen, schloss den Mund aber wieder, als er sah, dass Raphael sein Telefon am Ohr hatte. Der hielt ihm das Wasserglas augenzwinkernd hin und entfernte sich wieder ein paar Schritte.

»Es nutzt nichts, ich kann nicht am ersten April in Luxemburg sein. Ihr müsst euch einen anderen Mitarbeiter suchen.« Raphael lief rastlos auf dem Hof hin und her, sein Handy dicht ans Ohr gepresst. Von der Straße hörte man Verkehrslärm, ein Traktor fuhr unterhalb zwischen den Apfelreihen hindurch.

»Nein, ich kann nicht an einen ruhigeren Ort gehen, im Haus ist das Handynetz eine Katastrophe, es tut mir leid. Ja, ich bin noch immer in Italien, und da muss ich auch vorerst bleiben.«

Raphael sah, dass Luis ihn finster anfunkelte und ging um die Hausecke, wo Luis mit dem Rollstuhl nicht hinterherkommen würde.

»Seit einem halben Jahr wohne ich hier bei einem alten Mann, der sich vergangene Woche ein Bein und drei Rippen gebrochen, die Hand verletzt und eine Gehirnerschütterung zugezogen hat. Ich kann ihn nicht im Stich lassen.« Raphael hielt inne, hörte zu.

»Ich mache dir ein Angebot«, erwiderte Raphael.

Raphael hörte den Kies unter den schmalen Reifen des Rollstuhls knirschen. Er ging zurück um die Hausecke und sah, dass der Winkel, in dem Luis zuvor gesessen hatte, inzwischen im Schatten lag, und Luis versuchte, eigenständig in die Sonne zu rollen. Seinem Gesicht war anzusehen, wie sehr ihn das anstrengte.

»Entschuldige, was sagst du?« Raphael hatte nur mit halbem Ohr zugehört.

»Das klingt gut für mich. Schick mir den neuen Vertrag, ich maile ihn dir heute noch zurück. *Äddi.*«

Er steckte sein Handy in die Tasche und ging zu Luis. »Wie wäre es mit einem Kaffee?«

Luis grummelte missmutig. Anfangs hatte er im Krankenhaus davon gesprochen, dass er Raphael vermissen würde, wenn er zurück nach Luxemburg ginge. In den letzten Tagen war er immer wortkarger geworden.

»Ah, da kommt Maria, ich mache gleich drei Kaffee«, entschied Raphael und schob den Rollstuhl ein Stück weiter, damit Luis am Tisch in der Sonne sitzen konnte.

»*Hoi* Maria«, grüßte er sie im Vorbeigehen und hauchte ihr drei Küsschen auf die Wangen. Er schielte auf die Tortenhaube in ihrer Hand. »Kuchen ist eine gute Idee, ich wollte gerade Kaffee kochen.«

Maria drückte Raphael mit der freien Hand und raunte: »Wie ist die Stimmung?«

»Nicht allzu gut. Ich versuche, es auf die Schmerzmittel und die fehlende Selbstbestimmung zu schieben«, antwortete Raphael und schob sich an Maria vorbei.

Als er wenig später mit drei Tassen Kaffee und Kuchentellern wieder nach draußen kam, schnäuzte Luis gerade seine Nase. Maria hatte ihm eine Hand auf den Unterarm gelegt.

»Noch mehr schlechte Nachrichten?«, fragte Raphael und verteilte das Geschirr.

»Tu nicht so«, blaffte Luis ihn an.

»Sag mal, was haben sie im Krankenhaus mit dir gemacht? Wo ist der ausgeglichene, besonnene Luis hin, wegen dem ich hier nicht mehr weg möchte?«

»Und du gehst trotzdem.« Luis wischte sich verstohlen über die Augen und zuckte zusammen, als er an den Schorf an seiner Schläfe kam.

»Ah, daher weht der Wind. Zu wenig Mut, um mich nach diesem Telefonat zu fragen. Ist es das?«

Jetzt funkelte auch Maria ihn böse an.

»Ich habe tagelang mit der Bank hin und her diskutiert, wie wir eine Lösung finden können.«

Maria holte schon Luft, um zu protestieren, aber Raphael schnitt ihr mit einer Geste das Wort ab. »Corona hatte in manchen Dingen auch sein Gutes. Wir haben technische Möglichkeiten, die wir vorher nicht genutzt haben. Ich bekomme einen Remote-Zugang und stehe der Bank mit einer halben Stelle zur Verfügung. Zwei Tage à zehn Stunden. Falls sich das nicht bewährt, kann ich die Stunden auf drei Tage aufteilen. Mein Chef kennt mich, ich erledige die Arbeit in dieser Zeit. Keine ermüdenden Wegezeiten, kein zeitraubender Kaffeeklatsch mit den Kollegen. Das ist das Beste, worauf wir uns einigen konnten. Ich werde die Ferienwohnung donnerstags vorbereiten müssen, weil ich freitags arbeite. Was zugleich bedeutet, dass ich auf jeden Fall im Haus bin, wenn Gäste anreisen. Dienstags muss ich ebenfalls arbeiten, also kann ich die Wohnung am Wochenende oder montags putzen.« Er zwinkerte Luis zu. Dem blieb sprichwörtlich der Mund offenstehen. »Ja, ich bleibe hier, versorge deine Gäste und dich, bis du wieder der Alte bist. Aber da du ja von Mai bis Oktober durchgehend beide Wohnungen vermietet hast, müssen wir zügig eine Lösung finden, bis dahin zahle ich natürlich den vollen Gästepreis. Es findet sich sicher eine Wohnung drunten im Dorf, denn Annas Zimmer wäre mir auf Dauer zu klein.«

Maria war um den Tisch herumgekommen und drückte Raphael fest an sich. Sie strahlte. Luis sagte noch immer nichts.

»Das geht nicht«, brachte er endlich hervor.

»Dann suche ich mir sofort etwas Neues und komme nur her, wenn Gäste an- oder abreisen«, sagte Raphael, aber die Enttäuschung war seiner Stimme anzuhören.

»Es geht nicht, dass du all deine Pläne über den Haufen wirfst, nur weil ein alter Mann eine noch ältere Leiter benutzt hat und zu dumm war, sich festzuhalten«, brachte Luis stockend hervor.

»Doch, das geht. Jetzt, da ich weiß, dass ich nächste Woche meinen ersten Arbeitstag habe, würde ich gern die verbleibende freie Zeit für die eine oder andere Wanderung nutzen.«

»Aber …« Weiter kam Luis nicht, denn ein Landrover bog auf den Hof.

»Ah, der Herr Cellini, unser neuer Jagdaufseher, wie schaut's?«, grüßte Luis ihn. »Kennt's ihr euch?«

Maria und Raphael wechselten einen erstaunten Blick.

»Äh, nein«, stammelte Maria. Raphael zuckte unbestimmt die Achseln.

Der Mann war großgewachsen, schlank, fast hager. Er war höchstens so alt wie Maria.

»Ihr müsstet euch kennen, eure Großväter waren Cousins«, erklärte Luis.

»Daran würde ich mich erinnern«, sagte der Jagdaufseher und errötete.

»Ja, aber wer war dann der Italiener, der neulich mit einem Schlüssel die Schranke geöffnet hat und den Berg hinaufgefahren ist?«, fragte Maria erstaunt.

»Wir haben uns schon einmal gesehen. Also ich Sie. Auf dem Jochrhof«, sagte Raphael.

»Ich bin der Florian«, stellte sich der Neue vor und streckte Raphael lächelnd die Hand entgegen. »Ich fahre gerade alle Hütten ab und schaue nach dem Rechten. Ich habe dich nicht dort gesehen.«

Maria holte tief Luft. »Ich glaube, wir müssen da mal etwas klären.«

»Ich hole noch einen Teller für Marias leckeren Apfelstrudel. Kaffee?«, fragte Raphael und wandte sich zum Haus.

»Beides, gerne. Und viel Zucker bitte.«

Als Raphael zurückkam, unterhielten sich die drei angeregt.

»Florian kann sich auch nicht erklären, wer der Mann war, den wir unterwegs getroffen haben. Wenn ich recht darüber nachdenke, hatten wir beide die Assoziation, er müsse der neue Jagdaufseher sein. Vorgestellt hat er sich ja nicht«, plapperte Maria.

Raphael ärgerte sich, dass er dafür die Wanderung mit Maria abgebrochen hatte. Es betrübte ihn, wie vertraut die drei miteinander wirkten. Sie sprachen untereinander Dialekt, und obwohl er diesen inzwischen recht gut verstand, fühlte er sich ausgeschlossen.

»Ich checke mal, wann die letzten Bilder der Wildkamera kamen, vielleicht passen sie zu etwas, das auch du beobachtet hast«, sagte Raphael und wollte sich ins Haus zurückziehen, aber Luis rollte ihm in den Weg.

»Florian, das ist sicher interessant für dich. Der Raphael hat dieses ›Geschlossen bis März‹-Schild wiedererkannt, was es auf der Hütte gab, auf der dein Vorgänger …«, Luis suchte nach den richtigen Worten.

»Sag es ruhig, wo er hingerichtet wurde«, half Maria weiter.

Florian schluckte schwer.

»Ja, also er weiß genau, dass er das Schild schon woanders gesehen hat. Er hat auch Leute am Berg beobachtet, die dort nicht hingehören, aber ihm glaubt niemand.«

»Weil er nicht von hier kommt. Und weil er immer zur Stelle ist, wenn etwas geschieht«, erklärte Maria.

Raphael breitete die Arme aus, die Handflächen nach oben gerichtet. »Ich habe mir das alles weder ausgesucht noch ausgedacht. Dieser Typ, den wir für dich gehalten haben, also für den neuen Jagdaufseher, der wollte eindeutig für länger nach oben. Er hatte jede Menge Essen dabei, zu viel für eine Person. Und hier unten, wo sonst jeder alles weiß, kennt ihn niemand. Das ist doch nicht normal.«

Alle nickten zustimmend.

»Ich gehe morgen nach oben und schaue, ob ich das Auto sehe. Dort oben bei der Hütte, wo ich schon neulich Leute gesehen habe, die dort nicht sein sollten. Ich habe es diesem Capitano Marzadro gesagt, aber der meinte, man könne es niemandem verwehren, Urlaub auf der Alm zu machen. Dass da derzeit noch keine Gästezimmer vermietet sind, hat ihn nicht interessiert. Solange nichts zerstört würde und sich niemand beschwere, könne man nichts machen, hat er gemeint.«

»Wollen die Johanns Tod überhaupt aufklären?«, warf Maria in die Runde.

Niemand äußerte sich dazu.

»Sollte ich wieder diesem Italiener begegnen oder Schüsse

hören, melde ich mich bei dir«, bot Raphael an.

Florian sah ihn stirnrunzelnd an. »Wieso Schüsse?«

»Wir waren neulich oben, an dem Tag, als Luis gestürzt ist. Der Tag, an dem wir diesen falschen Cellini gesehen haben. Anschließend haben wir Schüsse gehört«, fasste Maria zusammen.

»Die Schüsse, von denen weiß ich nichts. Ich bin erst seit Montag im Dienst«, erklärte Florian.

»Dann weißt du auch nicht, dass die Schäferalm abgebrannt ist? Und dass die Polizei sagt, es muss ein Kurzschluss gewesen sein? Auf einer Alm im Winter?« Maria schüttelte ungläubig den Kopf.

»Also war der Berg für ein paar Tage ohne Jagdaufseher rechtsfreier Raum?«, überlegte Raphael.

»Nicht wirklich, aber es wird niemand auf Schüsse geachtet haben.«

»Und auf Brände hat auch niemand geachtet? Es hat eindeutig nach Benzin gerochen, als wir an der Hütte waren. Plötzlich ist die Alm abgebrannt und niemand stellt einen Zusammenhang zum Benzingeruch her. Obwohl alles danach aussieht, dass wir dort jemanden gestört haben.« Marias Stimme überschlug sich.

»Ich werde die Hütten verstärkt kontrollieren, aber ich habe so viele Dinge, in die ich mich zunächst einarbeiten muss«, erklärte der neue Jagdaufseher. »In den nächsten Tagen schneien hier die ersten Gäste herein und hoffen, sie können einen Apfelbaum blühen sehen, da müssen die Wege gesichert werden. Und ich muss mit dem Forstamt sehen, ob alles in Ordnung ist.«

»Ich …«, begann Raphael, aber Maria schüttelte den Kopf und legte den Finger auf den Mund.

Luis gähnte, das lange Sitzen hatte ihn angestrengt. »Ich bringe dich mal rein«, beendete Raphael den Satz und umfasste die Griffe des Rollstuhls, wohl wissend, dass er Maria mit diesem Florian allein ließe.

57

Luis holte den fehlenden Schlaf aus dem Krankenhaus nach. Raphael machte sich leise in seiner Wohnung zu schaffen und horchte dabei, ob er Luis hörte. Anna hatte gestern noch einen alten Tisch aus einem Fremdenzimmer ausrangiert, den Raphael als Schreibtisch einrichtete. Die Höhe war nicht perfekt, aber der Bürostuhl, den er letzte Woche in Bozen gekauft hatte, ließ sich passend einstellen.

Gestern war der zweite Bildschirm geliefert worden, den er im Internet bestellt hatte. So musste er nur noch einen besseren WLAN-Router installieren und ein paar Programme auf seinem Laptop einrichten. Am Dienstag wäre sein erster Arbeitstag, und so sehr er sich einerseits freute, so viel Respekt hatte er zugleich davor, wieder in die Tretmühle einer regelmäßigen Berufstätigkeit zu geraten.

Endlich hörte Raphael den alten Mann husten. Er hatte ein Frühstückstablett zusammengestellt, klopfte bei Luis und trug das Frühstück zu ihm hinein.

»Schön, dass du bleibst«, war das Erste, was Luis sagte. Er strahlte ihn an, und Raphael wusste, dass es die richtige Entscheidung gewesen war.

»Möchtest du im Bett frühstücken?«

»Bloß nicht, im Bett sterben die meisten Leute. Kannst du mir an den Tisch helfen? Danach geh bitte, ich möchte nach den vielen Menschen im Krankenhaus bloß meine Ruhe haben. Wenn du mir die *Dolomiten* gibst, bin ich vollauf zufrieden.«

»Ich denke, du wirst ein wenig Hilfe beim Anziehen brauchen, und wenn du magst, helfe ich dir beim Rasieren«, schlug

Raphael vor.

»Nein, nutz du die Zeit zum Wandern. Ich bin froh, wenn ich allein sein kann. Außerdem kommt die Anna vorbei und schneidet mir endlich die Haare. Vielleicht bleibt sie ja ein wenig. Gönn mir meine Zeit mit ihr«, sagte Luis augenzwinkernd.

Der Zeh tat Raphael noch immer bei jedem Schritt weh, zumal er es nicht fertiggebracht hatte, noch einmal Socken in den Sandalen zu tragen. Jetzt froren seine nackten Füße und Raphael beschleunigte, damit ihm warm wurde. Die ersten Gäste hatten angekündigt, dass sie am frühen Nachmittag ankommen würden. Viel Zeit blieb ihm also nicht.

Unterwegs grübelte er über diesen seltsamen Italiener nach und ob er ihm wohl wieder begegnen würde. Inzwischen sprach er ein paar Brocken Italienisch und verstand einige Sinnzusammenhänge, aber für eine richtige Unterhaltung reichten seine Sprachkenntnisse nicht.

Als er um eine Biegung kam, war der Weg vor ihm mit Flatterband abgesperrt. Raphael zögerte. Wenn dort etwas geschehen sein sollte, würde er wieder einmal an einem Tatort auftauchen, wenn er seinen Weg fortsetzte. Langsam wurde es ihm selbst unheimlich, zumal er den Eindruck hatte, dass er sich mehr für diese Unglücksfälle interessierte als die Polizei.

Er ging wenige Meter zurück und entschied sich für den Weg quer durch den Wald, den er neulich mit Maria gegangen war. Als er wieder auf die befahrbare Straße trat, stieß er auf zwei Waldarbeiter, die mehr Flatterband quer über den Weg spannten.

»*Hoi*, was ist denn geschehen?«, erkundigte sich Raphael.

»*Hoi*. Anweisung der Forstpolizei, damit die Gäste nicht

auf die Hütten laufen, solange diese Mordfälle nicht gelöst wurden.«

»Das ist eine gute Idee. Diese Hütte oberhalb vom Jochrhof, die man zwischen den Bäumen kaum sehen kann, wisst ihr, wem die gehört?«

»Die ist nicht mehr bewohnt«, erklärte einer der Waldarbeiter. »Die gehört dem Ladurner Peter, der hat sich von Corona nicht erholt und konnte nicht allein auf der Hütte bleiben.«

»Ist die Hütte also verlassen?«

»Im Winter sind ja die meisten Hütten verlassen. Der Peter wohnt wohl bei seinem Schwager, habe ich gehört, irgendwo in der Gegend von Bozen. Es heißt, dieser Schwager sieht immer mal nach dem Rechten.«

»Ach so. Dann *pfiat enk*«, sagte Raphael und grinste, als die Waldarbeiter sogar das Band anhoben, damit er darunter hindurchschlüpfen konnte.

Als er an der Wildkamera ankam, musste er laut lachen. Seine Bedenken, jemand hätte die Überwachung entdeckt und die Kamera unbrauchbar gemacht, erwies sich als unbegründet. Mithilfe seiner Wasserflasche und eines Papiertuchs wischte er Vogelschiss von der Linse. Er überlegte, ob er es noch bis zum Ladurnerhof schaffen könnte, aber der ungeplante Umweg und der Schwatz mit den Waldarbeitern hatte ihn mehr Zeit gekostet als geplant. Er machte sich auf den Rückweg und entdeckte an fast allen Weggabelungen, die nach oben führten, das rot-weiße Absperrband.

Der Himmel wurde immer dunkler und Raphael war noch eine halbe Stunde von zu Hause entfernt, als die Wolken sich über ihm völlig zuzogen. Die Temperatur war merklich gesunken und je tiefer Raphael kam, desto kälter wurde es. Zudem kam Wind auf und bald peitschte Raphael der Regen ins Gesicht. Seine Sandalen rutschten auf den nassen Steinen und das Wasser lief hinten hinein und vorne wieder heraus. Am liebsten wäre Raphael zu Hause in die heiße Badewanne gestiegen, aber noch war Luis nicht sehr mobil in seinem Rollstuhl. Und so rubbelte Raphael sich nur die rotgefrorenen Füße trocken und wechselte seine durchnässte Kleidung, um die Gäste rechtzeitig empfangen zu können. Statt am frühen Nachmittag fuhr das Auto mit deutschem Kennzeichen jedoch erst am Abend auf den Hof.

58

Die ersten Feriengäste waren Heinz und Gerlinde aus Dortmund, die schlechtgelaunt waren, weil sie im Vinschgau im Stau gestanden hatten. Statt die schnellere Strecke über den Brenner zu nehmen, hatten sie die Maut und die Vignette in Österreich sparen wollen und waren Landstraßen gefahren, die erfahrungsgemäß meist verstopft waren, obwohl inzwischen zahlreiche gut ausgebaute Straßenabschnitte die Dörfer umfuhren. Sie kamen seit dreißig Jahren nach Südtirol und inzwischen zum sechsten Mal in Luis' Ferienwohnung. Sie waren verärgert, weil sie bislang die Wohnung gehabt hatten, in der jetzt Raphael wohnte. Luis dagegen schien fröhlich, die Gespräche mit den Gästen lenkten ihn ab, sodass Raphael sich guten Gewissens in seine Wohnung zurückzog.

Am Morgen checkte er auf dem Handy, was die Wildkamera aufgezeichnet hatte. Es hatte die ganze Nacht geregnet, trotzdem konnte er undeutlich die Silhouette eines Mannes ausmachen. Leider war nur seine kleine, bullige Statur erkennbar. Raphael versuchte, sich ein Gesicht zu dem Körper vorzustellen, aber er konnte sich nicht erinnern, diesen Mann zuvor gesehen zu haben. Es stimmte also, dort oben wohnte jemand. Jemand, von dem niemand etwas wusste. Der dort vermutlich nicht hingehörte.

Leider konnte Raphael nicht ausmachen, wo der Mann hergekommen oder hingegangen war. Er war schräg ins Bild getreten und ebenso schnell aus dem Visier der Kamera verschwunden.

Raphael arbeitete fieberhaft an den Installationen auf seinem Computer. Er checkte die Wettervorhersage. Am nächsten Tag sollte es besser werden, er würde also hinauflaufen und sich umsehen können. Sein Rechner müsste folglich heute fertig eingerichtet werden.

Während er das Protokoll der Wildkamera auf dem einen Bildschirm aufrief, erstellte er auf dem anderen eine Exceltabelle. Mithilfe der Fotos, die er im Laufe des Winters gemacht hatte, fertigte er mehrere Listen an, auf denen er eintrug, wann er welche Schilder an welchen Hütten gesehen hatte und welche Menschen ihm wo begegnet waren. Auch seine Bewegungsprofile auf Google zog er zurate und glich die Namen und Positionen der Hütten damit ab. Zum wiederholten Mal suchte er Zusammenhänge und notierte auf mehreren Blättern Papier Namen von Personen sowie stichwortartige Beschreibungen von Menschen, deren Namen er nicht kannte.

Es klopfte an seiner Wohnungstür. Als er öffnete, sah Raphael Luis, der ihn anlächelte.

»Wie wäre es, wenn wir heute Abend zum Georgenhof gingen? Ich bin froh, dass sie wieder offen haben, wir könnten lecker essen.«

Raphael rang mit sich. Was er heute nicht erledigte, müsste er morgen machen. Das würde die Zeit schmälern, die ihm zum Wandern blieb.

»Ich sehe schon, du hast den ganzen Winter mit einem alten Mann verbracht. Du bist froh, dass wieder Gäste hier sind, die mich ablenken.«

»Nein, das ist es nicht. Aber …« Raphael brach ab, weil Heinz und Gerlinde in einheitlichen beigen Funktionsjacken in der Diele erschienen, sie mit lilafarbenen Wanderschuhen, er mit dem gleichen Modell in Dunkelbraun.

»Wir gehen zum Essen. Es ist ja so schön, endlich wieder hier zu sein. Auf die Menüs haben wir uns den ganzen Winter gefreut.«

»Könnt ihr mich vielleicht mitnehmen?«, fragte Luis und zeigte auf seinen Rollstuhl.

Heinz und Gerlinde zögerten. »Wir …«

»Quatsch«, ging Raphael dazwischen. »Wir lassen uns noch ein wenig Zeit, bis die Gäste gesättigt sind, und gehen später essen, wenn die Einheimischen kommen. Ich bin in einer Stunde so weit.«

Luis strahlte ihn an.

Mit dem Rollstuhl kam Raphael der Weg doppelt so weit vor. Erst jetzt merkte er, wie steinig der Untergrund war und wie viele Schwellen und Kanten es unterwegs gab. Als sie eintraten, waren kaum noch Leute im Gastraum. Cellini stand an der Theke und sprach mit dem Mann hinter dem Tresen. Luis lud ihn an ihren Tisch ein.

»Sag mal, Florian, stimmt es, dass sich Unbekannte oberhalb der Waldgrenze herumtreiben?«, fragte Luis und kaute genüsslich ein Stück Wildgulasch.

»Ich weiß es nicht genau. Noch kenne ich die Leute nicht, aber ich habe den Eindruck, es gibt dort oben nachts deutlich mehr Bewegungen, als üblich wäre für die Jahreszeit. Viele der Hütten haben ihren Betrieb zum Wochenende wieder aufgenommen, das erklärt, dass auch im Dunkeln wieder Fahrzeuge fahren. Mir wurden allerdings weitere Schüsse gemeldet, die sich nicht nachvollziehen lassen.« Der Jagdaufseher pickte Spinatspätzle auf seine Gabel. »Ich halte die Augen offen. Bisher habe ich weder Einschüsse noch Blut gesehen, keine Ansammlungen von Federn oder Fellbüschel. Auch keine verlassenen Jungtiere. Wir haben in der Gemeindeverwaltung diskutiert, ob wir Schilder aufstellen und um Mithilfe bitten sollen, aber das schreckt nur die Gäste auf. Es ist trotzdem jeder aufgefordert, die Augen offen zu halten.«

Raphael lächelte gequält. »Mir würde die Polizei sowieso nicht glauben.«

Cellini leerte sein Glas und bedeutete dem Mann hinter der Theke, dass er gern ein frisches Bier hätte. »Falls dir etwas auffällt, solltest du es an mich melden. Ich überprüfe es und erst im Anschluss käme gegebenenfalls die Polizei ins Spiel.«

Raphael atmete erleichtert auf.

Luis winkte Anna und Silvio an den Tisch, die gerade hereingekommen waren. Anna erklärte, dass Maria ebenfalls käme.

»Kein Problem. Wir sind fast fertig, und zum Trinken brauchen wir nicht viel Platz«, sagte Raphael augenzwinkernd und rutschte durch, damit Anna und Silvio neben ihn auf die Bank passten. Dabei hatte er nicht bedacht, dass sich Maria, die gerade durch die Tür kam, nun zwangsläufig dicht neben Florian setzen müsste.

Es blieb keine Zeit, sich darüber zu ärgern, denn hinter Maria betrat Hannes Psenner das Restaurant. Der Carabiniere sah sich um und entdeckte Raphael.

»Sie haben schon gehört, dass Luzia verstorben ist, nachdem sie bei Ihnen war?«

»Was in keinem Zusammenhang steht.«

»Das muss sich noch herausstellen.«

»Ich habe aber einen Mann oben am Berg getroffen, der dort schon häufiger herumgelaufen ist, auch nachts«, behauptete Raphael.

»Was machen Sie nachts droben?«

»Einer muss ja versuchen, all diese Vorkommnisse aufzuklären.«

»Besser Sie als ich«, sagte Psenner und grinste. »Nach Feierabend brauche ich keine Abenteuer, da brauche ich ein Bier und einen Williams.«

»Ihre Kollegen scheinen das alle so zu sehen.«

»Die Italiener sowieso. Unterthurner ist seit Jahren frustriert, weil er einen Italiener als Chef hat. Und Berta hat keine Ambitionen, Karriere zu machen.«

»Und Ihre Kollegin?«

»Die Julia? Die ist eine Frau.«

»Das ist mir schon aufgefallen.«

»Warum sollte die Karriere machen?«

Anna und Maria klappten synchron die Münder auf, um zu protestieren, gaben es aber auf.

»Hannes, kommst du endlich?«, rief eine dicke Frau aus dem hinteren Teil des Restaurants.

»Guten Appetit«, wünschte Raphael.

»Der steht so unterm Pantoffel«, sagte Maria kopfschüttelnd, »und macht trotzdem auf dicke Hose.«

59

Im Georgenhof hatte sich am Vorabend schnell jemand gefunden, der wusste, in welches Dorf die Schwester dieses Peter Ladurner seinerzeit gezogen war und dass sie Marianne hieß. Raphael musste sowieso das Auto nehmen, um Medikamente für Luis in der Apotheke zu besorgen, und entschied kurzerhand, ihn mitzunehmen und mit ihm gemeinsam diesen Schwager aufzusuchen.

Als sie im Auto saßen, fiel Raphael siedend heiß ein, dass er vergessen hatte, gestern noch das säumige Geld in den kleinen Supermarkt in Schenna zu bringen. Sie bogen also in Richtung Ortsmitte ab und Raphael hielt kurz am Straßenrand. Luis ließ das Fenster herunter und während Raphael nur schnell ins Geschäft lief, blieben mehrere Leute bei Luis stehen, um sich nach seinem Befinden zu erkundigen und den neusten Klatsch über Luzias Unfall auszutauschen.

»Wohin seid ihr unterwegs?«, fragte ein Mann gerade, als Raphael zurück zum Auto kam. Es war einer der Passanten, der den Tod des Jagdaufsehers gemeldet und den vorangegangenen Streit bezeugt hatte.

»Geht's dich etwas an?«, fragte Luis scharf.

»Nein, ich wollte nur höflich sein. Muss ich aber nicht.«

»Wolltest du die Carabinieri schon mal unterrichten?«

»Gute Idee. Seit dein Spezi da ist, passiert hier zu viel.«

»Seit mein Mieter da ist, fällt erst auf, wie lässig die Polizei ermittelt und wie gleichgültig hier alle sind«, parierte Luis. Er machte Raphael ein Zeichen loszufahren.

Luis freute sich, endlich etwas anderes zu sehen, auch wenn das Wetter nicht gerade einladend war. Je weiter sie jedoch die MeBo entlang in Richtung Süden fuhren, desto besser wurde es. Ab Bozen war die Autobahn gebührenpflichtig, deswegen bogen sie auf die Landstraße zum Kalterer See ab. Nachdem sie drei Dörfer passiert hatten und nun eine gewundene Straße bergan fuhren, lenkte Raphael das Auto neben zwei Frauen, die auf der Straße standen und sich unterhielten.

»Wisst ihr, wo die Marianne wohnt?«

Die beiden Frauen wechselten einen Blick, der zwischen neidvoll und gehässig schwankte.

»Meint ihr die Frau vom Unterweger Robert?«

»Mag sein, der Nachname fällt mir gerade nicht ein«, behauptete Luis. »Sie ist eine geborene Ladurner.«

»Die ist mit einem Gast nach Nordtirol gegangen«, erklärte die eine. »Sicher schon fünf Jahre her.«

»Und ihr Mann?«

»Zwei *Kehren* weiter auf der rechten Seite.«

Sie bedankten sich und quälten das Auto den steilen Berg hinauf. Ein hagerer, eingefallener Mann stand am Straßenrand und stützte sich vornübergebeugt auf einen Besen.

»Das ist jedenfalls nicht der, den ich am Berg gesehen habe.«

Raphael fuhr neben den Mann und Luis streckte den Kopf zum Fenster heraus. »Den Ladurner Peter suchen wir, wohnt der bei dir?«

Der Alte blickte auf. Raphael staunte, dass das Gesicht des Mannes nicht so alt aussah, wie seine Haltung vermuten ließ. In den glanzlosen Augen fehlte jedoch jedes Leben.

»Warum sucht ihr einen Toten?«, wollte der Mann wissen. Sein Gesicht blieb regungslos.

»Der Ladurner Peter ist tot?«

»Corona.«

»Und du kümmerst dich seither um seine Hütte?«, fragte Luis.

»Einen *Schmorrn* tue ich. Ich war gewiss zehn Jahre nicht aus meinem Dorf raus.«

»Hast du jemanden beauftragt, der sich um die Hütte kümmert? Die Saison beginnt wieder, man kann die Hütte gut verpachten. Das Land rundherum muss auch bestellt werden.«

»Die Hütte war doch nur gepachtet. Mit Peters Tod endete auch die Pacht. Was habe ich damit zu schaffen? Ich habe diese Hütte noch nie gesehen.«

Er stockte, hatte vermutlich mehr gesprochen als an vielen anderen Tagen.

»Immerhin hast du den Peter bei dir wohnen lassen«, warf Raphael ein.

»Wer behauptet das? Wir hatten seit Jahren kaum Kontakt.« Er schwieg und überlegte. »Wir waren einmal bei Peter, viele Jahre her, aber in seiner Wohnung in Riffian, wo er den Winter über gewohnt hat.« Wieder machte er eine Pause. »Die Wohnung war gemietet, damit habe ich auch nichts zu schaffen.« Er spannte den gebeugten Rücken. »Die Carabinieri waren bei mir und haben gesagt, ich müsste mich um die Räumung der Wohnung und der Hütte kümmern. Gar nichts muss ich, habe ich denen gesagt. Verscharrt ihn oder streut ihn in alle Winde. Ich bin fertig mit dieser Familie.« Er fiel wieder in sich zusammen.

Luis und Raphael sahen sich erstaunt an.

»Demnach hat er gar nicht bei dir gewohnt?«

»Ich hätte ihn auf der Straße nicht erkannt«, schloss der Unterweger, kehrte ihnen den Rücken zu und schwang wieder kraftlos seinen Besen.

60

Am frühen Abend packte Raphael einen kleinen Rucksack mit Getränken, einer Stirnlampe, einer zusätzlichen Powerbank für sein Handy, Block und Stift. Auch eine *Kaminwurz* und ein Schüttelbrot steckte er ein. Luis hatte sich nach ihrem Ausflug in seine Wohnung zurückgezogen und Raphael konnte ihn durch die Wand schnarchen hören. Er schrieb auf einen Zettel, dass er sich den Ladurnerhof näher anschauen wolle, und klebte diesen auf Luis' Augenhöhe neben die Klinke seiner Wohnungstür.

Raphael nahm sein Fahrrad mit hinaus. Die befahrbare Straße bis zum Jochrhof konnte er gut mit dem E-Bike zurücklegen. Zu Fuß nahm er zwar manche Abkürzung durch den Wald, aber mit dem Rad müsste er den Jochrhof statt in zweieinhalb in eineinhalb Stunden erreichen können. Von dort führten nur noch Fußwege bis zur verlassenen Hütte. Es sollte dennoch in einer weiteren halben Stunde zu schaffen sein.

Es war lästig, an allen Schranken abzusteigen. Außerdem musste er an mehreren Stellen das Flatterband für oder eher gegen die Touristen anheben und brauchte fast eindreiviertel Stunden bis zum Jochrhof. Raphael versteckte sein Fahrrad beim Stall und knipste die Kabelbinder durch, mit denen er die Kamera befestigt hatte. Er steckte sie in seinen Rucksack, trank einige Schlucke und setzte seinen Weg fort. Die Fahrradscheinwerfer hatte er nur auf den letzten Metern gebraucht, um keine Ablaufrinne in der Straße zu übersehen.

Noch reichte das schwindende Tageslicht, um den Weg

ohne Hilfe zu finden. Raphael hatte Glück, es war fast wolkenlos und der aufgehende Mond beschien den Weg. Raphael lauschte, konnte jedoch außer den Rufen einiger Vögel und dem Rauschen des Windes in den Bäumen keine Geräusche hören. Er bemühte sich, selbst so wenig Lärm wie möglich zu verursachen, um niemanden auf sich aufmerksam zu machen.

Hinter dem Jochrhof hatte Raphael ein Schild gefunden, laut dem es zwanzig Minuten bis zum Ladurnerhof dauern sollte. Er war bereits zehn Minuten unterwegs, als das nächste Schild weitere fünfzehn Minuten Strecke angab. Auf dem nächsten Wegweiser standen wiederum zwanzig Minuten, dann sah er ein Schild, das nur noch fünf weitere Gehminuten auswies und nach einer halben Stunde kam Raphael tatsächlich am Hof an.

Raphael hatte erwartet, dass es eine bewirtschaftete Hütte gewesen wäre, aber diese war zu klein für einen Gastbetrieb. Ein Nebengebäude mochte ein Stall für ein paar Ziegen und Schafe gewesen sein, vielleicht hatte der Ladurner Peter auch einige Kühe auf der angrenzenden Weide gehalten. Wahrscheinlich hatte er sie im Herbst hinuntergetrieben und direkt verkauft. Auf dem Boden lagen zwei Teile eines verwitterten Holzschildes, wonach es hier einmal frische Buttermilch und Käse zu kaufen gegeben hatte.

Die Klappläden der Hütte waren geschlossen, kein Lichtschein drang nach außen. Aus dem Kamin stieg kein Rauch auf, es roch dennoch nach verbranntem Holz, als sei ein Feuer erst kürzlich gelöscht worden.

Raphael meinte, vor dem Tierverschlag Reifenspuren erkennen zu können, aber eine Wolke hatte sich vor den Mond geschoben und ließ ihn zögern. Er fühlte die Stirnlampe in seiner Jackentasche, traute sich jedoch nicht, sie einzuschalten. Er kauerte sich hinter einen Baum und lauschte reglos. Nichts bewegte sich.

Inzwischen hatte Raphael ein gutes Gefühl dafür entwickelt, wo er die Nachtsichtkamera befestigen könnte. Er schichtete drei große Holzscheite aufeinander, kletterte hinauf und fixierte die Kamera mit Kabelbindern. Ein Blick auf sein Handy bestätigte ihm, dass man aus dieser Position den Eingang der Hütte erkennen könnte. Er ruckelte an dem Kamerakasten und hatte endlich die Hüttentür im Bild. Dann legte er die Holzstücke wieder zurück, wartete eine Weile und machte sich schließlich an den Abstieg.

Der Weg war steil und Raphael musste aufpassen, nicht zu stürzen. Nach einiger Zeit befestigte er den Gurt der Stirnlampe an seinem Kopf und lief die letzten Meter bis zu seinem Fahrrad. Die Abfahrt ging schnell, auch wenn Raphael im Dunkeln weit verhaltener fuhr, als dies bei Tag möglich gewesen wäre. Die hohen Wanderschuhe waren nicht ideal auf den Pedalen, aber leichtere Schuhe hätten nicht genügend Halt beim Wandern geboten. Ein Reh kreuzte seinen Weg, und er hielt inne, wartete, ob wieder Schüsse folgen würden, doch bis auf ein Rascheln im Unterholz war nichts zu hören.

Sein Magen knurrte, als er Luis' Hof erreichte. Der Zettel hing noch an seiner Tür. Leise schob Raphael sein Fahrrad in die Ferienwohnung, als ihm Heinz über den Weg lief.

»Ganz schön lästig, dass man in der Wohnung nicht rauchen darf«, sagte er und stieß gegen einen schmiedeeisernen Schirmständer, der polternd über das Parkett rutschte. Seine Zunge lag schwer in seinem Mund, er rülpste. Dem Geruch nach hatte er einige Forst-Biere getrunken. »Ich bin der Heinz, wer bist du?«

Raphael war durchaus leutselig, für betrunkene Schwätzer konnte er sich jedoch ganz schwer erwärmen.

»Ich bin der Sensenmann«, antwortete er schnodderig und steckte den Schlüssel ins Türschloss.

»Du wohnst nebenan?«

»Gute Nacht.« Raphael steckte den Schlüssel ins Türschloss und schob die Tür lautlos hinter sich zu. Dann schaltete er das Licht ein, aber Heinz hämmerte mit beiden Fäusten ans Holz. Raphael riss die Tür auf und musste Heinz auffangen, der nach vorne stolperte, sobald die Tür ihm keinen Halt mehr bot. Er befreite sich aus Raphaels Armen und ging schlingernd auf die Fotowand zu.

»Bist du ein, ein Psychopath?«

»Fotograf ist das richtige Wort.«

Gerlinde betrat in einem altrosa Nachthemd mit Streublümchen und rosa Plüschpantoffeln ebenfalls Raphaels Wohnung und versuchte, ihren Mann hinauszuziehen. Der rülpste laut und krallte sich am Schreibtischstuhl fest. Da dieser Rollen hatte, gab er nach, Heinz stürzte zu Boden, und der Stuhl auf ihn. Heinz erbrach sich auf Gerlindes Pantoffeln.

»Raus hier, sofort«, schrie Raphael, half dem betrunkenen Feriengast auf die Beine und schob ihn unmissverständlich zur Tür.

»Ich mache das sauber«, insistierte dessen Frau verzweifelt.

»Raus, alle beide.«

»Aber …«

»Kein Aber, raus.«

Raphael warf die Tür hinter den beiden zu und knallte seinen Rucksack auf den Tisch. Er riss die Fenster auf und atmete tief durch. Mit Toilettenpapier nahm er das Erbrochene grob auf und spülte es durch den Abfluss, dann schrubbte er den Boden. Als er alles saubergemacht hatte, war es nach Mitternacht. Nebenan schnarchte nicht mehr nur Luis, sondern auch Heinz. Außerdem hörte er Gerlinde schluchzen.

Genervt schloss er sein Handy ans Laptop an und öffnete die Kamera-App. Vor etwa einer Stunde waren zwei Männer in die Hütte getreten, einer klein und bullig mit heller Hose und dunkler Jacke. Raphael erkannte ihn als den Mann, dem er kürzlich vor dem Jochrhof begegnet war und der seinen Gruß nicht erwidert hatte. Der andere konnte der sein, den sie für den Jagdaufseher gehalten hatten.

Es klopfte an Raphaels Tür. Er drückte zwei Tasten, um die App zu schließen, und riss die Tür auf.

Gerlinde stand wie ein Häufchen Elend vor der Tür und hielt ihm eine Flasche Kräuterschnaps in einer Steingutflasche entgegen. »Den bringen wir immer von zu Hause mit. Der ist billiger, als hier was zu trinken«, sagte sie unbeholfen.

»Ich möchte nichts weiter als meine Ruhe, gute Nacht«, erwiderte Raphael und schlug ihr die Tür vor der Nase zu. Er ging zurück an seinen Schreibtisch und fluchte. In der Eile hatte er nicht nur die App geschlossen, sondern die Bilder der vergangenen Nacht gelöscht.

61

Raphael hatte früh am Morgen mit Maria telefoniert und erfahren, dass der Jagdaufseher auf die höher gelegenen Hütten hinauffahren wollte. Maria hatte ihm Florians Handynummer gegeben.

»Schön, dass du mich mit hinauf nimmst. Mein Fuß nimmt mir die Wanderung der vergangenen Nacht ein wenig übel und ich habe nur noch heute. Morgen muss ich wieder anfangen, Geld zu verdienen.«

Raphael gähnte, aber das Auto holperte über Wasserrinnen und Viehgatter, sodass er sich nicht entspannen konnte.

»Ich weiß, dass ich Wildkameras nicht ohne Genehmigung im öffentlichen Raum aufhängen dürfte, aber kannst du verstehen, dass mich die vielen Toten und diese ständigen Anschuldigungen belasten? Ich suche eine Möglichkeit, meine und Luis' Unschuld zu beweisen. Außerdem ärgert es mich, dass die Polizei nichts zur Aufklärung beizutragen scheint.«

»Maria hat davon erzählt«, sagte Florian und hielt den Wagen an, um einen Schlagbaum zu öffnen.

Raphael stieg ebenfalls aus, um die Schranke hinter dem Wagen wieder zu schließen. Er atmete tief durch. Es nagte an ihm, wie vertraut Maria und der neue Jagdaufseher in so kurzer Zeit miteinander geworden waren.

»Du sagst, du kennst die beiden, die du auf der Hütte gesehen hast? Im Dorf heißt es nach wie vor, der Ladurnerhof sei verlassen. Ein neuer Pächter ist im Gespräch, aber erst ab Mai, weil er derzeit noch eine Skihütte im Pustertal betreibt.«

Raphael erwartete, dass sie am Jochrhof aussteigen und zu Fuß weitergehen würden, doch Florian kannte einen unscheinbaren Weg, der in den Wald abbog und den sein Geländewagen erklimmen konnte. Das Gras war in zwei Fahrrinnen plattgedrückt, es musste also bereits ein anderes Auto kürzlich diesen Weg gefahren sein. Das passte zu den Reifenspuren, die Raphael entdeckt hatte.

Die Hütte war abermals verrammelt, kein Rauch, kein Geräusch. Florian rief und rüttelte an der Tür. Er überprüfte die Klappläden sowie den hinteren Zugang. Alles war fest verschlossen.

»Ich glaube dir, aber hier sieht es nicht bewohnt aus«, sagte Florian und klappte eine Karte auf der Motorhaube aus. »Hier oben ist Handynetz Glückssache, da vertraue ich gern der guten, alten Landkarte.«

Sie beugten sich gemeinsam darüber und blickten dann den Berg hinauf. »Gibt es auch eine Straße zur Nandlhütte hinauf? Das müssten noch einmal eine Dreiviertelstunde Wanderung sein, mit dem Auto geht es sicher schnell.«

Florian schüttelte den Kopf. »Nicht von hier aus. Es liegt ein Taleinschnitt dazwischen, nur von der anderen Seite kann man hinauffahren. Zu Fuß gibt es einen schmalen Steig entlang der Bergkante mit einigen Stufen.«

»Das klingt so, als sei der Weg nachts nicht zu empfehlen?«

»Nachts nicht und auch nicht nach einem Regen- oder Schneefall. Dort stehen drei oder vier Kreuze, die an abgestürzte Wanderer und Waldarbeiter erinnern. Selbst wir Einheimischen haben Respekt vor dem Aufstieg.« Der Jagdaufseher bekreuzigte sich.

»Fahren wir hinauf?«

Florian sah auf die Uhr und schüttelte den Kopf. »Das schaffen wir heute nicht mehr. Ich muss noch ein Dutzend andere Hütten aufsuchen. Heute ist der erste April, die meisten hatten nur geschlossen bis März und sind wieder da. Ich muss mich vorstellen und mir einen Eindruck von den Leuten und den Hütten verschaffen.«

Er wollte die Karte zusammenfalten, aber Raphael hielt ihn auf und machte ein Foto.

»Beim Prunner oder im Tourismusbüro bekommst du nicht so gute. Die hier ist vom Forstamt und etwas genauer. Vielleicht kann ich dir eine besorgen, wenn du sie für deinen Bildband brauchen kannst. Eine schöne Idee übrigens, Maria hat mir davon erzählt.«

Die beiden Männer stiegen ein und fuhren den Weg zurück, der an dieser Hütte endete. In drei der vier Hütten, die man vom Jochrhof aus sehen konnte, war Leben zurückgekehrt. Der Traktor stand nicht mehr auf dem Wanderweg, dafür ein weißer Kombi vor der Nachbarhütte. Jemand lud Blumenkästen aus und winkte zu ihnen hinauf.

»Ich laufe von hier hinunter, danke fürs Mitnehmen«, sagte Raphael und hielt Florian die Hand hin.

62

Raphael hatte nicht erwartet, dass sein erster Arbeitstag so anstrengend werden würde. Natürlich hatte er schon mit Hemd und Stoffhose ab sieben Uhr vor seinem Rechner gesessen, alle Anschlüsse kontrolliert, die Programme getestet, sein Headset überprüft. Die Zugangsdaten hatte er gestern geschickt bekommen, sodass er sich frühzeitig im System anmelden konnte. Bis sich sein Chef um neun Uhr endlich zum vereinbarten Videotermin zuschaltete, hatte die *Bialetti* schon viermal Espresso ausgespuckt.

Während sein Chef, den Raphael von früher kannte, weit ausholte, um ihm zu erklären, was sich in den letzten Monaten verändert hatte, musste Raphael ein Gähnen unterdrücken. Er hatte die letzte Nacht schlecht geschlafen. Zu Abend hatte er sich einen Teller Grillgemüse und einen Rotwein im Georgenhof gegönnt und war früh nach Hause gegangen. Dann hatte er lang nicht einschlafen können. Also hatte er sich einen Überblick über die aktuellen Wirtschaftszahlen verschafft, die ihn seit Langem nicht mehr interessiert hatten. Als er fast eingeschlafen war, hatten sich Heinz und Gerlinde nebenan lautstark gestritten. Anschließend hatte er seine Kamera gecheckt. Ein Auto am Ladurnerhof, die beiden Männer vom Vortag. Er hatte für alle Fälle Screenshots gemacht, auch wenn er nicht wusste, ob er sie jemals brauchen würde.

Eine eingehende Nachricht weckte seine Aufmerksamkeit. Marias Bild erschien auf seinem Display, dazu die Worte: »Ich wünsche dir einen erfüllenden Arbeitstag.«

»Heute Abend feiern?«, tippte Raphael.

»Georgenhof hat Ruhetag. Aperitivo bei mir, 18 Uhr«, antwortete Maria.

Raphael fiel auf, dass er noch nie bei Maria gewesen war.

»Könnte knapp werden. Arbeite 10 Stunden, offizieller Start vor einer halben Stunde.«

»Komm, wenn du fertig bist. Freu mich.«

»Hast du sonst noch Fragen?«, kam es aus seinem Kopfhörer.

»Die Adresse«, sagte Raphael in Gedanken.

»Adresse?«, fragte sein Chef verwirrt.

»Die Mailadresse der Personalabteilung, an die ich meine Sozialversicherungsnummer schicken soll«, schaltete Raphael sofort.

Natürlich hatte er alles bereits vor ihrem Videocall erledigt, aber das wusste sein Chef ja nicht.

»Ich freue mich, dass du wieder an Bord bist«, bekräftigte sein Chef.

»Es ist mir ein Fest«, behauptete Raphael.

»Ach übrigens, heute werden die Systeme spätestens um sechs Uhr abgeschaltet, Wartungsarbeiten. Du kannst dann Feierabend machen. Aber wie ich sehe, bist du ohnehin seit Stunden online.«

Raphael verzichtete auf eine Mittagspause und nahm nebenbei ein Stück Käse und eine heiße Brühe zu sich, außerdem trank er noch den einen oder anderen Espresso. Natürlich konnte Luis ihm sagen, wo Maria wohnte. Raphael beschloss, mit dem Fahrrad hinunterzufahren, um schneller zu sein, vor allem für den Rückweg. Umziehen konnte er sich, während er eine Online-Schulung mit einem Auge und Headset verfolgte. Das Hemd fand er passend, die Hose wechselte er gegen eine Jeans.

Zum Aperitivo wäre ein Sekt oder ein Aperol ein passendes Gastgeschenk, doch Raphael entschied sich für seine letzte Flasche Grappa vom Wezl. Ein guter Grund, demnächst mal wieder durchs Passeiertal hinüberzulaufen.

Als Maria die Tür öffnete, schoss eine gelbgetigerte Katze an ihrem Bein vorbei und verlor sich im Nachbargarten.

»Wer war das denn?«

»Das war Pepone, er ist gerne draußen unterwegs, ihm ist es zu Hause zu langweilig. Es gibt auch noch Don Camillo, aber der lässt sich bei Fremden nicht oft blicken.«

Maria trug ein Kleid, das Raphael noch nicht an ihr gesehen hatte. Er betrachtete sie eingehend und nahm wahr, dass auch ihr Kurzhaarschnitt inzwischen gewachsen war und sie nicht mehr so burschikos aussah wie bei ihrem ersten Treffen. Ihre Wohnung war klein, aber stilvoll eingerichtet, im Wesentlichen funktional mit ein wenig dekorativem Schnickschnack. Genau nach Raphaels Geschmack.

»Hast du den Tag in der Küche verbracht?«, fragte Raphael und naschte eine Olive.

»Nein, im Supermarkt«, gab Maria lachend zu. »Ich musste den ganzen Tag arbeiten, eine neue Fotoreportage, da musste ich das schöne Wetter ausnutzen. Aber in Meran findet man ja alles, was man braucht. Greif zu.«

Erst jetzt merkte Raphael, wie hungrig er war.

»Ich habe Aperol Spritz vorbereitet, mein Spezialrezept«, plapperte Maria gut gelaunt. »Ein Drittel Aperol, ein Drittel Prosecco, ein Drittel Mineralwasser und dazu noch ein Drittel Weißwein.«

Raphael musste lachen, Maria sah ihn erstaunt an.

»Du hast so viele Stärken, aber Mathematik gehört nicht dazu«, erklärte Raphael, nahm ein Messer und ein Stück Blätterteiggebäck und versuchte, vier Drittel daraus zu schneiden.

Maria lachte herzhaft und prostete ihm zu.

»Ein Tag ohne Tote, wie herrlich. Keine Polizei, keine Carabinieri, einfach nur feiern. Magst du deine Arbeit?«

»Ich weiß nicht, ob jemand einen Bank-Job mögen kann, aber er bringt gutes Geld. Da mein Chef mich kennt, darf ich mir einige Freiheiten herausnehmen. Ich arbeite so effizient, dass ich meine Arbeit locker in zweimal acht statt zweimal zehn Stunden pro Woche schaffe. Dafür checke ich zwischendurch meine Mails, antworte manchmal kurz und habe an den Arbeitstagen weniger Aufwand.«

»Aber abschalten kannst du nie?«

Raphael zögerte mit der Antwort. »Ich habe monatelang abgeschaltet. Es tut gut, wieder zu denken.«

»Warum hatte ich nicht den Eindruck, dass du wirklich abgeschaltet hast?«

Sie nahmen die Platte mit den Vorspeisen mit nach draußen auf den winzigen Balkon und tranken noch einen zweiten Aperol Spritz. Raphael hatte einen Stapel der Südtirol-Magazine mit hinausgenommen, die auf einem Beistelltisch neben dem Sofa lagen. Er blätterte die Hochglanzhefte durch und freute sich, als er Ziele wiedererkannte, die er bereits erwandert hatte.

»Das kenne ich noch nicht, was ist das?«, fragte er und hielt Maria das aufgeschlagene Heft hin.

»Du warst noch nie im Knottnkino? Da müssen wir zusammen hin.«

Auch wenn man im Knottnkino statt Filmen Berge von Kinositzen im Freien aus anschauen konnte, landeten sie beim Thema Kinofilme. Sie trugen die leeren Aperitifgläser in die Küche und Maria drückte Raphael einen Korkenzieher und eine Flasche Rotwein in die Hand. Sie probierte Luis' Rezept für *Hirtenmakkaroni* aus und versuchten, den jeweils anderen vom eigenen Filmgeschmack zu überzeugen.

Die Makkaroni schmeckten hervorragend, auch die zweite Flasche Wein passte gut. Draußen war es inzwischen zum Sitzen zu kühl, und Maria kuschelte sich auf das Sofa. Als sie die Beine anzog, sprang ihr eine schwarze Katze auf den Schoß und rollte sich zusammen.

»Ah, Don Camillo gibt sich doch die Ehre«, stellte Maria ihren Mitbewohner vor. Sie kraulte den Kater am Kopf und Raphael merkte, wie er ein wenig neidisch wurde.

Der Kater sprang auf und erkundete den neuen Duft in seinem Zuhause. Er schnupperte an Raphaels Hand, der sie ungeschickt zurückzog.

»Angst?«

»Nur keine Erfahrung mit Katzen.«

Maria setzte sich dicht neben Raphael und als der Kater sich wieder auf ihrem Schoß zusammenrollte, nahm sie Raphaels Hand und zeigte ihm, wo er sich am liebsten streicheln ließ. Mit der anderen langte sie zur Fernbedienung, schaltete Netflix an und suchte ihren italienischen Lieblingsfilm. Irgendwann sprang der Kater hinunter und verschwand nebenan. Maria zog Raphael näher zu sich, der sich ihr bereitwillig hingab. Der Film bekam nicht mehr die nötige Aufmerksamkeit, und Pepone musste in dieser Nacht draußen schlafen, weil niemand sein Maunzen vor der Tür hörte.

Wenn man mit »Highway to hell« geweckt wird, ist man wach, sofort, vor allem, wenn die Sonne bereits durchs Fenster strahlt.

Das Handy lag auf Marias Seite des Bettes, weswegen sie zuerst auf das Display sah.

»Hast du dich bei Luis nicht ordnungsgemäß abgemeldet?«

»Wer konnte ahnen, dass ich die Nacht in den Armen einer schönen Frau verbringe«, murmelte Raphael.

Maria wischte über das Display, wobei sie den Lautsprecher aktivierte.

»Pronto«, meldete sie sich.

»Äh, da muss ich wohl …«, stammelte Luis.

»*Hoi*, Luis, hier ist Maria. Alles klar bei dir, brauchst du Hilfe?«

»Oh, ich wusste nicht … ich dachte, ich hätte Raphael angerufen. Er ist oft nachts unterwegs und nicht zu Hause. Ich mache mir Sorgen, ob auf einem seiner Ausflüge etwas passiert ist. Wegen seinem Fuß, du weißt schon …«

»Alles gut, Luis, danke der Nachfrage. Ich habe geschlafen wie ein Baby, nur nicht in meinem Bett.«

»Oh, ich, äh, dann habt einen schönen Tag«, stotterte Luis und legte auf.

»Geschlafen wie ein Baby?«, fragte Maria stirnrunzelnd.

»Ständig wach, geschrien, ein wenig an der Brust genuckelt und selig wieder eingeschlafen«, erklärte Raphael grinsend.

»Vorsicht, ich habe Pepone heute Nacht reingelassen. Der spielt mit allem, was sich bewegt«, warnte Maria und schielte zur offenen Schlafzimmertür.

»Demnach sollte ich ihn so versenken, dass er ihn nicht finden kann«, schlug Raphael vor und beugte sich über Maria.

Bevor die beiden da weitermachen konnten, wo sie in der Nacht aufgehört hatten, klingelte Marias Handy nebenan. Sie blickte auf die Anzeige ihres Weckers und sprang auf.

»Verdammt, ich muss los. Ich mache heute eine Fotoreportage von der ersten Fahrt der neuen Seilbahnkabine und muss sofort weg.«

»Wohin?«

»Hirzer.«

»Ich komme mit«, entschied Raphael spontan.

Erst im Auto fiel ihnen auf, dass Raphael nur Turnschuhe trug, die alles andere als bergtauglich waren.

»Man wundert sich, mit welchen Hacken Süditalienerinnen auf die Berge fahren. Oder junge Mädels mit Flip-Flops. Warum nicht auch mit Turnschuhen?«, beruhigte Maria ihn. »Ich habe Wanderstöcke im Kofferraum, die kannst du mitnehmen.«

An der Seilbahn hatte sich eine lange Schlange gebildet, doch Maria ging mit ihrer Kameratasche an allen vorbei und zog Raphael an der Hand mit sich. Neugierige Blicke folgten den beiden.

»He, hinten anstellen«, rief ein augenscheinlich deutsches Pärchen in Beige und hielt einen Wanderstock wie eine Schranke vor sie. Raphael erkannte Gerlinde und Heinz.

»Tut mir leid, das dauert so lange wegen der Alkoholkontrolle. Wir dürfen vorgehen, wir haben nichts getrunken«, rutschte es Raphael raus.

Heinz ließ sofort den Stock sinken und Raphael sah noch im Augenwinkel, wie er aufgeregt mit Gerlinde tuschelte.

Die Offiziellen standen bereits am Einlass und sahen Maria ungeduldig entgegen. Die drückte Raphael ihre Tasche in die Hand und begrüßte alle mit einem Lachen und einem flotten Spruch auf Südtirolerisch, woraufhin lächelnde Gesichter zurückstrahlten, die sofort auf Fotos festgehalten wurden.

Die Würdenträger hatten leider mit ihren Reden auf Maria gewartet, sodass diese ihr Handy auf Sprachaufnahme stellte, und weitere Fotos machte.

»Es sind immer die gleichen Sprüche. Der Dank an die

Sponsoren, der Wunsch auf unfallfreie Auf- und Abfahrten und so weiter«, raunte Maria Raphael zu und stieß ihn vor sich her in die Gondel zur ersten Auffahrt.

»Das ist sowieso Augenwischerei. Es gab schon eine Revisionsfahrt heute Morgen. Mit der wäre ich lieber mitgefahren, aber da war ich anderweitig beschäftigt.«

Raphael hatte die Plätze mit Sicht nach unten anderen überlassen müssen, er blickte stattdessen bergauf. In einer Kehre sah er gerade noch einen schweren Offroader, der zwischen den Bäumen verschwand.

Die Auffahrt war lang und ausgelassen. Es gab Sekt und als sie ausstiegen, erwartete sie ein Buffet hinter dem Drehkreuz.

»Der Sekt auf nüchternen Magen war keine gute Idee«, murmelte Raphael.

»Alles klar?«, fragte Maria besorgt.

»Ich habe ein Auto hinauffahren sehen, das wir beide kennen: der Geländewagen des Mannes, den wir für Cellini gehalten haben, mit dem Kennzeichen aus Neapel. Er ist gerade auf dem Weg nach oben. Ich frage mich, was das zu bedeuten hat.«

Er steckte sich ein weiteres Stück Blätterteiggebäck in den Mund und sah sich verstohlen nach einer Tasse Kaffee um.

»Ich muss Fotos machen und die Interviews führen. Du kommst zurecht?«, fragte Maria.

»Bis gestern konnte ich das noch allein, jetzt weiß ich nicht, wie ich den Tag herumbringen soll«, sagte Raphael mit trauriger Miene. »Ich suche mir einen Kaffee, damit ich auf Betriebstemperatur komme, und sehe mich um. Wir sehen uns heute Abend.«

Er küsste Maria und entfernte sich unbemerkt von der Gruppe, ein Stückchen Pizza in der Hand.

Das Wetter war großartig für eine solche Jungfernfahrt, die Luft war klar und man hatte wundervolle Fernsicht. Raphael zückte sein Handy, um das Bergpanorama zu fotografieren, und entdeckte wieder das Auto in einiger Entfernung, das noch immer den Berg Kurve um Kurve hinauffuhr.

In der Hütte an der Bergstation tummelten sich zahlreiche Menschen. Raphael verzichtete auf einen Sitzplatz und trank einen Kaffee im Stehen. Zum Glück gab es ein Gläschen Wasser dazu, denn seinen Proviantrucksack hatte Raphael natürlich nicht dabei.

»Kann ich noch eine Wasserflasche für unterwegs haben?«

»Wir haben nur die Glasflaschen.«

Raphael überlegte einen Moment, ließ sich dann aber eine Flasche geben. Sie war eiskalt und schmerzte fast in der Hand. Raphael kramte ein paar Münzen aus der Hosentasche und legte sie auf die Theke. Er fragte sich, wie er die Flasche und die Wanderstöcke koordinieren sollte, weil die Flasche zu groß für seine Jackentaschen war.

Raphael dachte noch darüber nach, ob er den Weg zu den Berghütten wählen sollte, als er Gerlinde und Heinz schnurstracks auf sich zukommen sah. Er überflog den Schilderbaum und entschloss sich spontan, heute endlich die Nandlhütte aufzusuchen und vielleicht herauszufinden, was es mit den identischen »Geschlossen bis März«-Schildern auf sich hatte, nachdem das vorgestern nicht mehr geklappt hatte. Der Weg war mit stolzen vier Stunden angegeben, den würden Luis' Feriengäste sicher nicht wählen.

Ein Blick über die Schulter bestätigte ihm, dass die beiden ihm nicht folgten. Raphael zog den Schal um seinen Hals enger und wollte ihn auch um sein Kinn schlingen. Dafür musste er stehenbleiben, weil ihm die Flasche und die Stöcke im Weg waren. Er nahm einen Schluck aus der Wasserflasche, griff die Stöcke, die er auf dem Bergkamm auch abseits der Straße nicht brauchen würde, mit einer Hand und machte sich auf den Weg.

Obwohl die Sonne schien, pfiff ein eisiger Wind. Das Gras war taufeucht, im Schatten waren die Ränder der Blätter mit Eis überzogen. Als Raphael auf seinem Smartphone die Temperatur nachschauen wollte, fluchte er. Natürlich hatte er am gestrigen Abend nicht daran gedacht, sein Handy zu laden, dessen Akkuanzeige nun rot leuchtete.

Einen Tag offline zu sein, war Raphael inzwischen mehr als recht, aber er hätte Luis gern nicht noch mal im Unklaren gelassen. Außerdem regte sich sein schlechtes Gewissen, weil Luis vielleicht Hilfe benötigte. Was ihn jedoch wirklich ärgerte, war die Tatsache, dass er keine Fotos machen konnte.

Da ihm der Aufstieg heute recht anspruchsvoll vorkam, fragte Raphael sich, ob er zu Beginn seines Aufenthaltes wirklich schon einmal auf der Nandlhütte gewesen war. Doch dann fiel ihm ein, dass sie vom Jochrhof aus eine der nächstgelegenen Hütten gewesen war. Damals war er einen anderen Weg gegangen, von der Taser-Seilbahn kommend. Dem »Geschlossen bis März«-Schild hatte er seinerzeit keine Bedeutung beigemessen, erst nach dem Auftauchen des identischen Schildes auf der Schäferalm waren Fragen aufgekommen, die nur ihn zu interessieren schienen. Zum Taser könnte er also später zurücklaufen und die Seilbahn ins Tal nehmen.

Inzwischen wusste Raphael, wie unzuverlässig die Zeitangaben auf den Schildern waren. Das nächste zeigte nur noch zweieinhalb Stunden an, obwohl er gewiss noch keine neunzig Minuten unterwegs war. Ihm begegnete keine Menschenseele. Wer zu Beginn der Saison kam, musste sich erst wieder ans Wandern und an die Höhe gewöhnen, da standen die anspruchsvolleren Bergtouren nicht auf dem Programm.

Aus der Ferne klang lautes Klappern, als Autoreifen über die im Boden eingelassenen Rohre ratterten, die für Huftiere unüberwindbar waren. Raphael ließ den Blick schweifen. Das Auto, das ihm bereits aus der Seilbahn aufgefallen war, verschwand gerade hinter einer Wegbiegung, hinter der der Berg aus dieser Perspektive zu enden schien.

Die Sonne meinte es gut mit Raphael und so konnte er den Reißverschluss seiner Jacke öffnen. Er trank einen weiteren Schluck aus der Wasserflasche, die nun in die locker sitzende Innentasche seiner Jacke passte. Raphael klopfte seine Jacke ab und stellte überrascht fest, dass sein Portemonnaie wohl noch bei Maria lag. Die Seilbahn würde er also doch nicht nutzen können, folglich müsste er einkalkulieren, dass er auch den Abstieg noch im Hellen schaffen müsste.

Der Weg wurde schmaler und querte einen Bach, der vom Gipfel ins Tal strömte. Im Sommer würde es nur ein dünnes Bächlein sein, doch nach dem Regen der letzten Tage führte er viel Wasser. Raphael suchte Halt auf den Steinen, die als Tritte im Bachbett dienten. Er war froh, dass er jetzt beide Hände für die Stöcke frei hatte. Ein Stein kippte leicht zur Seite, als Raphael darauf trat. Sein Schuh sog sich voll Wasser, und auch seine Socken waren im Handumdrehen durchnässt.

Das nächste Schild wies zwei weitere Hütten aus, wobei eine als Schutzhütte gekennzeichnet war. Raphael beeilte sich, aus den nassen Schuhen herauszukommen. Seit der letzten Biegung befand er sich im Schatten des Berges und fror erbärmlich. Auch sein Magen knurrte inzwischen. Raphael sah, dass der Himmel sich zugezogen hatte und die Wolken tief hingen. Als er den befestigten Weg kreuzte, entschied er sich, diesen zu nutzen, statt über die lockeren Steine auf dem ausgewiesenen Wanderweg zu laufen. Hier im Schatten waren die Pfützen noch gefroren, das Eis war in den Spurrillen aufgebrochen. Das Auto musste also diesen Weg genommen haben, auch wenn der Straßenbelag aus sehr unebenen, rundgeschliffenen Steinen bestand und vermutlich eher für Ochsengespanne angelegt worden war.

Hinter der folgenden Kurve konnte er die nächstgelegene Hütte erkennen. Er beeilte sich noch mehr, als er den ersten Blitz am Himmel sah. Ein Gewitter in dieser Höhe würde wahrscheinlich Schnee oder Hagel bedeuten. Dank Luis erkannte er die Zeichen am Himmel inzwischen frühzeitig. Die Hütte war verschlossen, ein handgemaltes Schild informierte: »Wir machen Ferien. Chiuso per ferie.« Raphael glaubte, einen Lichtschein zwischen den Fensterläden zu sehen, doch da in dem Moment ein Donnergrollen erklang, war es bestimmt nur ein Blitz gewesen, der sich in der Scheibe widergespiegelt hatte.

Es gab hier keine Möglichkeit, sich unterzustellen, weder direkt am Haus noch am Schuppen nebenan. Die Nandlhütte und die Schutzhütte, auf die das Schild zuvor hingewiesen hatte, sollten nur wenige Minuten entfernt sein. Der Wind frischte auf. Raphael verzichtete auf die Wanderstöcke und verfiel in seinen alten Joggingrhythmus. Nach der nächsten Windung sah er den offenen Unterstand und traf dort zeitgleich mit den ersten Tropfen ein. Der Regen begann, auf das Dach zu prasseln. Raphael drückte sich eng an die Rückwand, da ein Rinnsal unablässig durch eine undichte Stelle lief. Vor der Hütte bildeten sich große Pfützen.

Durch den Regenvorhang musterte Raphael die Nandlhütte. Sie lag kaum hundert Meter entfernt, war aber nur schemenhaft zu erkennen. Nichts deutete darauf hin, dass dort Menschen waren: kein Lichtschein, kein Auto, kein Geräusch, das durch das Gewitter hindurch zu hören gewesen wäre.

Raphael erinnerte sich an Cellinis Worte, dass der Steig zwischen Nandlhütte und Jochrhof nur für erfahrene Wanderer geeignet sei und es dort schon mehrere Abstürze gegeben habe. Zurück würde er abermals vier Stunden brauchen, bei den Wegverhältnissen eher mehr. Mit klammen Fingern zog Raphael das Handy aus der Hosentasche. Das Display blieb schwarz. Raphael seufzte. Es müsste gegen drei Uhr am Nachmittag sein. Die letzte Seilbahn fuhr wahrscheinlich in drei Stunden. Das war keinesfalls zu schaffen. Der Boden war aufgeweicht, die Steine rutschiger als zuvor, der Bergbach reißender. Seine Schuhe fanden keinen Halt mehr. Vor Einbruch der Dunkelheit würde er die Bergstation der Seilbahn nicht erreichen.

So schnell, wie der Regen gekommen war, ließ er wieder nach. Die Sonne setzte sich durch, hatte aber noch nicht genügend Kraft und konnte weder den Boden trocknen noch Raphaels steifgefrorene Glieder wärmen. Die leere Wasserflasche würde er hier in der Schutzhütte stehen lassen, auch wenn es ihm widerstrebte, Müll am Berg zu verursachen. Aber er musste die Jacke schließen, wenn er nicht seinen zweiten Arbeitstag wegen Krankheit versäumen wollte.

Die Nandlhütte lag jetzt unmittelbar in Sichtweite, vielleicht würde er dort die Nacht verbringen können. Raphael sprang über die große Pfütze und konnte sich gerade noch mit den Stöcken abfangen. Ein Blick bergauf sagte ihm, dass er Glück gehabt hatte: Nur wenige Meter höher war bereits alles weiß überzogen.

Er ging um die Hütte herum, aber auch sie war nicht nur

geschlossen bis März gewesen, sondern noch bis in den April hinein, wie ein Schild besagte. Alle Türen und Fenster waren verrammelt, die Klappläden mit Spinnweben überzogen, und weit und breit keine Unterstellmöglichkeit. Wenige Meter vor dem Haus ging es steil abwärts, was bei klarem Wetter sicher eine wundervolle Aussicht ermöglichte. Ein hölzernes Geländer war zum Teil zerbrochen.

Immerhin lag Brennholz sauber neben dem Weg gestapelt. Raphael lud sich einige kleinere Scheite auf beide Arme und brachte sie zur Schutzhütte zurück. Auf einem Regalbrett an der Wand hatte er eine Packung mit Streichhölzern gesehen. Jetzt bräuchte er nur noch ein paar Zweige, dann könnte er ein Feuer an der Schutzhütte entfachen.

Gegenüber dem Unterstand führte ein schmaler Pfad in ein Gebüsch. Die Schutzhütte befand sich knapp oberhalb der Baumgrenze, hier warteten nur noch Alpenrosen und Erika darauf, von der Sonne geweckt zu werden. In etwas tieferen Lagen würde Raphael hoffentlich dickere Zweige finden. Vielleicht würde jemand durch das Feuer auf ihn aufmerksam. Wenn nicht, könnte es ihn wenigstens über die Nacht retten.

Raphael merkte nicht, wie die Zeit verstrich. Seine Ausbeute an einigermaßen trockenem Geäst war mager. Raphael warf die Zweige neben die Hütte und schichtete sie zusammen mit den Holzscheiten so auf, wie er es vom Grillfeuer zu Hause kannte. Bei dem Gedanken daran grummelte sein Magen erneut. Raphael schnappte sich die Flasche und tauchte sie in die Pfütze vor der Hütte. Vielleicht half das gegen den Hunger. Er trank in großen Schlucken, obwohl das Wasser eisig war. Sein Harndrang verstärkte sich. Raphael hasste es, wenn Menschen unter Brücken oder in Unterführungen pinkelten, statt ihre Notdurft dort zu verrichten, wo der Regen es wegspülen konnte. Er stellte sich also hinter die Hütte und erleichterte sich. Plötzlich hörte er eine Stimme, verhalten und dunkel.

»Ciao, Stefano qui.«

Es dämmerte inzwischen. Raphael konnte nicht erkennen, woher die Worte kamen. Es war keine zweite Stimme zu hören. Entweder führte jemand ein Selbstgespräch oder ein Telefonat.

Wo war der Mann hergekommen? Raphael hielt inne und schaute zur Nandlhütte, überlegte, ob er sich auf Italienisch verständlich machen könnte. Eben hatte die Hütte verlassen gewirkt, jetzt stand die Tür offen.

Hinter der Bergsilhouette sah man den goldenen Sonnenuntergang. Gegen den helleren Horizont konnte Raphael eine Bewegung ausmachen. Sein Blick schwenkte zu dem Holzstapel am Wegrand. Zwei Gestalten liefen von dort gebückt auf die Hütte zu. Genau genommen auf den telefonierenden Mann, den Raphael jetzt im Gegenlicht am entlegenen Ende der Hütte erkennen konnte. Gerade wollte er rufen, als ein Schuss fiel.

63

Maria machte sich Sorgen. Raphael war weder bei ihr noch bei Luis aufgetaucht. Am Handy kam die Ansage, der Teilnehmer sei nicht erreichbar. Außerdem wusste sie, dass er keine geeigneten Schuhe für eine lange Wanderung trug. Also rief sie den Jagdaufseher an.

»*Hoi* Maria, wie schaut's?«

»*Hoi* Florian. Sag mal, du warst doch am Montag mit dem Raphael unterwegs. Hast du eine Idee, wo er heute hingegangen sein könnte? Er ist spontan mit mir auf den Hirzer hinaufgefahren und ist seitdem nicht mehr erreichbar.«

»Er ist ein erfahrener Wanderer, da würde ich mir keine Sorgen machen.«

»Er trägt nur Turnschuhe und droben hat es geschneit. Außerdem ist es draußen gleich stockfinster.«

»Sicher wird er irgendwo eingekehrt sein. Es belebt sich am Berg, die Pächter sind wieder oben und richten die Hütten her, auch wenn sie noch nicht für die Touristen geöffnet haben. Mach dir keine Gedanken. Bestimmt sitzt er irgendwo bei *Schlutzkrapfen* und einem *Magdalener*.«

»Weißt du, er hatte gestern schon nicht bei Luis angerufen, dass er über Nacht wegbleibt. Ich bin mir sicher, heute hätte er ihn antelefoniert. Außerdem hat er seinen Geldbeutel bei mir liegen lassen.«

Florian schwieg einen Moment. »Was hältst du davon, wenn wir beide in den Georgenhof essen gehen? Da werden sicher Leute sein, die ihn gesehen haben, dann siehst du ganz schnell, dass deine Angst unbegründet ist.«

Maria dachte über den Vorschlag nach. Wahrscheinlich war es gut, die Ohren offen zu halten.

»Denkst du, ich sollte die Carabinieri unterrichten?«

Der Jagdaufseher zögerte. »Die sind sowieso nicht gut auf ihn zu sprechen. Wenn du jetzt die Pferde scheu machst und er hat nur eine Liebesnacht irgendwo, bekommt er kein Bein mehr auf den Boden.«

Maria räusperte sich. Und schwieg.

»Maria?«

»Ja, lass uns um acht Uhr zum Essen treffen, dann sind die Gäste durch.«

»Weißt du was, ich fahre schon hin. Vielleicht haben die Touristen ihn gesehen.«

»Aber die kennen ihn doch nicht.«

»Ein Mann in einer Notlage wäre ihnen aufgefallen.«

64

Statt nach vorne zu stürmen, zog sich Raphael in den Schutz des Unterstandes zurück. Er wusste nicht, wie lang die beiden Männer schon hinter dem Holzstapel kauerten, vermutlich waren sie an der Schutzhütte vorbeigelaufen, während er Reisig gesammelt oder sich erleichtert hatte. Sie wussten hoffentlich ebenso wenig von seiner Anwesenheit wie er bislang von ihrer.

Wer war der Mann aus der Hütte? War sie doch nicht verlassen?

All diese Fragen rasten Raphael durch den Kopf, während er die Augen zusammenkniff und zu erkennen versuchte, wer geschossen hatte und ob jemand getroffen worden war. Doch alle Männer liefen in rascher Bewegung aufeinander zu. Der Mann aus der Hütte, der bislang telefoniert hatte, schrie etwas, das Raphael nicht verstehen konnte. Die anderen liefen unbeirrt weiter auf ihn zu. Der Mann aus der Hütte griff sich an die Seite, zog etwas hervor. Der größere Angreifer stürzte sich auf ihn. Raphael hörte ein Knistern und sah eine elektrische Funkenladung. Der Angreifer fiel wie ein Sack zu Boden. Der Mann aus der Hütte lief rückwärts zum Haus zurück. Es folgte ein Schuss, der von den Bergen widerhallte. Bevor er das Haus erreichen konnte, brach der Mann mit dem Telefon schreiend zusammen, dann folgte Stille.

In der Hütte flammte Licht auf, ein weiterer Mann füllte die Türöffnung aus und verdunkelte sie. Er schrie, griff sich an den Gürtel, löschte das Licht. Dann feuerte er, lief dabei geduckt nach links zu dem Verletzten.

Der Mond schob sich über den Bergrücken und tauchte die Szene in kaltes Licht.

Eine weitere Person trat in die Türöffnung, klein und schmal. Eine Frau? Der Kopf zuckte hin und her, schließlich rannte sie nach rechts auf Raphael und den Unterstand zu. Raphael erkannte, dass es ein Mann war. Ihre Blicke trafen sich.

»Antonio Sibona?«, rief der andere Angreifer, der sich rückwärts auf den Holzstapel zubewegte.

Der Ruf galt dem Flüchtenden. Der erstarrte und warf sich zu Boden. Der große Mann, der zuvor aus der Hütte getreten war, schrie ihn an: »Zurück in die Hütte, *subito.*«

»Sono io, Alessio«, rief der Angreifer. »Tu sai chi sono.«

Ich bin es, Alessio. Du weißt, wer ich bin. So viel Italienisch verstand Raphael inzwischen.

Raphael erkannte den bulligen, kleinen Mann in beiger Cargohose und dunkelblauer Daunenjacke wieder, den er neulich am Jochrhof getroffen hatte.

Der Große aus der Hütte hatte den am Boden liegenden Mann erreicht.

»Scheiße, Bonaventura, das kann nicht wahr sein«, schrie er. Er zielte auf den Rufer, der sich hinter den Holzstapel duckte. Der schoss seinerseits, verfehlte ihn aber im Dunkeln.

Der zierliche, flüchtende Mann nutzte die Gelegenheit, sprang auf, sprintete zum Haus zurück und warf die Tür hinter sich ins Schloss. Lautes Poltern war zu hören, als würden schwere Möbel vor die Tür geschoben.

Der Große hatte die Hütte nun ebenfalls erreicht. Er rüttelte an der Klinke. Die gab nicht nach.

»Mach auf! Aprite!«, schrie er.

»Vaffanculo, Roner!«, kam von innen. Verpiss dich, auch das hatte Raphael inzwischen gelernt.

»Sibona, vieni fuori!«, schrie der bullige Mann hinter dem Holzstapel.

Komm raus, übersetzte sich Raphael.

Roner hieß also der Große aus der Hütte. Er hämmerte gegen das Holz, immer in Bewegung, rechts, links, duckte sich, stand auf. »Verdammter Italiener, lass mich rein oder ich schieße das Schloss auf. Attenzione, sto scattando.«

»È pericoloso«, kam aus der Hütte. Er ist gefährlich, verstand Raphael.

Eine Kugel schlug neben Roner in den Fensterladen ein. Er feuerte zurück, Holz splitterte. Der Angreifer lachte höhnisch.

»Sibona, la famiglia è sconvolta!«, schrie der, der sich Alessio nannte. La famiglia, das hatte Raphael bislang nur im Zusammenhang mit der Mafia gehört.

»Scheiße, woher weiß die Familie, dass Sibona hier ist? Da dove?«, fragte Roner.

»Osservazioni«, rief der, der sich Alessio nannte, Überwachungen. Er lachte meckernd. »Meglio dei Carabinieri.« Besser als die Carabinieri. »Sei un traditore.«

Raphael verstand nicht, was er ihm vorwarf. War ein traditore ein Verräter?

»Es hat lange genug gedauert, bis ihr uns gefunden habt. Wir haben unsere Arbeit gut gemacht«, schrie der Große.

Hieß das, er war ein Carabiniere? Bewachte er also den, den sie Sibona nannten?

»La famiglia riprende il fratello«, rief der hinter dem Holzstapel und lachte höhnisch.

Die Familie übernimmt den Bruder wieder. Bruder? Vermutlich nicht im wörtlichen Sinne, aber der Angreifer war also aus der Sippe.

Er hatte ihn als traditore bezeichnet, vermutlich ein Verräter. Dann würde er ihn nicht in den Schutz der Familie zurückholen wollen, sondern trachtete ihm nach dem Leben.

Wenn dieser Mann hier so gut versteckt wurde, war er vermutlich ein Kronzeuge der Mafia. In den Bergen war er besser verborgen als in jedem Gefängnis, in dem immer auch andere Mafiosi einsaßen.

Demnach dürfte dieser Roner Sibonas polizeiliche Leibwache sein, bis er seine Aussagen gemacht und Namen genannt hatte. Es gab also doch Mafia in Südtirol. Roner hielt ihn zwar gefangen, beschützte ihn aber auch vor der Rache der Familie. Zusammen mit dem, der nun erschossen an der Hausecke lag. Vermutlich war Roner jetzt also auf sich gestellt.

Raphael beobachtete Roner, wie er um die ihm zugewandte Hausecke aus dem Sichtfeld dieses Alessios verschwand. Das gab ihm einerseits Schutz, zugleich hatte er den Angreifer nicht mehr im Blick.

»Sibona, devo entrare«, zischte Roner durch einen Fensterladen. Raphael schloss, dass er hineinwollte.

»Impossibile.«

Raphaels Aufmerksamkeit war abgelenkt, er hatte den Angreifer aus den Augen gelassen. Nun sah er, wie der auf die abgelegene Ecke der Hütte zuhielt und sich langsam an der Hauswand entlang auf die Tür zuschob. Zugleich beobachtete Raphael, wie sich auch Roner auf die Hausecke zubewegte. Der Angreifer hob die Waffe.

»Achtung«, entfuhr es Raphael.

Der Mafioso drehte den Kopf in Raphaels Richtung. Das nutzte Roner: Er schoss und traf. Erst ins Knie, eine zweite Kugel drang in den hinabsackenden Oberkörper.

Raphael nahm eine weitere Bewegung wahr. Der Mann, den der andere Polizist mit dem Elektroschocker unschädlich gemacht hatte, rappelte sich auf. Roner hatte noch nicht bemerkt, dass er es mit zwei Angreifern zu tun hatte.

»Roner, da ist noch einer«, schrie Raphael.

Der große Angreifer kroch noch immer benommen tastend über den Boden, er schien seine Waffe verloren zu haben. Roner hatte ihn ebenfalls entdeckt, rannte im Zickzack auf den am Boden kriechenden zu, feuerte zweimal in die Luft, danach klickte die Pistole nur noch. Der massige Roner überrannte den anderen Mafioso wie ein Rugbyspieler und warf ihn zu Boden. Doch der war ihm ebenbürtig, zäh und durchtrainiert. Jetzt erkannte Raphael ihn. Es war der, den Maria und er anfangs für den neuen Jagdaufseher gehalten hatten.

Roner und der Angreifer kugelten die Wiese hinunter, ineinander verkeilt. Sie rollten auf den Abgrund vor der Hütte zu, krachten gegen das hölzerne Geländer.

Roner rappelte sich auf, hieb auf den unter ihm liegenden Mafioso ein. Der konnte sich schreiend aus Roners Griff befreien und sich von ihm entfernen. Roner folgte ihm zwei Schritte, doch der Mafioso wendete abrupt und rammte ihm den Schädel in den Solarplexus. Roner stürzte wie ein gefällter Baum. Im Fallen griff er nach den Beinen des Mafiosos. Gemeinsam taumelten sie auf den Abgrund zu. Holz barst. Der Mafioso schrie, und beide verschwanden aus Raphaels Sicht. Es dauerte lange, bis man etwas aufschlagen hörte.

65

Als Maria den Georgenhof betrat, waren die meisten Tische besetzt. Sie sah einige Bekannte, aber auch einige Feriengäste.

Florian stand sofort auf und winkte Maria zu sich. Er umarmte sie herzlich.

»Ich habe dir schon einen Wein bestellt. Mit dem Essen habe ich gewartet. Die Forelle kann ich empfehlen, die ging eben an den Nachbartisch und sah hervorragend aus«, plapperte der Jagdaufseher los.

»Danke«, sagte Maria verhalten und löste sich aus seiner Umarmung. »Den Wein kann ich brauchen, aber ich habe keinen Appetit. Hast du dich bereits umgehört?«

Florian wirkte enttäuscht. »Ich habe Uschi und Lisa erzählt, dass Raphael bereits den ganzen Tag unterwegs ist, und sie sahen auch keinen Grund zur Besorgnis.«

»Aber ich«, sagte Maria bestimmt und ging zur Theke.

Unterwegs hielt sie inne, lauschte einem Gespräch. Sie erkannte die beiden Touristen als das Paar, das Raphael am Morgen aufgehalten hatte.

»Wir sind heute Morgen mit der neuen Kabinenbahn auf den Hirzer gefahren«, erzählte die Frau über den Gang hinweg einem Paar am Nachbartisch.

»Eigentlich wären wir noch in der ersten Kabine gewesen, aber so ein schnöseliger Deutscher hat sich vorgedrängelt, sodass wir die zweite Fahrt nehmen mussten. Manchmal muss man sich ja für seine Landsleute schämen«, ergänzte ihr Mann.

»Oben wurden wir mit einem Buffet begrüßt und mit Sekt. Es war ein Erlebnis«, plapperte sie.

»Dieser Drängler hatte nicht einmal Wanderkleidung an,

hat sich aber an einen schweren Aufstieg gemacht«, sagte er. »Noch grün hinter den Ohren, aber schon dafür sorgen, dass die Bergrettung kommen muss. Wir dagegen haben jahrzehntelange Bergerfahrung …«

Maria trat nah an den Tisch und unterbrach den Mann.

»Sie haben gesehen, wohin der Mann vom Keschtnhof gegangen ist?«

»Kennen wir uns?«, fragte der Mann skeptisch.

»Sie haben doch heute Morgen die Fotos gemacht, nicht wahr?«

»Wohin ist Raphael gegangen?«, insistierte Maria.

»Der trug nur Turnschuhe«, erklärte die Frau.

»Das war nicht meine Frage. Wohin?«

»Wir wollten kurz mit ihm sprechen, aber er hat den direkten Weg zur Nandlhütte genommen. Vier Stunden in diesen Schuhen. Was für ein Schwachkopf«, sagte der Mann.

»Sind Sie sicher?«

»Wir sind den Almenweg gelaufen und haben ihn nicht mehr gesehen. An der Seilbahnstation war heute eine richtige Schlange, da war er sicher nicht darunter«, wusste seine Frau.

»Komm, wir fahren hinauf«, sagte Florian, der inzwischen neben Maria stand, und schob sie zur Tür.

66

Raphael zögerte. Er wusste nicht, ob sich in der Hütte noch mehr Leute versteckt hatten oder ob es weitere Angreifer gab. Er machte einen Schritt rückwärts und stieß dabei seine Wasserflasche um. Sie zerbrach beim Aufschlagen sofort. Raphael bückte sich und schloss seine Hand um den Flaschenhals. Keine besonders gute Waffe, aber besser als gar keine.

Nach dem Lärm wusste jeder, dass er noch da war, auch dieser Sibona in der Hütte.

Nichts rührte sich. Er lief zu dem geborstenen Geländer und versuchte, etwas in der Tiefe zu erkennen, blickte aber in totale Finsternis.

»Hilfe!«, rief Raphael. »Aiuto!«

Er lief zur Hütte und rüttelte an der Klinke. »Un incidente. Ein Unfall«, schrie er.

»Ho anche bisogno di aiuto«, kam es aus der Hütte.

»Warum brauchen Sie Hilfe, Sibona, sind Sie verletzt? Machen Sie auf.«

»Ho bisogno di un nascondiglio«, kam es gedämpft von innen.

»Ich verstehe Sie nicht. Mein Italienisch ist schlecht.«

»Versteck. Brauche eine Verstecke. Hai un veicolo?«

Vehikel. Auto.

»Nein, ich habe kein Auto. Gibt es hier oben keins? Sie müssen doch irgendwie hinaufgekommen sein.«

»Non capisco. Automobile!«

»Ich habe kein Auto. Die beiden Angreifer hatten ein Auto«, rief Raphael.

»Ti do un sacco di soldi. Prendi l'auto!«

»Ich brauche Ihr Geld nicht. Und ich kann das Auto nicht holen, ich weiß nicht, wo es steht.«

»La chiave?«

»Ich weiß nicht, wo der Schlüssel ist. Vermutlich hat der Tote einen.«

»Cercalo!«

»Ich kann ihn nicht suchen, ich …«

»Ti uccido.«

Ohne seine Worte genau verstanden zu haben, wusste Raphael, dass er ihm gedroht hatte, ihn zu töten.

Raphaels Augen schnellten zu diesem Alessio, den Roner erschossen hatte. Würde der Mann noch leben, wenn Raphael Roner nicht gewarnt hätte? Oder wäre dieser stattdessen tot? Was war nun mit ihm? Lag er schwerverletzt am Abgrund?

»Habe viel Geld«, kam es wieder aus der Hütte.

»Ich will Ihr Geld nicht. Und ich kann Ihnen nicht helfen.«

»Pensa alla tua amica«, rief der Fremde.

»Was ist mit Maria? Sie können mir nicht drohen.«

»Dolore. Forte dolore.«

»Wieso Schmerzen?«

»Proteggimi.«

»Ich kann Sie nicht schützen.«

»Allora Maria non ha protezione.«

»Was heißt hier, sie hat dann keinen Schutz. Ich kann …«

»Soldi contro la vita.«

»Geld gegen Leben? Hier wurden schon genug Leben vernichtet! Nicht auch noch meines.«

Er lief zu dem toten Mafioso, drehte ihn zur Seite. Es schüttelte ihn vor Grauen, als er die Hosentaschen des Toten abtastete. Es klapperte, offenbar ein Schlüsselbund. Er zog ihn vorsichtig hervor. Raphael warf die Schlüssel gegen die Haustür, sodass es klirrte, dann rannte er auf die Schutzhütte zu, zu dem Weg, den er gekommen war. Er wusste, dass er lange unterwegs sein würde, im Dunkeln noch länger. Zugleich wusste er, dass er den Steig zum Ladurnerhof im Dunkeln nicht wagen konnte. Er musste versuchen, sich in Sicherheit zu bringen. Und Maria zu retten.

Er hörte, wie die Möbel in der Hütte verschoben wurden. Dann, wie die Tür aufgerissen wurde und gegen das Holz krachte.

»*Alt!*«, schrie jemand hinter ihm.

War das Sibonas Stimme, die ihn aufforderte anzuhalten? Raphael hielt einen Moment inne. Einen Moment zu lange: Etwas traf seinen Rücken, und sein Oberkörper schien vor Schmerz zu explodieren. Dann brach Raphael zusammen.

67

Florian hatte das Auto vor dem Schlagbaum kaum angehalten, als Maria schon hinaussprang und die Schranke öffnete. Sie stieg wieder ein, und kurze Zeit später passierten sie die Bergstation der Seilbahn.

»Dort hinten geht es zur Nandlhütte«, wusste Maria und wies nach rechts.

»Der Weg ist bei diesem Wetter kaum befahrbar.«

»Du musst. Raphael hat sich vielleicht verletzt! Soll ich die Rettung rufen?«

»Du kannst erst die Rettung rufen, wenn du weißt, dass er sie braucht.«

Maria grummelte und schwieg.

»Warum fährst du mit mir hinauf, wenn du nicht glaubst, dass er in Gefahr ist?«, brach sie ihr Schweigen, nachdem sie den nächsten Schlagbaum geöffnet hatte.

»Ich weiß nicht. So ein Gefühl.«

Maria musste zwei Viehgatter öffnen, dann ratterte das Auto weiter über runde Metallröhren. Wolken hatten sich vor den Mond geschoben. Maria suchte nach Leuchtsignalen, aber außer den Lichtern des Autos war nichts zu erkennen.

Etwas reflektierte in der Dunkelheit, ein Auto stand verborgen unter herabhängenden Fichtenzweigen neben der Straße. Florian zögerte kurz, dann fuhr er weiter. Der Motor des Geländewagens musste sich anstrengen.

Sie passierten eine Schutzhütte.

»Ich schau, ob er dort drinnen liegt und schläft«, sagte Florian und hielt an, als Maria aufschrie. Im Scheinwerferlicht war eine Gestalt auf dem Boden zu erkennen.

»Das ist er«, rief sie und griff nach ihrem Handy.

Florian fuhr näher heran, aber Maria hatte die Autotür bereits aufgerissen und wollte hinausspringen. Florian bremste. Maria lief die letzten Meter und beugte sich über Raphael.

»Rettungshubschrauber, schnell«, rief sie. »Er ist angeschossen! Sein Atem flattert nur noch.«

68

Florian hatte den Erste-Hilfe-Kasten aus dem Auto geholt und versuchte, Raphaels Blutung zu stillen. Das Projektil war nicht ausgetreten, was Raphaels Leben wohl bislang gerettet hatte. Maria wiegte seinen Kopf zwischen ihren Händen und redete auf ihn ein, aber Raphael reagierte nicht.

»Wie lange braucht der Helikopter bloß?«

»Sei froh, dass wir inzwischen einen haben, der auch nachts fliegen kann. Aber horch, da ist etwas«, sagte Florian.

Maria hielt inne.

»Das war das Viehgatter«, sagte sie enttäuscht.

»Nicht nur, auch Rotoren, horch doch.« Florian lief zum Auto und zündete eine Signallampe.

Der Helikopter senkte sich auf die Wiese vor der Hütte. Erst jetzt sahen Florian und Maria, dass eine weitere Person vor dem Eingang lag.

Florian wies dem Arzt, der aus dem Helikopter sprang, den Weg zu Raphael, er selbst lief zu der am Boden liegenden Person vor der Hütte. Er sah im Schein seiner Handytaschenlampe auf den ersten Blick, dass der Hubschrauber für ihn zu spät kam.

»Ist da jemand?«, schrie der Jagdaufseher in Richtung Hütte, und versteckte sich hinter der Hausecke, ohne das Gebäude zu betreten. Darum sollte sich die Polizei kümmern. Er löschte die Taschenlampe und wählte die Nummer der Polizia di Stato.

»Mindestens ein Toter auf der Nandlhütte. Die Carabinieri sind unterwegs, die Bergrettung ist vor Ort.« Er atmete tief durch und holte eine Stablampe aus seinem Kofferraum.

Die Ersthelfer versorgten Raphael und warfen einen Blick auf den Toten, bevor sie Raphael im Hubschrauber mitnahmen. Der Bergretter untersuchte das zerschmetterte Holzgeländer, doch seine und Florians Lampe reichten nicht in die Tiefe. Der Bergretter informierte seine Kollegen und machte sich fertig für den Abstieg.

Als die Carabinieri eintrafen, wich die Anspannung von Maria und sie ließ sich schluchzend an Florians Schulter sinken.

»Können wir hinunterfahren?«

»Braucht ihr uns?«, fragte der Jagdaufseher. »Wir sind keine Zeugen, sind eben erst eingetroffen, haben den verletzten Raphael Schleck gefunden und den Abtransport organisiert sowie den Toten dort gefunden. Mehr können wir nicht beitragen.«

Gasser und Psenner sahen sich schulterzuckend an.

»Nicht unsere Aufgabe, wir warten auf Unterthurner und Nonino«, sagte Julia.

Florian und Maria stiegen ins Auto und machten sich an die Abfahrt. Nach ein paar hundert Metern zupfte Maria den Jagdaufseher am Ärmel.

»Stand hier nicht eben noch ein Auto?«

Florian hielt an und stieg aus. Lautes Hupen ertönte von einem entgegenkommenden Fahrzeug, die Lichter wurden auf- und abgeblendet. Das Auto kam neben dem Jagdaufseher zum Stehen.

»Sie müssen hinauf zur Hütte«, erklärte Florian den Polizisten. »Aber vor einigen Minuten stand hier noch ein Auto unter Zweigen versteckt. Ein Geländewagen, würde ich sagen. Er müsste Ihnen begegnet sein.«

»Uns ist kein Auto begegnet«, sagte Unterthurner.

»*Targa*?«, fragte Ispettore Nonino.

»Sobald ich Zugriff auf Raphaels Bilder habe, kann ich das herausfinden«, rief Maria aufgebracht. »Wenn es das Auto war, das ich vermute, kommt es aus Neapel.«

Florian hielt eine Rolle Absperrband in den Händen.

»Ich markiere Ihnen die Stelle.«

Die Polizisten nickten und setzten ihre Fahrt fort.

69

Es war inzwischen Samstagmorgen. Annas frühere Nachbarin hatte aus dem Krankenhaus angerufen und ihr berichtet, sie hätten Raphael nach zweieinhalb Tagen aus dem künstlichen Koma zurückholen können. Er atme selbstständig und die Vitalfunktionen seien normal, die Wunde heile gut. Anna hatte sofort Maria informiert, die umgehend ins Krankenhaus aufgebrochen war. Am Ende des Gangs stand ein uniformierter Polizist, dessen Präsenz verriet, in welchem Zimmer Raphael lag.

Ein zierlicher Arzt kam aus dem gegenüberliegenden Zimmer.

»Scusa«, murmelte er und drängte sich an Maria vorbei.

Der Polizist diskutierte mit einer Frau mittleren Alters, die aufgeregt gestikulierte und versuchte, sich an dem Beamten vorbeizudrängeln. Sie trug hohe Pumps und ein Etuikleid. Eine Parfumwolke umgab sie, sodass der Polizist sich mehrfach niesend abwenden musste.

»Sie sind Raphaels Schwester?«, rief Maria und blieb hinter einem »Durchgang verboten«-Schild stehen, das auf dem Gang stand.

Der Polizist musterte Maria skeptisch, die Frau schenkte ihr keine Beachtung.

»Nein, ich möchte Frau Mertert nicht sehen, bitte lassen Sie ausschließlich Frau Pircher zu mir durch«, hörte Maria durch die geöffnete Tür des Krankenzimmers.

Die Unbekannte drehte sich unwillig zu Maria um. Ihre Augen funkelten wütend.

»Ich bin Maria. Ich bin Raphaels …«, sie zögerte kurz, » …

Raphaels Freundin.« Sie zog ihre Ausweiskarte aus der Geldtasche und hielt sie dem Polizisten hin.

»Hier steht Rosamunde Pircher«, murmelte der.

»Ja, und mit zweitem Namen Maria.«

Aus dem Zimmer war ein Lachen zu hören.

Der Polizist winkte Maria durch, Nadine schlüpfte hinter ihr ins Zimmer.

»Nicht dein Ernst«, sagte Raphael heiser. Maria beugte sich hinunter, um ihn auf die Wange zu küssen. Raphael war blass, ein Monitor piepste unaufhörlich.

»Meine Mutter war eine unverbesserliche Romantikerin. Und mein Vater vermutlich Engländer. Du glaubst nicht, wie ich in der Schule unter diesem Namen gelitten habe.«

»Ech well wessen, wat passeiert ass«, sagte Nadine, ohne ihren Bruder zu begrüßen.

»Soll ich sie hinausbegleiten?«, fragte der Polizist von der Tür her.

»Dem Teufel kann man nicht entkommen«, sagte Raphael ergeben. »Nimm dir einen Stuhl und schweig einfach.«

»Aber …«, hob Nadine an.

»Ich wüsste selbst gern, was geschehen ist«, sagte Raphael und sah Maria auffordernd an.

Maria setzte sich auf seine Bettkante und berichtete, wie sie Raphael gefunden hatten. Sie erzählte von dem Toten, der als der Mafioso Alessio Bocchino identifiziert worden war.

»Die waren zu zweit«, sagte Raphael matt.

Die Polizisten hatten sich Zugriff auf Raphaels Bilder der Nachtsichtkamera verschafft und auch einen zweiten Mann auf dem Ladurnerhof gesehen. Sie hatten ihn als Carlo Marcati identifiziert, ebenfalls ein gesuchter Mafioso. Seine Fingerabdrücke hatten sie auf dem Ladurnerhof sicherstellen können. Er selbst war bislang nicht gefunden worden, dafür aber jede Menge Blut am Abgrund unterhalb der Nandlhütte. Zum Teil war es sein Blut gewesen, zum Teil das Blut von Brigadiere Thomas Roner, einem Carabiniere mit besonderen Aufgaben. Über Weiteres schwieg sich die Polizei aus. Maria wusste nur durch Annas Bekannte, dass Roner auf demselben Flur wie Raphael lag und ebenfalls bewacht wurde.

»Die Polizisten waren auch zu zweit«, murmelte Raphael.

»Stimmt, Stefano Bonaventura, sein Vorgesetzter. Er ist tot. Die Polizei wird dich dazu befragen.«

Raphael starrte an die Decke. »Ich erinnere mich dunkel daran, dass dort Personen waren, aber ich weiß nicht, was geschehen ist. Da war …«

»Dat ass net deng Affär.«

»Sprich Deutsch«, forderte Raphael seine Schwester auf.

»Warum sollte ich?«

»Weil alle anderen wegen dir auch Deutsch sprechen.«

Nadine verzog das Gesicht.

»Ass an der Reih.« Sie räusperte sich, als sie Raphaels finsteren Blick sah. »Ist in Ordnung«, ergänzte sie schnippisch.

»Und warum sollte es nicht meine Sache sein?«, hakte Raphael nach.

»Sobald du transportabel bist, hole ich dich heim«, sagte Nadine in bemühtem Hochdeutsch.

Raphael wand den Kopf und starrte sie an.

»Ich bin hier zu Hause.«

»*Kabes*, hier bist du nur in Gefahr. Das ist ein ganz anderes System.«

»In Gefahr? Vor wem denn?«

È pericoloso, er ist gefährlich, ging es ihm durch den Kopf.

Wer hatte das zu ihm gesagt? Raphael war noch benommen

von den Medikamenten, dem künstlichen Koma, aber auch der Schussverletzung und dem Sturz. Die Erinnerungen lagen im Nebel.

»Ich bleibe bei Maria.«

»Ich werde all deine Kontakte über deinen Geisteszustand informieren. Du weißt, wie klein Luxemburg ist. Du wirst kein Bein mehr auf den Boden bekommen.«

»Egal, ich bleibe ja sowieso. Ich bin hier angekommen, was soll ich in Luxemburg? Da ist viel zu viel Familie.«

Familie.

Das Wort hallte in Raphaels Kopf nach. Da war irgendetwas auf der Hütte gewesen, das mit Familie zu tun hatte.

»Was war mit dem Mann, den sie in der Hütte festgehalten haben? Oder bewacht? Ich weiß es nicht«, wollte Raphael wissen.

Maria sah ihn stirnrunzelnd an. »Welcher Mann?«

Raphaels Herz begann zu rasen, der Monitor piepste. Sofort kam eine Krankenschwester und sah Maria finster an.

»Sie müssen jetzt gehen. Alle beide.«

»Moment, welcher Mann?«, fragte Maria noch einmal.

»Ich weiß es nicht, ich habe ihn nicht gesehen. Italiener, er sprach kaum Deutsch.«

»Ech hunn alt …« Nadines Mundwinkel zuckten im gleichen Maße nach unten wie Raphaels Augenbrauen. »Schon gut. Ich habe im Hotel ausgecheckt, ich nehme dich mit.«

»Du kannst in meiner Wohnung schlafen«, sagte Raphael erschöpft.

Die Krankenschwester schob die beiden Frauen vor sich her aus dem Zimmer und schloss die Tür hinter ihnen.

»Komm, ich nehme dich mit hinauf«, sagte Maria und bedeutete Nadine, ihr zu folgen.

»Für Sie immer noch Frau Mertert.«

»Dann halt nicht«, sagte Maria und beschleunigte ihre Schritte.

70

Am nächsten Morgen näherte sich Maria gerade gemeinsam mit Luis Raphaels Krankenzimmer, als sie von Nadine überholt wurden. Luis konnte inzwischen mit Krücken laufen, war jedoch langsam und musste sich immer wieder Pausen gönnen, weil seine Rippen und seine Hand durch die Belastung schmerzten.

Derselbe Polizist wie am Vortag hielt Wache vor Raphaels Zimmer. Aus dem gegenüberliegenden war eine aufgeregte Frauenstimme zu hören. Der Polizist verdrehte die Augen, als die Tür aufflog und ein großgewachsener Mann in Uniform auf den Gang trat und die Tür hinter sich zuzog.

»Ah, die Berta«, kommentierte Luis.

»Das habe ich gehört«, fistelte Berthold Rametz. »Liegt Schleck gegenüber? Dann können der Capitano und ich gleich mit ihm sprechen.«

Eine Krankenschwester näherte sich, einen Infusionsbeutel in der Hand. Sie funkelte die Gruppe finster an.

»Das hier ist ein Krankenhaus, kein Versammlungsraum. Der Herr Roner braucht seine Ruhe, auch wenn er noch nicht zu sich gekommen ist.«

Sie öffnete die Tür, vor der Rametz stand. Maria sah einen breitschultrigen Mann im Bett, das für ihn zu klein zu sein schien. Man erkannte Gipsverbände und eine Binde um den Kopf, die die Augen bedeckte.

Der Flur quoll über vor Menschen. Nadine nutzte die Gelegenheit und schlüpfte ungesehen zu ihrem Bruder ins Zimmer.

»In was für Verhältnisse bist du hier geraten?«, zeterte sie, bevor Raphael etwas sagen konnte. »Gestern bin ich auf diesen Hof gefahren, der ist ja am Ende der Welt. Dein *Neveu* konnte mir die Adresse sagen, von dir habe ich ja nichts erfahren. Da sieht es *patheetesch* aus. Das ist ja ein richtiger Bauernhof.«

»Wo ist dein Problem?«

»Da kannst du nicht bleiben«, sagte Nadine ohne jede weitere Erklärung.

»Dort wirst DU nicht bleiben, was schon ein guter Grund ist, dort zu sein. Ich denke, über kurz oder lang werden Maria und ich eine andere Lösung suchen.«

»Maria und …«

Weiter kam sie nicht, denn die Tür ging auf und die Carabinieri Capitano Franco Marzadro und Berthold Rametz drängten ins Zimmer.

»Was können Sie uns über den Verbleib des Mafioso Antonio Sibona sagen?«, begann Marzadro grußlos.

»Nichts«, antwortete Raphael wahrheitsgemäß.

»Was haben Sie mit ihm besprochen?«

Erinnerungen drängten in Raphaels Bewusstsein. Wie Sibona um Hilfe gebeten hatte, ihm Geld geboten, aber auch damit gedroht hatte, Maria große Schmerzen zuzufügen. Seine Aussage, Maria hätte keinen Schutz mehr.

»War das dieser Mann in der Hütte? Ich spreche kein Italienisch, wie Sie wissen, der Mann in der Hütte kein Deutsch. Wir konnten also nicht miteinander sprechen. Uns nicht einmal sehen. War das dieser Sibona? Müsste man ihn kennen?«

»War er es, der Sie niedergeschossen hat?«, überging der Capitano seine Frage.

»Nicht einmal das kann ich Ihnen beantworten. Ich war, um ehrlich zu sein, auf der Flucht. Ich habe zwei Menschen hinter mir gehört, aber wer geschossen hat, entzieht sich meiner Kenntnis.«

»Du bist ein *Boxeschesser*«, entfuhr es seiner Schwester.

»Warum bist du überhaupt hier?«

»Weil mein Sohn, dein Neffe, das so wollte. Und um dich zur Vernunft zu bringen.«

»Du gehst jetzt«, entgegnete Raphael und drückte den Klingelknopf. Sofort öffnete sich die Tür und der Polizist streckte den Kopf herein.

»Die Dame wollte gehen«, sagte Raphael bestimmt. »*Äddi*, Schwester, ein schönes Leben noch.« Er bedeutete dem Wachhabenden, die Besucherin zu entfernen. Der trat auf Nadine zu.

»Das wird dir noch leidtun«, rief Nadine.

Der Polizist griff nach Nadines Arm. Sie entzog sich ihm und schritt hocherhobenen Hauptes und klappernden Schuhwerks von dannen.

»Hat Sibona Sie kontaktiert?«, wollte Marzadro wissen.

»Wie denn, Ihr Wachhund passt doch bestens auf mich auf.«

Marzadros Handy klingelte. »Pronto?« Er lauschte ungehalten, bedeutete Rametz, bei Raphael zu bleiben, und verließ den Raum.

»Wir haben uns kennengelernt, nachdem der Mitterhofer tot aufgefunden worden ist. Konnten Sie das inzwischen aufklären?«, fragte Raphael.

Der Carabiniere verschränkte die Arme vor der Brust. »Selbstverständlich, was denken Sie denn?«

»Eine Hinrichtung im Mafiastil. Was hatte ein Südtiroler Jagdaufseher mit der Mafia zu tun?«

»Das geht Sie nichts an«, fistelte Rametz und blickte gelangweilt aus dem Fenster. Er drehte sich zu Raphael um und deutete mit dem Zeigefinger auf ihn. »Man sollte sich nie für zu schlau halten. Sie nicht und dieser Mitterhofer auch nicht. Wenn man die Mafia beobachtet, sollte man immer so tun, als hätte man nichts gesehen. Es ist nie eine gute Idee, zum falschen Zeitpunkt am falschen Ort zu sein.«

»Wenn sie ihn einfach erschossen hätten, könnte ich es ja verstehen. Aber nur weil man beobachtet wurde, richtet man doch niemanden hin«, wandte Raphael ein.

»Wenn jemand dumm genug ist, die Mafia mit Informationen zu versorgen und dafür Geld zu kassieren, muss man die Grenze kennen. Aber dieser Mitterhofer hat wahrscheinlich damit gedroht, alles der Polizei zu erzählen, wenn er nicht mehr Geld bekommt. Man sollte nicht versuchen, die Mafia zu erpressen«, sagte Rametz. »Aber Sie sind ja nicht von hier, Sie haben keine Ahnung, wie es in Italien läuft. Luxemburger, nicht wahr? Sie wissen nur, wie man reiche Anleger bescheißt und Steuern hinterzieht.«

Bevor Raphael etwas antworten konnte, ging die Tür auf und ein Arzt rauschte herein, dicht gefolgt von Marzadro. Der Arzt bemühte sich, die Polizisten zu ignorieren.

»Herr Schleck, wir haben unsere Untersuchungen abgeschlossen und können Sie nach Hause entlassen. Ich habe auf dem Flur bereits mit Frau Pircher gesprochen, die mir zugesichert hat, sich um Sie zu kümmern. Sie werden noch viel Ruhe brauchen. Aber, mit Verlaub, die Patienten hier im Krankenhaus brauchen ebenfalls Ruhe. Die bekommen sie allerdings nicht, solange Sie und dieser Polizist noch hier liegen. Den kann ich nicht entlassen, er ist noch nicht bei Bewusstsein, aber Sie entlasse ich deswegen heute.« Raphael strahlte, die Carabinieri blickten unglücklich drein. Man sah, dass Marzadro aufbegehren wollte.

Bevor er etwas erwidern konnte, wandte sich der Arzt ihm direkt zu. »Ich weiß, dass Sie andere Unterbringungsmöglichkeiten als ein Krankenhaus haben, wenn Sie das für notwendig halten. Aus medizinischen Gründen ist ein Aufenthalt nicht mehr erforderlich. Guten Tag.«

Marzadro folgte dem Arzt auf den Gang, Rametz blieb unschlüssig zurück.

»Aber dieser Wilderer, der Dosser, was hatte er mit all dem zu tun?«, wollte Raphael wissen.

»Der Dosser? Den würde ich eher einen Kollateralschaden nennen«, fistelte Rametz.

Raphael zog die Augenbrauen hoch. »Kollateralschaden sagt man immer, wenn man für einen Tod verantwortlich ist, das aber nicht zugeben möchte.«

Rametz wand sich sichtlich. »Das war ein Obdachloser. Haben Sie jemals erlebt, dass so einer keinen Alkohol trinkt? Er hat ihn nicht abgelehnt, als jemand ihm welchen angeboten hat. Und noch einen Schnaps und noch einen. Damit er sich erinnert, was er beobachtet hat. Und vielleicht vergisst, was er nicht hatte sehen sollen. Nur vertragen hat er ihn wohl nicht. Ist letztlich eingeschlafen und nicht mehr aufgewacht.«

»Jemand hat ihm Schnaps gegeben? Dieser Jemand war nicht zufällig ein Polizist oder Carabiniere? Aber für den Tod eines Obdachlosen wird man dann nicht zur Verantwortung gezogen, den vermisst ja keiner. War es so?« Raphaels Gesicht war rot angelaufen.

»Sie haben keine Ahnung von Polizeiarbeit, ersparen Sie uns Ihre haltlosen Spekulationen«, sagte Rametz überlegen.

»Und was war oben am Berg? Warum benutzt man Elektroschocker, wenn man eine Pistole benutzen könnte?«, wollte Raphael wissen.

Rametz richtete sich zu seiner vollen Größe auf. »Wir Polizisten sind zum Schutz da, nicht als Angreifer. Wir verteidigen uns selbst und stellen andere ruhig, wenn es sein muss, aber wir schießen nicht auf Menschen, die uns anvertraut wurden.«

»Vielleicht auch, damit niemand einen Schuss hört? So ein Teaser ist doch geräuschlos. Wie eine Armbrust. Oder ein Feuer. Sie stecken doch tiefer mit drin, als die Polizei jemals ermitteln wird.«

Die Tür flog auf und Marzadro steckte den Kopf ins Zimmer. »Rametz, was machen Sie denn noch da? Sofort ins Auto, wir müssen weg.«

71

Raphael genoss die Fahrt durch Meran, den Berg hinauf nach Schenna und zum Keschtnhof, als sähe er alles zum ersten Mal.

Luis gähnte demonstrativ und murmelte, dass ihn der Ausflug angestrengt habe und er einen Mittagsschlaf halten müsse.

Als Maria Raphael in seine Wohnung begleitete, lag ein großes Päckchen auf dem Esstisch.

»Von dir?«, fragte Raphael und lächelte.

Maria runzelte die Stirn. »Niemand hat deine Wohnung in den letzten Tagen betreten. Deine Schwester wollte ja nicht hier schlafen.«

»Demnach muss es von Luis sein. Komm, wir öffnen es gemeinsam«, schlug Raphael vor und ließ sich auf die Eckbank am Tisch sinken. Maria rückte nah neben ihn und zog das Päckchen heran.

Raphael öffnete mehrere Schichten Papier. Darunter kamen dicke Geldbündel zum Vorschein. Ein Zettel lag dabei. Raphael warf einen Blick darauf, dann zog er ein Geschirrtuch heran und schob damit den Zettel zu Maria, ohne ihn anzufassen.

»Non dimenticare, so chi sei. E io conosco Maria. Quindi stai zitto!«, murmelte sie leise, dann übersetzte sie: »Vergiss nicht, ich weiß, wer du bist. Und ich kenne Maria. Also halt die Klappe!«

Sie sah Raphael entsetzt an. »Was hat das zu bedeuten? Das sind mindestens hunderttausend Euro. Wer schickt dir so viel Geld?«

»Da habe ich wohl jemanden kennengelernt, der nicht

möchte, dass ich mich an ihn erinnere. Und dies mit Nachdruck.«

»Was soll das heißen?«

»Ich habe diesen Sibona am Berg getroffen. Er kam auf mich zugelaufen und wir haben uns gesehen. Nur kurz, aber ich würde ihn wiedererkennen. Und er mich ebenso.«

»Na und?«

»Ich hätte ihn verraten, sogar töten können. Hätte ich mich nach dem Tumult einfach still verhalten, hätte er gar nicht gewusst, dass ich noch da bin. Aber ich habe ja diese blöde Glasflasche zerbrochen. Er wusste jedoch nicht, dass ich kein Handy hatte und keine Polizei alarmieren kann. Bevor ich geflohen bin, habe ich ihm den Autoschlüssel von seinen feinen Familienmitgliedern vor die Tür geworfen, weil ich Angst um dich hatte.«

»Du hast dein Leben gefährdet, um meins zu beschützen?«

»Du hast doch kürzlich gesagt, das Leben wird rückwärts verstanden, aber vorwärts gelebt«, erwiderte Raphael und küsste Maria.

»Demnach war Sibona es, der mit dem Auto geflüchtet ist, das diese Mafiosi zuvor am Waldrand versteckt hatten?«

»Davon würde ich ausgehen. Es sei denn, es war dieser Carlo Marcati, den man bislang nirgendwo gefunden hat.«

»Aber woher weiß dieser Sibona von mir?«

»Ich glaube, die Frage nach meiner Freundin war ein Schuss ins Blaue«, erinnerte Raphael sich wieder. »Ich war jedenfalls dumm genug, deinen Namen zu nennen. Marias gibt es viele. Aber wenn er weiß, wo ich wohne, ist es ein Leichtes für ihn herauszufinden, wer du bist und wo er dich findet.«

»Aber du wirst ihn niemals wiedersehen, er kann dir nicht gefährlich werden.«

»Im Gegenteil. Wenn ich es recht überdenke, habe ich ihn sogar zwischenzeitlich wiedergesehen. Im Krankenhaus, als die Tür zu meinem Zimmer offen stand. Er ging ins Zimmer gegenüber, als Arzt getarnt. Ich fürchte, er hat jeden meiner Atemzüge im Blick gehabt. Und Roners natürlich auch.«

»Du kannst das Geld nicht annehmen«, empörte sich Maria.

»Was soll ich denn tun? Soll ich es zurückschicken an ›Antonio Sibona in Neapel‹? Da gibt es sicher mehr als einen. Vielleicht könnte ich ›Mafiaboss‹ dazuschreiben. Oder was heißt ›der Pate‹ auf Italienisch? Infolgedessen geht er davon aus, dass er sich meines Schweigens nicht sicher sein kann. Was bedeutet, ich bin tot. Soll ich es zur Polizei bringen? Dann bin ich ebenfalls tot.«

»Aber die Polizei kennt diesen Sibona.«

»Was viel wichtiger ist: Die Mafia kennt ihn. Wie es aussieht, wurde er geschnappt und sollte als Kronzeuge aussagen. Warum sonst hätte die Polizei ihn dort droben in der Hütte versteckt? Er hätte also vor Gericht seine ganze Familie verraten, um sich selbst zu retten. Das kostet ihn den Kopf, sobald er irgendwo auftaucht, wo seine Familie ihn findet.«

»Geschickt, wenn alles geschlossen ist bis März«, sagte Maria.

»Trotzdem ist wohl jemand aus seiner Sippe dahintergekommen, nämlich diese beiden, die sich auf dem Ladurnerhof verschanzt haben. Oder sie wurden von der Familie abgeordnet, um Sibona zum Schweigen zu bringen.«

»Gehörte dieser angefressene Tote womöglich ebenfalls zu denen?«

»Das hätte ich auch gedacht, wäre nicht dessen Auto verschwunden und später ausgebrannt. Ebenso wie die Hütte.

Da hat jemand Spuren vernichtet. Vielleicht war es jemand aus der Familie, der diesen Sibona warnen wollte, jemand, der ihm wohlgesonnen war. Vermutlich haben die beiden vom Ladurnerhof den Fremden darum ausgeschaltet. Das Reh sicher auch, damit man denkt, die Schüsse hätten allein dem Tier gegolten«, mutmaßte Raphael. »Vielleicht ist auch Johann darüber gestolpert und hat sich aus diesem Grund mit der Mafia eingelassen.«

»Und Johanns Hund?«

»Der hat vermutlich immer angeschlagen, wenn dieser Unbekannte in der Hütte war. Oder sie haben diesen Sibona ursprünglich dort versteckt und seine Bewacher haben den Hund aus den gleichen Gründen erschossen. Dieser Roner schien nicht sehr beherrscht und eher aggressiv zu sein. Ich könnte mir gut vorstellen, dass der irgendwann die Geduld verloren hat. Das passt auch zu dem, was der Wilderer erzählt hat.«

»Dann sahen die Schilder deswegen gleich aus?«

»Genau«, stimmte Raphael zu. »Jemand hat ein Schild ausgedruckt und an die Schäferalm gehängt, vermutlich Sibonas Bewacher. Nachdem die Hütte verloren war, hat man das gleiche Schild abermals ausgedruckt. Mit dem gleichen Fehler, was niemandem aufgefallen wäre, hätte ich nicht mein Fotoprojekt begonnen.«

»Wenigstens Teresa hatte aber mit allem nichts zu tun, oder?«, fragte Maria bang.

»Ich glaube, das war tatsächlich ein Unfall. Beim Johann dagegen können wir einen Unfall ausschließen. Da er plötzlich viel Geld hatte, vermute ich, dass er geschmiert wurde. Oder er war dumm genug, die Mafia erpressen zu wollen, das hat auch dieser Rametz bestätigt«, fasste Raphael zusammen.

»Darum wurde er auch mafiatypisch hingerichtet?«

»Klingt logisch für mich«, sagte Raphael.

Maria überlegte, schließlich sagte sie: »Das würde erklären, warum die Polizia di Stato plötzlich nicht mehr zuständig war. Marzadro und Rametz gehören vielleicht sogar der Gruppo di Intervento Speciale an, der GIS. Die unterstehen den Carabinieri und sind unter anderem für Terrorismusbekämpfung und organisierte Kriminalität zuständig. Darum ist dieser dumme Rametz höhergestellt als Julia, obwohl sie den gleichen Rang bekleiden. Wer zur GIS gehört, hält sich sowieso für etwas Besseres.«

»Arroganz frisst Hirn. Was heißt, wir haben die ganze Zeit gegen die verschiedenen Polizeieinheiten angekämpft«, überlegte Raphael.

»Stimmt. Die Julia und der Hannes wussten als Dorfpolizisten vermutlich selbst nicht, was dort oben vor sich ging.«

»Nonino und Unterthurner haben übernommen, sobald es um Todesfälle ging, aber selbst die wussten allem Anschein nach nichts von dem Kronzeugen«, ergänzte Raphael.

»Und du warst ihnen im Weg, weil du zu neugierig warst und zu viele Fragen gestellt hast.«

»Und weil ich Zeit hatte und auf die Berge gewandert bin, wo sonst im Winter niemand hingeht, weil alles geschlossen ist bis März.«

»Warum gehst du nicht einfach zurück in dein Luxemburg und versteckst dich dort? Kehrst zurück in dein altes Leben.«

Raphael lachte. »Vor der Mafia verstecken? Das halte ich für zwecklos.« Er drehte Marias Gesicht zu sich und küsste sie. »Außerdem bist du hier. Wie soll ich dich von Luxemburg aus beschützen? Du könntest mitkommen, aber vor der Mafia können wir sowieso nicht fliehen.«

Raphael nahm die dicken Bündel Scheine aus dem Paket und überschlug den Betrag.

»Ich möchte das Geld nicht für mich selbst. Aber Luis hat noch einen Schuppen, den er schon immer zur Ferienwohnung umbauen wollte. Dafür wird das Geld reichen. Also bleibe ich hier, baue diese Wohnung zusammen mit ihm aus und wir beide fotografieren die Hütten im Sommer und machen gemeinsam den Bildband fertig. In ein paar Jahren, wenn Gras über alles gewachsen ist, die Mafia mich nicht mehr behelligt hat und ich den Geldbetrag zusammengespart habe, lasse ich das Geld anonym der Polizei zukommen. So lange ist es meine Lebensversicherung.«

»Du möchtest deine Existenz auf Mafiageld aufbauen?«

»Ich möchte mein Überleben sichern. Ich hätte ein gemeinsames Projekt mit Luis, hätte dich in meiner Nähe, könnte meine ursprünglichen Pläne verwirklichen, ein neues Leben anfangen und mir das Geld nur vorübergehend leihen, bis ich es der Polizei übergebe oder eine Stiftung gründe.« Raphael zwinkerte Maria zu und nahm sie in den Arm. »Ob Banker oder Mafiosi, Verbrecher sind wir doch alle.«

Einander verstehen:

Äddi - Adieu / Auf Wiedersehen (lux.)
Affekot - Lux., entspricht südtrl. Advokat, dt. Rechtsanwalt
Alt - Halt! (ital.)
Apero - Aperitif, meist mit kleinen Knabbereien gereicht (lux.)
auf die Schaff gehen - arbeiten (lux.)
aui - hinauf (südtrl.)
Bialetti - trad. Espressokocher für den (Gas-)Herd
Brettljause - Rustikale Zwischenmahlzeit, traditionell auf dem Holzbrett serviert
Boxeschesser - Feigling (lux.)
Brotgramml - Schneidbrett mit hebelartig befestigtem Messer (südtrl.)
Bsuff - Trunkenbold (südtrl.)
Carpf - Carabinieri (abwertend, südtrl.)
Chardonnay passito - sortenreiner Weißwein-Grappa aus Trockenbeerenauslese
Crémant - Schaumweinbezeichnung in Luxemburg
Dolomiten - Auflagenstärkste deutschsprachige Südtiroler Tageszeitung
Du bisch woll net gonz Tschento - Du bist wohl nicht ganz richtig (von ital. cento = hundert)
Flicken - lux. Mehrzahl des frz. Flic, abwertend für Polizist, Bulle
Foie gras - Gänse- oder Entenstopfleber, Luxemburger Spezialität
Fraleit / Madammen - Frauen (lux.)

Gëlle Fra - wörtlich Goldene Frau, Bezeichnung für das Mahnmal Monument du Souvenir mit der goldenen Frauenstatue in Luxemburg Stadt
Goggelen - Eier (südtrl.)
Grazie anche - Danke gleichfalls (ital.)
gschamig - schüchtern (südtrl.)
Hennengeier - Hühnerhabicht (südtrl.)
heuer - dieses Jahr (südtrl.)
Hirtenmakkaroni - südtrl. Gericht aus Hackfleisch, Speck, gekochtem Schinken, Pilzen, Erbsen, Zwiebeln, Knoblauch, Tomaten, Sahne, Kräutern und Gewürzen
Hoi - Hallo (südtrl.)
huerteg goën - schnell / hurtig gehen (lux.)
Hydrauliker - Installateur (südtrl.)
Jause - deftige Zwischenmahlzeit, Marende, Vesper
Kabes - Unsinn (lux.)
Kalterer See - typischer Südtiroler Rotwein vom Kalterer See aus Vernatschtrauben
Kaminwurz - getrocknete Dauerwurst, traditionell kantig und im Rauchfang getrocknet
Kas - Käse (südtrl.)
Kehren - Kurven (südtrl.)
Kleeschen - St. Nikolausfeier am 6. Dezember, traditionell wichtiges (Familien-)Fest (lux.)
Knottn - Berge, Felsen (südtrl.)
Krucke - Hörner der Gämse (südtrl.)
Kuchl - Küche (südtrl.)
Lagrein - typische Südtiroler Rotweintraube
Magdalener - typischer Südtiroler Rotwein aus Vernatschtrauben

Mandor - Männer (südtrl.)
Marende - siehe Jause
Marketenderin - Frauen in Tracht, die den Stabführer begleiten und die Musiker mit Getränken versorgen
Merda - Scheiße (ital.)
Moiën - Guten Morgen / Tag / Abend (lux.)
Monni - Onkel (lux.)
Neveu - Neffe (lux.)
ollm cazzig - immer / allemal schlecht gelaunt sein (südtrl.)
Paarl - siehe Vinschger
Passaggio vietato! - Durchfahrt verboten (ital.)
Patent - Führerschein, Fahrerlaubnis (südtirol.)
patheetesch - erbärmlich (lux.)
Pfiat di/ enk - Auf Wiedersehen (südtrl.)
Porto un sospetto alla scienze forensi - Bringen Sie einen Verdächtigen in die Kriminaltechnik (ital.)
Protetto - gesichert (ital.)
Putz - Polizist (südtrl.)
Rèarl - Backofen (südtrl.)
Récréation - Erholung (frz.)
Rieslingspaschtéit - trad. Luxemburger Fleischpastete mit Teighülle (lux.)
S'Maul - Halt den Mund (südtrl.)
Schecken - Essensschecks, üblicher lux. Gehaltsbestandteil, wird in fast allen Restaurants als Zahlungsmittel anerkannt (lux.)
Schlutzkrapfen - Gefüllte Teigtaschen, wie Ravioli
Schmorrn - Unsinn (südtrl.)
Schupf mi net - Schubs mich nicht! (südtrl.)
Sicurezza - Sicherheitsdienst, Security

Stronzo - Arschloch (ital.)
Subito - Sofort (ital.)
Targa - Nummernschild / Kfz-Kennzeichen (südtrl.)
Tata - Vater, Papa (südtrl.) im Gegensatz zu Tatta: Tante (lux.)
Touché - berührt im Sinne von Treffer (frz.)
Tuttn - Brüste (südtrl.)
Vakanz - Urlaub (lux.)
Vinschger - auch Vischgerl, Paarl: typische Südtiroler Brotspezialität, kleiner, mit Brotklee, Fenchel und Kümmel gewürzter Fladen, oft paarweise aneinander gebacken (südtrl.)
Waal - künstlich angelegter Bewässerungskanal
Walsche - Italiener (abwertend, südtrl.)

Danke

Danke Heidi für den wohlgemeinten Tritt in den Hintern im richtigen Moment – nachts gegen halb vier.

Danke Patrick, dass ich mich von Deinem Leben inspirieren lassen durfte, um es in meinem Sinne umzudichten.

Danke Jochen Kofler von der Brennerei Wezl in Riffian, der die entscheidenden Hinweise und die Ortskenntnis beigesteuert, mich mit dem einen oder anderen Brand und Sprachnachrichten inspiriert und den Dialekt beigesteuert hat. Und der mich dazu veranlasst hat, fast alle Südtiroler Figuren nach Grappa-Brennereien zu benennen.

Danke Marianne und Katrin Gurndin von der Pension Georgenhöhe in St. Georgen, die uns jahrelang beherbergt und in ihrer Küche erzählt haben, wie es früher in Südtirol war, und die mich in Zweifelsfällen mit Fakten versorgt haben.

Danke Lisa Pföstl und Uschi Kajdi vom Restaurant Georgenhof in St. Georgen für so viele leckere Mahlzeiten und gute Gespräche über Südtiroler, Gäste – und Italiener. Und für den Glitzer in unserem Leben und die aufmunternden Fotos, während ich gerade nicht in Südtirol sein kann.

Danke Christa und Norbert, die ich als Testleser mit meiner Liebe zu Südtirol anstecken konnte.

Danke Birgit fürs Testhören im fernen Amerika und Annette auf ihren langen Arbeitswegen.

Ein besonderer Dank an die Schauspielerin Anna Pircher, gebürtige Südtirolerin, die mir bei der korrekten Wortwahl und Schreibweise in ihrer Muttersprache behilflich war.

Ein unermesslicher Dank an meinen Mann Marcus, der seit nunmehr 40 Jahren als Weggefährte, Wanderer an meiner Seite, Testleser, Kritiker, Motivator, Prellbock und Kummerkasten meine Launen und meine Sehnsüchte erträgt und mich immer wieder zum Lächeln bringt.

Danke an Annalena Ehrlicher und Julia Haase, meine fabelhaften Lektorinnen und geduldigen Begleiterinnen im Ullstein Verlag für die E-Book-Version.

Danke an Klaus Maria Dechant und Early Bird Books, die spontan bereit waren, TOD AM BERG als Taschenbuch zu veröffentlichen und mir sogar die Chance gegeben hat, meinen Traum vom Hörbuch selbst zu verwirklichen.

Mein größter Dank geht aber an meine Leserinnen und Leser, denn ohne Sie und Ihre Neugierde würde dieses Buch nie entdeckt werden.

Über Moni Reinsch

Sie bringt ihre Lebenserfahrung als Bankkauffrau, Marketingkraft, Personalvermittlerin, Organisatorin eines Volksfestes, Psychologiestudentin, Praktikantin bei der Polizei, sozialpädagogische Familienhelferin sowie als Ehefrau und Mutter in Regionalkrimis, Sachbücher, Kurzgeschichten und Romane ein.

2016 und 2017 hatte sie während der Wintermonate mehrwöchige Schreibstipendien in Meran, Südtirol, wo sie auch oft Urlaub macht.

Sie lebt in Trier und ist Mitglied und Jury-Orga im SYNDIKAT e.V. sowie aktiv bei den Mörderischen Schwestern Rhein-Neckar. Infos unter www.reinschrift.eu

Unser Buch- und Hörbuchprogramm 2023/2024